W0333337

André Herzberg
Was aus uns geworden ist

SPRICH DAS WORT NICHT AUS. Vor allen Dingen sage niemals, du wärest so einer. Es gibt Filme, es gibt Reden im Radio über sie, es gibt Fachleute, Politiker, die über sie reden, es gibt das Volk, es gibt jede Menge Witze, es gibt Theorien. Es gibt Geistliche, Philosophen, ja, inzwischen gibt es ihr Land, aber du sage niemals, dass du einer von ihnen bist, niemals.

Und das bist du ja auch nicht, du gehst nie in ihr Haus. Du tust nie, was sie tun. Du weißt am besten nichts von ihnen. Wer hat dir nur ihr Gift in dein Ohr geträufelt, dich zum Zweifeln gebracht? Frage nicht danach, Zweifel, das ist ihr Geschäft. Wenn du dich einmal auf sie einlässt, bedeutet das, dein Leben nimmt einen anderen Verlauf, und das kannst, das willst du doch nicht riskieren. Du hast durch deine Eltern von ihnen gehört, als du jünger warst. Es muss so gewesen sein, du weißt nur nicht mehr genau, wann es passiert ist. Aber seitdem verfolgt es dich. Wenn es zu deiner Gewissheit wird, ist dir die Gemeinschaft verwehrt.

Während sich alle zu unbeschwerter Fröhlichkeit, zum Fußball, zum Sonnabend, zum Feierabend, zur Entspannung verabreden, ist dir die Masse verwehrt, du darfst niemals mehr lachen, wenn sie lachen, niemals johlen, wenn sie johlen, du darfst auch nicht weinen, wenn sie weinen, du bist ab jetzt keiner mehr von ihnen. Alles, was leicht war, ist nun unendlich schwer. Aber was ist so entsetzlich?

Niemand mag sie, niemand liebt sie, sie werden vielleicht manchmal bedauert, mancher sieht sich vor, man darf heutzutage nichts Schlechtes über sie sagen, also heben alle vielsagend die Augenbrauen, aber darunter kannst du die Verachtung, die Abscheu, ja, den Ekel spüren, dieser Ekel ist ehrlich, und du willst ehrliche Gefühle, aber nicht so. Niemand will das, niemand hält das aus.

Also ist es am besten, du verleugnest es, nur das ist nicht so einfach, du wirst ja zum Lügner, schon weil du annehmen musst, dass doch jemand vermutet, du wärst einer von denen. Das macht dich ganz verrückt im Kopf, denn wenn du es nicht nur vor dir selbst, sondern auch vor ihnen zugibst – ja, ich bin so einer –, dann hast du endgültig die Linie überschritten, du bleibst allein, und nun brauchst du nie mehr zu glauben oder hoffen, dass du Hilfe, Liebe oder Wärme bekommst, sie verachten dich von nun an umso mehr, weil du es öffentlich gemacht hast, worüber sie nicht sprechen wollen. Wenn du umgebracht worden wärst, dann hättest du vielleicht ihr Mitleid, aber da du lebendig bist, wissen sie, du weißt, was sie denken und dir nun nicht mehr ins Gesicht sagen.

Wenn sie darüber sprechen, von der bösen Politik, von der Sonderrolle, von der Auserwähltheit, dann bist du gemeint, auch wenn sie dich nicht mehr gesetzlich töten, ausmerzen, wegschaffen, ausrotten, vergasen, sie hassen dich, bis du aus ihren Augen bist, sie hassen dich auch dann, wenn du nur noch ein Schatten bist, ein Gespenst, sie machen dich für all ihr Unglück verantwortlich. Oder aber sie bewundern dich, aber diese Bewunderung ist so unmenschlich, dass du sie niemals erfüllen kannst, weil du auch nur ein Mensch bist. Du bleibst der Fremde.

Dieses Fremdsein begleitet mich schon, seit ich denken kann. Ich fühle mich als Katze im Hundeland. Als Katze, die aber so tut, als wäre sie Hund wie alle anderen, eben weil sie nicht sagt und zeigt, dass sie Katze ist. Nun bin ich an dem Punkt angelangt, wo ich mich nicht mehr solchen Bildern unterwerfe. Ich spreche das Wort Katze wie das Wort Mensch aus.

Ich sage, ich bin keine Katze, ich bin Mensch. Doch dann

frisst mich meine Unsicherheit wieder auf. Was weiß ich schon von mir? Ich weiß um meine Angst, ich fürchte mich, auch vor Gott, vor seinem Zorn, darüber, dass ich noch nie alle meine Hausaufgaben gemacht habe, mich an seine Gebote, vor allem aber an seine Verbote nicht gehalten habe, ich kenne sie nicht mal alle. Es heißt, er bestraft für die Sünden, und ich bin ein Sünder. Ich fürchte mich vor mir, vor meiner Schwäche, vor meiner Völlerei, vor meiner sexuellen Beliebigkeit, vor meinem Mangel an Liebe zu anderen. Ich fürchte, dass ich nicht mehr geben kann, als ich gebe, dass ich nicht mehr geben will.

In Liedern, die ich schrieb, habe ich zu Gott gebetet, hilf mir, habe ich gesungen.

Das Gift des Zweifels ist es, was mich quält, ich bin für alle anderen verloren, ich kann nie mehr lachen, keinen Menschen unbefangen lieben. Je älter ich werde, desto klarer wird mir, dass meine Eltern und deren Vorfahren es für mich vorbestimmt, mir vererbt haben. Da ich (zuweilen) ein wacher Mensch bin, werde ich mir meiner Lächerlichkeit immer bewusster, denn indem ich mich nicht stelle, verhalte ich mich wie ein Kind, halte mir die Ohren, die Augen, den Mund zu, singe la la la, nur um nicht daran zu denken. Ich fülle die Leere in meinem Kopf mit den tausend wunderbaren Nichtigkeiten des Lebens oder fülle sie mit der Emphase für die Welt, ich muss die Welt retten und nicht nur mein kleines Leben, ich stehe im Dienst einer höheren Sache. Aber schon indem ich eine neue Familie gründe, Nachkommen zeuge, bürde ich ihnen meinen Fluch des Zweifels auf. Sie tragen ihn weiter.

Es gibt nur einen Weg, er aber ist der gefährlichste, ich muss mich verändern, ich muss mitten hindurch, muss annehmen, wer ich bin, muss lernen, die Lehren der Eltern, die Lehren der Lehrer, all das Nichtwissen, all die Halbwahrheiten zu trennen von meiner Wahrnehmung. Es ist, als ob ich ständig neues, unbekanntes Land betrete, von dem ich nicht weiß, wo und wann Gefahren auf mich lauern. Mich mit Gott versöhnen, aushalten, seine Liebe spüren, aushalten, dass ich immer wieder neue Gebote erfahre, die ich wieder nicht einhalte, mich ständig auf seine Güte neu verlassen.

Ich hoffe immer wieder, ich würde Gleichgesinnten, gleichen Schicksalen begegnen, aber es bleibt vage, weil es jeder anders erlebt. Je älter ich werde, desto besser lässt sich die Einsamkeit aushalten. Wenn ich die Stärke habe, mich meinem Schicksal zu überlassen nur dann gibt es das Glück wieder für mich, wie ich es einzig aus meiner fernsten Kindheit, aus meinen frühesten Erinnerungen kenne.

RICHARD

MEIN JÜDLEIN, SAGT MAGDA und verzieht dabei ihre weichen Lippen so, dass Horst, der neben ihr liegt, sofort seine Hand wütend von ihrem Badeanzug nimmt, weil er einen Stich im Herzen verspürt, obwohl er gerade seine Hand in ihren Ausschnitt schieben wollte. Aber die Anspielung auf seine Herkunft tötet all seinen Humor, seine Fähigkeit, über sich zu lachen. Dabei ist alles um sie herum perfekt, so wunderbar, so süß, harmonisch, die Sonne, das Meer, das Geräusch der Wellen, die Wärme. Der schreckliche Krieg scheint so unglaublich weit weg, dass er sich von hier nur schwer vorstellen lässt.

Magda muss immer noch grinsen, weil es ihr endlich gelungen ist, ihren Horst aus der Reserve zu locken. Es macht ihr nämlich Angst, dass sie sich so sehr auf ihn eingelassen hat. Warum muss es der sein, er hat so gar nichts von dem, was sie sich in ihrer Fantasie an Männern vorgestellt hat. Er rudert nicht, spielt nicht mal Tennis, ist so lang und dünn, trägt keinen geschmackvollen Anzug. Diese rotblonden Stoppeln, diese Sommersprossen, diese kleine Nase, er hat was von einem kleinen Jungen, ist aber von der Gestalt ein langer, krummer Haken, dazu seine proletarische Lederjacke, die an ihm wie ein Kostüm wirkt.

Wenn sie ihn darauf anspricht, bleibt er gelassen, Kommunisten tragen solche Jacken, er würde ihr einen Vortrag halten über die Befreiung des Proletariats, wenn wir erst mal an der Macht sind, damit kann sie ihn nicht necken. Sie schließt ihre Augen, dann hat sie dieses warme Gefühl des Herzens, seine Stimme, die sie an zu Hause, an etwas Väterliches erinnert, was sie nie hatte, spürt seine Hände und denkt daran, wie gern sie ihn riecht. Oh, diese Sehnsucht. Deshalb war ihre kleine Spitze nur der letzte Versuch, sich gegen seinen Sog zu wehren, der sie zu ihm und in ein anderes, unerwartetes Leben zieht.

Horst hat den Ort ausgesucht, der am weitesten von der Realität entfernt zu sein scheint, um mit ihr zusammen zu sein, bevor sie sich vielleicht nie mehr sehen werden, wovon sie noch nichts weiß. Magda, die Intellektuellentochter aus gutem Hause, die Schöne mit Pelz, und der junge Herr Doktor, der lange Kerl, der frühere Lehrer. Sie haben sich kennengelernt, und schnell wurden sie ein Paar. Sie fanden sich noch anziehender, als sie sich darüber klar wurden, dass sie beide im fernen Berlin zu Hause sind. Er nennt sie zärtlich Gnädigste, er ist mit Kopf und Herz und sogar seinem Humor Kommunist, was ihn von den meisten anderen Kommunisten unterscheidet, nur mit seiner Kleidung ist er ganz auf Linie. Mitten in ihre Liaison dringen immer wieder die erschreckenden neuesten Siegesnachrichten aus Deutschland, die sie am Radio hören. Magda interessiert sich eigentlich nicht für Politik, die Nazis daheim flößen ihr sowieso nur Verachtung ein, sie hat sich vom Studium im Ausland eine Abwechslung in ihrem Leben erhofft.

Sie sitzen jeden Tag am Strand, dort, wo es kaum Leute gibt. Doch nun wird Horst Magda in etwas einweihen, von dem er nicht sicher ist, wie sie darauf reagieren wird. Er hat die Anweisung von der Parteizentrale direkt aus Moskau bekommen, dazu Papiere frisch aus der Fälscherwerkstatt, sogar an den Ariernachweis haben sie gedacht. Von alldem weiß Magda natürlich nichts. Horst überlegt noch, soll ich es als Scherz sagen, oder ernst und dramatisch? Für ihn ist klar, wie seine Zukunft aussehen wird, aber für sie? Die Partei schickt mich zurück, nach Berlin, sagt er in die friedliche Stille, in das Rauschen der Wellen, er sagt es leise und ohne Dramatik, dass sie still bleibt und nachdenkt. Wir werden bei mir wohnen, sagt sie nach einer Weile entschlossen. Wieder bleibt es still. Damit ist es beiden klar, und ihre Bindung ist besiegelt.

Die erste Probe müssen sie überstehen, als sie die Grenze zur besetzten Zone übertreten, wo die vertrauten Uniformen zu sehen sind. Er holt gleichmütig die frischen Papiere aus der Innentasche seines nun bürgerlichen Mantels, als wäre die andere Identität ganz selbstverständlich. Dann stehen sie auf dem Bahnhof, öffnen das Abteil des Waggons, in dem noch alles leer ist, wuchten die Koffer in die Ablage, legen sich lang auf die Bänke, ziehen den Vorhang zum Gang zu.

Sie sind beide eingenickt, als sich kurz vor der Abfahrt die Tür noch einmal öffnet und mit fröhlicher Stimme gefragt wird, ist hier noch frei? Es erscheint ein geputzter Stiefel, dann schieben sich erst ein, dann noch zwei Männer in SS-Uniformen durch den Vorhang herein. Sie setzen sich auf, obwohl der Mann höflich in Richtung Magda sagt, bleiben Sie doch liegen, liebe Frau. Horst und Magda sind nun mittendrin, in dem, was sie bis eben noch nur für ein Abenteuer hielt. Sie kuschelt sich wieder in die Ecke, macht schnell die Augen zu. Horst beantwortet mit heiterer Stimme die Fragen, geht's in die Heimat? Ja, und bei Ihnen?, fragt er zurück, bis Aachen, ich steige in Köln aus, ergänzt der Offizier. So geht die Fahrt in die Nacht. Magda hört eine Weile mit klopfendem Herzen zu, wie ihr Horst plaudert, dann gleitet sie weg.

Als sie wach wird, hört sie das Lachen, dann wieder Horsts Stimme, er ist in seinem Element, wenn er Leute unterhält. Fragt ein Talmudschüler seinen Rabbi, darf man beim Beten rauchen? Nein, sagt der Rabbi streng. Überlegt der Schüler eine Weile, dann fragt er wieder, Rabbi, darf man beim Rauchen beten? Ja, antwortet der Rabbi. Horst schaut erwartungsvoll, doch es bleibt still. Die Männer schauen verdutzt. Also fragt Horst schnell in die Runde, Zigarette? Die Herren greifen zu. Sitzen nachdenklich paffend, dann sagt der eine, schlaue Wortverdreher sind sie, diese Juden, alle nicken, aber wir kommen ihnen schon noch drauf, worauf endlich alle befreit lachen und Horst mit.

***

Horst, du bist verrückt, lass das. Sie will nicht, dass er ohne zwingenden Grund das Haus verlässt. Seit sie in Berlin angekommen sind, konnte sie ihre Unruhe nicht mehr überwinden. Das führt dazu, dass sie ständig kommentieren muss, wenn ihr etwas an seinem Verhalten nicht passt. Doch er schüttelt sie vorsichtig ab, schließt leise die Haustür hinter sich. Wenn er unruhig ist, muss er laufen. Das Wort Angst benutzt er nicht einmal beim Denken. Sie haben jeder eine Kapsel, wenn sie kommen, dann soll sie nur einmal darauf beißen. Aber sie verlegt ihre Handtasche immer, es ist hoffnungslos. Sie ist so unüberlegt. Sie hat Angst um ihn, er hört es an ihrer Stimme. Er fühlt sich gut.

Es ist Frühling draußen, wenn auch ein später Frühling. Der kleine Weg um den See vor ihm, kein Mensch zu sehen. Die S-Bahn auf der anderen Seite fährt nicht mehr, es ist eine Bombe auf das Gleisbett gefallen.. Der Lärm, den die russischen Kanonen machen, kommt immer näher, und Horst rennt wie fast jeden Tag. Über kurz oder lang werden sie hier sein. Dann wird sein neues Leben beginnen, das weiß er. Aber noch ist es nicht geschafft.

Es ist Wahnsinn, Magda hat recht, er ist verrückt, immer wieder das Haus zu verlassen, aber das Laufen verschafft ihm mentale Stärke. Er braucht die körperliche Disziplin, er ist kein großer Sportsmann, aber sich Regeln aufzuerlegen, das ist lebenserhaltend. Manchmal trifft er auf seinem Weg am See sogar jemanden, der ihm zunickt. Heil Hitler, ruft er dann fröhlich, wenn die wüssten. Magdas Wohnung ist ganz nahe. Viel zu essen haben sie nicht mehr, er braucht nur Tee und ab und zu eine Zigarette. Magda mault eher herum. Er hat ihr schon am Strand gesagt, dass es hart werden wird. Wenn nicht dieses schleichende Gefühl wäre, das in ihm hochkriecht. Dafür hat er die Kapsel, die er in seiner Hand hält, sie ist schon feucht, er umklammert das kleine Ding und läuft und läuft.

***

Es bummert an die Tür. Auf den Tag haben sie lange gewartet. Horst kommt mit dem Parteibuch aus seinem Arbeitszimmer. Er hält es wie ein Schild vor sich. Dabei ist der Aufdruck KPD so klein. Magda hat wieder Angst, am meisten um ihn. Wenigstens hat jetzt dieses ewige Versteckspiel ein Ende. Sie öffnet. Sie sagt etwas von Dankbarkeit und Befreiung. Der vordere Mann mit der MP in der Hand starrt sie verblüfft und stumm an, dann öffnet sich sein Mund, in dem sich ein schwarz-silberner Stahlzahn zeigt, ein verlegenes Grinsen erscheint auf seinem Gesicht. Hinter ihr steht Horst, der die Szene stumm beobachtet, seinen Ausweis starr in die Luft haltend, der Soldat dreht sich um und geht weg. Endlich kommt der Offizier.

Horst sieht von hinten, wie sich Magdas Schultern entspannt senken. Vielleicht war diese Begegnung auch so eine Prüfung wie die, als sie zurück nach Berlin gefahren sind, als Horst im Abteil den Männern in SS-Uniform unbedingt jüdische Witze erzählen musste. Das Leben ist eben ein Spiel, aber Horst liebt dieses Spiel.

***

Sie sollen in Berlin auf die Gruppe des Parteiführers warten, heißt es in der Anweisung der Partei. Wo die russischen Soldaten das Land besetzen, werden bald die deutschen Kommunisten die Macht ergreifen. In Moskau war ihre Zentrale, der Sitz der Gruppe. Von wegen Gruppe, der Name ist, was zählt. Horst weiß, an wen er sich halten muss. Der Parteiführer wird es weit bringen.

Erst einmal haben die Amerikaner, die von der anderen

Seite in die Stadt eingerückt sind, sich Horst gegriffen, Antinazis werden gebraucht. Sie haben seine Fähigkeiten gleich bemerkt. Aber bald schon ist klar, sie werden hinüber in den Osten gehen, zu seinen Genossen.

Horst malt es ihr aus und macht den Parteiführer nach, legt den Kopf schief, sächselt ihr zu, Genosse Levy, du gehörst zu uns, selbstverständlich wohnst du auch bei uns, ich will dich in Reichweite, bis Magda lacht. Noch ist es ein Umzug innerhalb einer Stadt, von einem Bezirk in den anderen, aber bald verhärten sich die unterschiedlichen Meinungen der gemeinsamen Sieger zu Fronten gegeneinander. Die Reihen werden auf beiden Seiten geschlossen für den kommenden Kampf.

***

Horst grinst sich im Spiegel an, nickt sich zu und geht los. Der Alte will ihn zum Gespräch. Draußen ist es Mai, sein Garten leuchtet ihm entgegen, aber sein Fahrer wartet schon vor dem Tor. Er singt die ganze Autofahrt über leise vor sich hin, auch noch, als er an den Wachen vorbeigeht. Durch die leeren Flure hallt seine Stimme, der Sekretärin nickt er kurz zu und klopft forsch an.

Komm rein, sagt die Stimme von innen. Horst lächelt dem Alten entgegen, der ihn prüfend von seinem Schreibtisch aus anschaut. Da ist ja mein Genosse Levy, sagt er mit Fröhlichkeit, die aber mit seinem Blick nichts zu tun hat. Ich habe eine gute Nachricht für dich. Du wolltest doch immer was mit Kunst machen, du wirst der neue Chef vom Verlag, ich gratuliere dir. Horst, der gerade im Sessel Platz genommen hat, muss husten. Der Alte telefoniert nach einem Glas Wasser, dabei geht Horst eine Flut von Gedanken und Gefühlen durch den Kopf, die er nicht stoppen kann, also dreht er sich weg, hält sogar die Hände vor sein Gesicht.

Während der Alte mit der Sekretärin plaudert, die Horst das Glas in die Hand drückt, sieht Horst die Gesichter der Angeklagten aus der staatsfeindlichen Gruppe vor sich, sie sind jeden Tag in der Zeitung, darunter der ehemalige Chef des Verlags, es läuft eine große Kampagne. Horst erhebt sich aus seinem Sessel, geht mit seinem Glas zum Fenster. Soll ich dieses Angebot annehmen? Starrt er nach draußen.

Der Alte hat Tabula rasa gemacht, er hat vom Führer in Moskau gelernt, wie man mit Gegnern in der eigenen Partei umgeht. Er duldet niemanden an seiner Seite, der ihm Konkurrenz machen könnte, die Ungetreuen wollten ihre eigenen Wege gehen. Nun soll Horst nach seinem Gusto den Laden übernehmen. Wenn ich Nein sage, bin ich als Nächster an der Reihe. Na, Genosse Levy, Angst vor der großen, neuen Aufgabe, sagt der Alte nun direkt in Horsts Gesicht. Ich freue mich, sagt Horst heiser. Das wird schon, klopft ihm der Alte jovial auf die Schulter und schiebt ihn hinaus.

Bald steht er an seiner neuen Arbeitsstätte, er spricht mit seiner warmen, freundlichen Stimme. Das lässt die Angestellten hoffen, nach dem großen Kahlschlag sind alle verzagt, aber es muss ja weitergehen. Horsts freundliche Stimme allein tröstet sie. Horst steckt danach den Kopf in das Büro seines Vorgängers, hier sieht alles noch so aus, wie es verlassen wurde, deprimierend. Er packt an, dreht den Schreibtisch mit dem Gesicht zum Fenster, setzt sich in den Sessel. Er muss wieder aufstehen, öffnet einen Fensterflügel, frischer Wind weht herein. Aber der kann den Gedanken an seinen Vorgänger nicht vertreiben.

Für heute ist es gelaufen, mehr kann er nicht machen, er lässt sich nach Hause fahren. Das ist alles, was Horst an Kraft gerade hat. Er ist krank, er fühlt es deutlich. Ach, es gibt auch noch ein anderes, ein privates Leben für Horst. Wenn er traurig, deprimiert ist, dann ist hier Schönheit und Harmonie.

***

Da ist Horst stolz, er will der beste Vater sein, den die Welt sich vorstellen kann, es hat ihm immer Spaß gemacht, seinen

Jungen zu beobachten und mit ihm zu spielen, wenn es seine Zeit zuließ, Schritt für Schritt hat er ihn begleitet, und nun ist schon Richards sechster Geburtstag. Sie sitzen im Park, Horst hat natürlich ein Geschenk für ihn. Richard spürt, dass der Vater ihm etwas Wichtiges zu sagen hat. Es ist ein Päckchen in Geschenkpapier. Wickel es aus, sagt er.

Ein Spiel kommt zum Vorschein, es hat braune und weiße Vierecke, lässt sich aufklappen. Darin liegen Figuren in Schwarz und Weiß. Dieses Spiel ist wie das Leben, du musst alles immer im Auge behalten. Das ist der König, er heißt hier noch König, weil das Spiel schon alt ist, auf ihn musst du am meisten achten, ihn manchmal sogar beschützen, sein Wohl ist das Wichtigste, die Bauern sind gut in der Masse, die Dame ist sehr schlagkräftig, sagt Horst mit einem Lächeln. Vor allen Dingen aber zählt, ob du den Zug des Gegners im Voraus berechnen kannst. Wenn du gut bist, bist du immer mindestens einen Schritt voraus, weil du weißt, was der Gegner vorhat. Du musst dir merken, was die Figuren können und was nicht. Später werde ich nicht mehr bei jedem Schritt, den du machst, dabei sein können.

Horst kommt ins Grübeln. Erst die Nazis, später dann der große König in Moskau hätten ihm gefährlich werden können, wenn er das Spiel nicht so gut gespielt hätte. Er hatte immer auch eine Portion Massel im Leben, deshalb ist er dankbar, dankbar auch für seinen Jungen. Für deine Herkunft kannst du nichts, daran kannst du nichts ändern, aber was du aus deiner Zukunft machst, das hast du in der Hand, da bestimmst du das Spiel.

Vater kann noch viel mehr, er nimmt ihn mit in seinem großen, schwarzen Auto, sie halten am Park und dann stehen sie unter dem riesigen, steinernen Soldaten, der so hoch über ihnen ist, dass Richard in seine Nasenlöcher schauen kann. Siehst du, was er da unter seinem Stiefel hat, fragt Vater. Dabei sieht Richard Tränen in Horsts Augen. Ja, flüstert Richard und kuschelt sich noch enger an ihn. Er kennt das verbotene Kreuz mit den abgewinkelten Enden, hier ist es zerbrochen unter dem Stiefel. Siehst du, sagt Papa und lacht jetzt auf einmal. So machen wir das, wir zertreten unsere Feinde. Er nimmt ihn auf den Arm, wie der steinerne Soldat auch schützend ein kleines, steinernes Kind auf seinem mächtigen Arm trägt, und sagt, wir sind keine Opfer, wir sind keine Opfer, nie mehr.

Wenn Richard aus dem Schlaf kommt, wenn er mal schlecht geträumt hat, dann denkt er sofort wieder an Vater, den lachenden, lieben, wie er vor ihm steht, wie er so riesig groß vor ihm aufragt, dass ihm Richard von unten in die Nasenlöcher schauen kann, und dann murmelt Richard, was Vater zu ihm gesagt hat, sieht ihn mit dem Soldatenhelm auf dem Kopf stehen, das zertretene Kreuz unter seinem Stiefel, wir sind keine Opfer. Wenn es einen Gott für Richard gäbe, dann hätte er Vaters Gesicht. Vater hat gegrinst, als sie über Gott sprachen, aber er sagte zwinkernd, wenn du jemandem danken willst, dann danke mir, aber leise. Wir nehmen unser Schicksal selber in die Hand.

***

Trude, ist der Junge fertig? Das Kindermädchen, das bei der Familie lebt, hat den Jungen im Arm und wartet schon. Es geht ins Auto, wo Genosse Leber, der Chauffeur, hinter dem Steuer wartet. Der Geruch nach Zigarettenqualm und Leder macht, dass Richard schlecht wird, dazu die schlenkernden Bewegungen. Der lange Weg bis in die Stadt, wo es vorbei geht am steinernen russischen Führer, der in allen kommunistischen Ländern aufragt, der schon von Weitem zu sehen ist.

Der Führer blickt streng, Richard fürchtet sich ein bisschen vor seinem Blick unter den dicken Augenbrauen und seinem Schnurrbart, obwohl er weiß, dass er tot ist. Er hatte sogar lange geweint, als er im Fernsehen sah, wie die vielen Menschen weinten, die zum Sarg pilgerten. Sein Kindergarten trägt seinen Namen, die Allee, auf der sie fahren. Er hat uns vom Joch befreit, diese Augen, die in die Ferne schauen und doch jeden wissend ansehen. Obwohl er tot ist, kann er Richard trotzdem ins Herz sehen. Er weiß um jede Verfehlung.

Nur einen Löffel von der Marmelade nehmen, sagt Frau Hermann beim Frühstückstisch im Kindergarten, das gilt für alle Kinder, da ist sie streng, auch bei Richard. Es gibt ein großes Ziel, eine große Sache, von der jeder spricht, Vater, Mutter, im Kindergarten, überall, in ein paar Jahren, nicht mehr lang hin, da wird das Paradies auf Erden sein, jeder darf Marmelade, so viel er möchte. Wir werden auf Laufbändern fahren, wir werden nicht mehr bezahlen mit Geld, sondern jeder wird das bekommen, was er braucht. Es wird nie mehr Hunger geben, keinen Krieg, alle werden glücklich sein, dieses Paradies steht uns kurz bevor, Richard weiß es.

Er ist sich sicher, Vater hat es ihm erklärt, du kannst sogar von deinen Bauklötzchen nehmen und damit bezahlen. Richard hat es überprüft, er steckt sie ein, geht damit zum Eisstand um die Ecke, zwei Kugeln, und hier bitte, die Bezahlung. Der Mann hat seltsam gelächelt, hat ihm das Eis in die Hand gegeben, er kennt den Sohn vom Genossen Horst. Na bitte, das Paradies ist nahe.

EIKE

HARRY FÄHRT NACH BERLIN. Es ist seine erste Fahrt als junger freier Mann, der er jetzt ist. Er muss sich nie mehr umdrehen, wenn er draußen läuft, ob ihn jemand beobachtet, ob ihm etwas ungewöhnlich erscheint. Trotzdem fühlt er sich immer noch unsicher. Er hatte sich so sehr an seine Identität gewöhnt, in der kleinen Stadt, an den Harald, wie er mit seinen falschen Papieren hieß. Jetzt ist er wieder der Harry, obwohl er nicht jüdisch aussieht, das war sein Glück.

Er hat noch einmal zu HaSchem gebetet, bevor es losging. Das hat er sich schon lange angewöhnt. Mutter war nie besonders in dieser Beziehung, aber seit seiner wundersamen Rettung aus der Judensammelstelle in Berlin scheint alles möglich. Das hat seine Beziehung zu HaSchem so unumstößlich gemacht. Er war in dem Dorf der kleine Harald, unauffällig, immer freundlich, fleißig, nie hat bei dem Jungen jemand vermutet, wer sich dahinter verbirgt. Schließlich kamen die Russen auch in das Haus, wo er die letzten Monate mit seinen falschen Papieren war, und die Karten wurden neu gemischt.

Am Anfang wollte er es nicht wahrhaben, dass er kein Gejagter mehr war. Doch heute fährt er zurück nach Berlin. Hunger, das ist es, was ihn treibt. Nach der endlosen Zuckelei im überfüllten Zug läuft er vom Bahnhof Gesundbrunnen, bis er in die Rykestraße einbiegt. So viele Ruinen auf dem Weg durch die Stadt, aber das Haus mit der Synagoge auf dem Hof ist noch so, wie er es in Erinnerung hat. Nur der fremde Geruch, der ihm gleich entgegenströmt, ist merkwürdig, aber dann erkennt er ihn wieder vom Dorf. Überall liegen Pferdemist und Strohreste, die vertraute Synagoge war die letzten Jahre ein Pferdestall. Im Haus laufen Gestalten herum, die ihm Angst machen, sie sehen aus wie Bettler, mit abgewetzter, zu weiter Kleidung, kahl rasierte, mit Ekzemen bedeckte Schädel, aus denen ihn große Augen anstarren. Wenn sie sprechen, dann ist es Polnisch, Russisch, höchstens Jiddisch. Die Leute auf der Straße sagen Muselmänner zu ihnen.

Aber da steht der Herr Rabbiner, kann ich helfen, fragt Harry. Der Rabbiner ist verdutzt, aber dann froh, endlich ein junger Mann, der sich nützlich machen kann. Dann bekommt er auch schon den glatten Holzstiel in die Hand, eine Forke, er schaufelt, kratzt und fegt den Dreck aus jeder Ecke, und schließlich ist Harry verschwitzt, aber glücklich. Der Rabbiner vertraut ihm anscheinend, er hat ihm sogar einen Schlüssel in die Hand gedrückt, er kann sich vorn ein Zimmer aussuchen, weil auch das Vorderhaus wieder der Gemeinde gehört. Gleich fühlt er sich als echter Schammes, jede Menge Siddurim sind noch da, die Thorarollen hat der Herr Rabbiner persönlich aus dem Versteck geholt.

Fast ein ganz normaler Freitagabend. Der Raum ist natürlich zu groß für das wenige elektrische Licht, das noch funktioniert, die paar Figuren in den Holzbänken wirken verloren. Harry entzündet vorn die beiden Kerzen. Einige der merkwürdigen Gestalten sind auch in den Betsaal gekommen, murmeln schon in den Bänken. Harry sitzt dazwischen, hält sich die Hände vor das Gesicht, Baruch atah Adonai, aber er kann sich nicht konzentrieren. Er schielt zwischen den Fingern auf seinen Banknachbarn, der Geruch von Pferdemist im Raum wird verdrängt von etwas anderem, süßlich, aber nur im ersten Moment, dahinter ist etwas, was Harry dazu bringt, noch intensiver an seinen Händen zu riechen, weil er es nicht aushält, die ganze Gestalt ist von so nah nicht aushaltbar. Der Mann riecht nach Tod. Wieso hat sich der Kerl ausgerechnet neben ihn gesetzt? Der Rabbi sagt, sie wollen später weiter, nach

Amerika, nach Palästina. Das kann Harry nicht beruhigen, schon wieder muss er zu dem Kerl hinüberschielen.

Nach dem Gottesdienst sitzen sie draußen beim Kiddusch. Endlich, darauf hat Harry die ganze Zeit gewartet. Wieder lenkt ihn der Mann ab. Wie er sich das Salz im hohen Bogen auf den Teller schüttet, kann Harry noch ertragen, aber wie er achtlos den köstlichen, warmen, duftenden, hellbraunen, mit Mohn überzogenen geflochtenen Zopf in seine zerschundenen Hände nimmt und brutal den Laib auseinanderreißt, das große Stück im Ganzen in seinen Mund schiebt, wo bei ihm oben der bräunliche, einzelne Zahn hervorschaut, der sich in die Kruste bohrt, wie er an dem Brocken mümmelt, und draußen an seinen Wangen die Mohnkörner um seinen Mund festkleben, dann hin und her fliegen bei den gierigen Bewegungen des Mundes, da wird Harry schlecht, dass er beinahe bereut, den ganzen Weg bis Berlin gekommen zu sein.

Der Rabbiner nimmt das Wort Auschwitz in den Mund, zeigt auf den Kerl, sagt, dass die Leute hinterher noch mit der polnischen Bevölkerung Ärger hatten, so hat sich der Rabbiner ausgedrückt. Harry kann den Blick nicht abwenden. Jetzt sieht der Kerl seinen Blick, grinst und lallt ihm ein Gut Schabbes zu. Harry reißt sich zusammen, seine Gefühle haben ihn übermannt, er muss sich wieder unter Kontrolle bekommen. Es hat sich doch gelohnt, lenkt Harry sich ab, das Mehl für das Brot kommt aus den Care-Paketen, die schon so wunderbar duften, dass Harry unwillkürlich stehen bleibt, immer, wenn er am Büro vom Rabbi vorbeikommt, wo sie gelagert werden, da könnte sogar Schokolade dabei sein.

Nun sitzt er draußen auf dem Hof, in der Sonne auf einer Bank, er atmet durch, als sich der Kerl wieder neben ihn setzt, die Mohnkrümel immer noch am Mund, Harry will wegrücken, aber da ist schon das Ende der Bank, so groß ist die Sitzfläche nicht. Wir sind bestraft worden für unsere Sünden, dieses polnische, jiddische Deutsch, oder wer hat das gesagt? Harry schaut sich erschrocken um, aber da ist nur der Kerl neben ihm, er scheint ihn zu verfolgen. Der muss zu ihm gesprochen haben. Die Sonne scheint, es ist so friedlich, er fühlt sich nach langer Zeit gesättigt. Was soll das Gerede? Wir haben gesündigt, wir sind vom Weg abgekommen, deshalb bestraft uns HaSchem. Er scheint besser Deutsch zu sprechen, als Harry dachte, dieser lebende Tote neben ihm. Harry hat schon wieder Hunger. Aber plötzlich fühlt sich Harry elend wie schon lange nicht mehr.

Vater hat ihn rausgeholt aus dem Schlamassel, der Goj. Mutter ist schuld, sie ist die Sünderin, sie, eine Kohen, hat den Goj geheiratet. Damit bin auch ich schuldig. Diesen negativen Schlamm hat der Muselmann in ihm erst hochgebracht, er hat ihn daran erinnert. Mutter spricht nicht darüber, der Vater schon gar nicht. Die Vergangenheit ist vorbei. Auch Harry hat es vergessen wollen, einfach nur zurück nach Berlin, es soll alles so sein wie früher. Ein fleißiger, strebsamer Junge, der Arzt werden will. Als Chirurg, als Arzt kann ich alles sauber zerlegen, alles in Kästchen teilen, alles ist klar und übersichtlich, denkt Harry.

***

Auch nach dem Unterricht, wo er wie nebenbei Abitur macht, kommt er immer und immer wieder hierher, schon wegen des Essens. Inzwischen hat er auch den Schlüssel für das Büro des Rabbiners. Harry ist längst eine Art Hausmeister geworden. Die Muselmänner sind weitergezogen, nach Amerika, nach Palästina oder sonst wohin, nur Harry bleibt. Die Gemeinde wird wieder kleiner und kleiner, aber Harry hält aus, geduldig, bis die neue Regierung nachsichtiger mit ihnen wird, immerhin sind sie nun als Opfer anerkannt, keine Kämpfer, nein, das nicht. Weniger Geld als die Kämpfer, aber Opfer. Jeder bekommt einen Ausweis und eine kleine Opferrente. Das ist viel mehr als nichts, es bedeutet mehr zu essen.

Harry ist jung, er lernt schnell, er kennt die Regeln, ist immer höflich zu allen, er ist korrekt mit der Abrechnung, er ist der

Schammes, er ist der Büroarbeiter. Er bleibt, als von den wenigen der Gemeinde schon wieder ganze Familien verschwinden. Nach den Muselmännern gehen unsere letzten Familien weg. Im Westen zahlen sie ihnen neuerdings viel Geld aus. Dort nennen sie es Wiedergutmachung. Aber einer muss doch bleiben, die Regeln einhalten, nie hat er die Worte des Muselmanns vergessen, nie vergessen, wir sind bestraft worden, er wird sich doppelt anstrengen, Mutter hat den Goj geheiratet.

Harry hat den großen Schlüssel für das große Tor der Synagoge, die viel zu groß für die wenigen Besucher ist, die Schlüssel für den Friedhof, der unendlich zu groß ist, die Schlüssel für die Büros, alles ist zu groß. Jeden Freitag steht er vor dem Haus, wartet auf das Minjan, er ist jetzt der Herr Doktor, gern hört er, wenn sie ihn so ansprechen. Die junge Frau, die er in der Bibliothek getroffen hat, die dort still arbeitete, die ihm HaSchem gesandt hat, lebt nun an seiner Seite. Sie ist keine von ihnen, aber sie lernt, ist fleißig wie er. Sie wird bald übertreten. Als man ihn gefragt hat, willst du unser Vorsitzender sein, ist Harry glücklich. Jetzt hat alles einen Sinn.

***

Ich bin schwanger, sagt Harrys Frau. Auch dafür hat er gebüffelt, für seinen Traum, wenn es doch nur ein Sohn wird, sein Sohn, dafür ist er Chirurg geworden, er kann vor lauter Glück den Gedanken nicht zu Ende denken, HaSchem hat es gefügt, es wäre die größte Sache, und bald weiß Harry, ja, ich bin gesegnet, ja, es ist ein Sohn.

Als sie zurück aus dem Krankenhaus sind, legt er sich zu Hause schon alles zurecht, das Messer, die Verbände, den Schlauch zum Abziehen des Bluts, Salbe, kein Mensch soll dumm fragen, Harry hat gewartet, bis es leer in seiner Dienststelle war, hat seine braune Tasche geöffnet, die leere Stullenbüchse herausgenommen, alles hineingelegt, schon morgen wird er das alles wieder zurücklegen. Keine große Sache, beruhigt er sich.

Seine Frau öffnet die Tür, sie sieht noch bleich aus, die Geburt ist erst ein paar Tage her, aber sie muss ihm assistieren. Das Mohelmesser und die Klemme hat er damals schon mitgehen lassen, als er in den Räumen neben der Synagoge gestöbert hat. Er hat es aufbewahrt und nun legt er alles säuberlich aufgereiht auf den Wohnzimmertisch, dazu die Decke, darüber die Windeln, er schaut sich alles noch einmal an, rückt kritisch die Winkel der Instrumente nach.

Seine Frau kommt mit dem Jungen herein, sie wird ihm assistieren, ihm zittert ganz leicht die Hand, als er den kleinen Penis seines Sohns fasst, aber der Schnitt ist wie aus dem Lehrbuch. Das Baby fängt an zu schreien, Tropfen bilden sich auf seiner Stirn, sie sieht es und trocknet sie weg, er muss nur noch das winzige Stück Mull auf den verschmierten Penis legen, dann die Windel darüber, dass die Frau jetzt nur nicht schlappmacht. Sie sitzt mit dem Kind im Sessel, hat den Jungen angelegt, ihre Gesichtsfarbe ist noch wächserner geworden. Harry nimmt ihr den Jungen wieder ab, spricht die Segenssprüche, und als der Kleine im Bettchen liegt, atmet er durch, gießt sich sogar ein Schlückchen Schnaps ein, sieht aus dem Fenster, wo draußen Menschen hin und her laufen.

Harry schaut wieder zurück zu seiner Frau, sie ist eingeschlafen, wie das Kind. Das ist sein Dienst für HaSchem, besser konnte es nicht laufen, Harry weiß jetzt, ich mache alles für dich, ich habe es für dich getan, für deine Größe, deine Herrlichkeit, Schauer laufen ihm über die Haut. Es ist, als ob er alles ausgeglichen hätte, was ihm auf der Seele lag, natürlich zuerst, dass seine Herkunft nicht den Regeln entspricht, der Vater ist keiner von ihnen, dass seine Frau erst übertreten musste, all dies hat ihm schwer auf der Seele gelegen, diese schrecklichen Regelverletzungen, das ist jetzt gesühnt, ist jetzt im Bund mit HaSchem ausgeglichen. So stark, so eins mit sich, so großartig fühlt sich Harry. Niemand wird es je erfahren, dass er es getan hat, das ist seine Verabredung mit HaSchem, nicht mal die Gemeinde, er hat sich erhöht.

JAKOB

LEA UND PAUL ziehen sich an, Paul ist maulig, er kann das Gerede von Lea, seiner Frau, über damals nicht hören, damals in der Jugendgruppe, damals in England, damals in unserem alten Leben, was Lea immer wieder anstimmt, besonders wenn sie alte Freunde treffen. Alle werden was mitbringen, sie haben die große Flasche mit Alkoholat schon im Flur zu stehen, die muss mit. Dann kommt Fräulein Gisela, sie bringt die Kinder ins Bett. Heute müssen sie sich beide keine Sorgen machen. Endlich durchatmen ohne Kinder.

Nach der Fahrt mit der S-Bahn, dem schweigenden Gang zu zweit bis zum Haus von Werner und Trude klingeln sie. Da ist schon alles zu hören, Jazzmusik und Lachen und lautes Sprechen, Tschechisch, Wienerisch, sogar Jiddisch und natürlich Englisch. Lea schaut sich in der stillen Straße um. Werner und Trude, ihre besten Freunde aus der Emigration, sind so sorglos. Endlich geht die Tür auf, sie fliegen rein, und nach dem Abwerfen der Mäntel sind Paul und Lea sofort getrennt im Gewühl.

Leas alltägliche schlechte Stimmung kippt in die Euphorie, der grauenhafte Geschmack des Alkoholats kann ihrer Zunge nichts anhaben. Sie wühlt sich durch das Getümmel. Woher seid ihr gekommen, fragt sie übermütig das Paar, das in der Ecke auf dem Sofa sitzt, die Neuen. Der Mann stellt sich vor, ich bin Bob, das ist meine Frau, Eva, hi, sagt Lea, sie ist schon ein bisschen blau. Die beiden sind noch nicht lange aus Shanghai zurück, erfährt sie. Was sie nicht gleich im Gespräch herausbekommt, erzählt ihr Trude nachher in der Küche, sie haben zwei Mädchen, er ist ein Schürzenjäger, sieh dich vor, lacht Trude Lea an. Als Trude das sagt, verdunkelt sich Leas Stimmung wieder, sie denkt an Pauls Beteuerungen, an all das, was sie demütigt. Heute nicht, prost!

Werner, der freche Gastgeber, hat den amerikanischen Sender im Radio eingestellt und bis zum Anschlag aufgedreht. Sie spielen das ganze Repertoire von Benny Goodman, Glenn Miller, all diese beschwingte, süßliche Tanzmusik, und Lea schüttelt und wiegt sich in der Menge, sie will Pauls lautes Gerede von dahinten nicht hören, kann seinem politischen Deklamieren nicht zusehen. Paul hat schon Arbeit und berichtet stolz von seinem neuen Job, dazu sein vertrautes Zwinkern zu Doris, die natürlich auch da ist. Das will Lea schon gar nicht sehen. Er hat ihr gesagt, es war eine einmalige Sache mit Doris. Heute will sie nicht mal wissen, was von dem allgemeinen, ängstlichen Gerede über Überprüfungen zu halten ist, die Partei überprüfe alle Emigranten, die aus dem Westen zurückkämen. Na und, nur tanzen, die Lichter vorbeifliegen lassen.

Bob, der Neue in der Runde, hat sich neben sie geschoben, er ist ein kleiner, dicklicher, aber agiler Mann, sein Jackett hat er schon ausgezogen, unter seinen Achseln sieht man dunkle Flecken auf seinem weißen Hemd, das ihm nach einer Drehung seitlich aus der Hose hängt. Die wenigen Haare stehen lustig nach oben über seiner Glatze, was er aber nicht bemerkt, er ist in seinem wilden Tanz. Er sagt ihr lachend auf ihre Frage, ja, ich bin ursprünglich auch aus Berlin. Nein, das gibt's doch nicht, wir hätten uns als Kinder schon gekannt haben können, die Worte gehen Lea im Mund über. Bob dreht sich vor ihr und hält sie dann wieder, ihr ist schon schwindelig.

Sehen wir uns mal allein, fragt er forsch, dabei sitzt seine Frau in der Ecke, auch nicht weit. Sofort klopft ihr das Herz noch stärker. Das hat sie vorher noch nie gemacht. Aber heute Nacht scheint alles möglich. Schon flüstert ihr Bob zu, dass sie sich am Alex treffen wollen, wie im Film, denkt Lea, und vor ihr dreht sich das Zimmer mit den Tanzenden schneller und schneller.

Als Paul sie auf dem Heimweg schimpfend stützen muss, als sie sich an einer Laterne übergibt, als all die Gesichter der alten Freunde, die Sprachfetzen, die wunderbare Musik sich in ihr zu einem Brei vermengen, scheint alles immer noch wunderschön, denn dahinter hört sie deutlich immer wieder Bobs Stimme, die ihr Datum, Stunde und die Straßenbahnhaltestelle gesagt hat, was für eine Verheißung. Da lächelt sie Paul an und wartet mit ihm geduldig ohne Murren auf die S-Bahn nach Hause.

Im Hellen, im Nüchternen, am Tage, mitten unter fremden Leuten ist Lea bange, ja, sie steht hier und wartet auf Bob. Gut, dass die Schule, die sie nun wieder besucht, nur bis mittags geht. Er steht plötzlich hinter ihr und legt ihr die Hand auf die Schulter, dass sie sich erschrocken umdreht. Er sagt einfach, ich bin es, und grinst. Ein paar Stationen mit der Straßenbahn tragen sie beide durch ihr vertrautes Berlin, wo doch die Ruinen die Orientierung schwer machen.

Nun laufen sie. Bob sagt, ich liebe den Friedhof, und deutet ihr an, wohin er mit ihr will, ich war schon als Kind oft dort. Sie überlässt ihm alles, was sie in ihrem anderen Leben niemals machen würde, aber wo sollen sie auch hin? Zu ihm können sie nicht gehen, und bei ihr geht es auch nicht, das ist klar. Auch in eine Kneipe zieht sie nichts. Die Sonne scheint herbstlich, die Blätter jubeln in Gelb, Rot, Grün, es ist so warm, dass sie beide schon ihre Mäntel offen tragen.

In der langen Sackgasse bis zum Friedhof werden sie immer stiller, er nimmt einfach ihre Hand, er spürt ihre Unsicherheit. So gehen sie, jeder mit seinem Ehering, jeder mit seinem schlechten Gewissen wegen seiner Kinder im Herzen. Sie schlurfen, wühlen mit ihren Schuhspitzen geräuschvoll und übermütig das heruntergefallene Laub auf. Das Geräusch, das ihre flotten Worte, die, je näher sie dem Eingang kommen, immer spärlicher werden, ersetzt.

Hast du einen Hut, Genosse?, fragt Lea ihn jetzt, und Bob

zieht sofort eine Kippa aus der Manteltasche. Sie nimmt sie ihm ab, reibt sie zwischen ihren Fingern, der Geruch von Vaters Haaren steigt ihr in die Nase. Ich habe sie schon zur Bar-Mizwa getragen, unterbricht er ihre Gedanken, was sie schlucken lässt. Ihre Erinnerung ist so plötzlich und heftig, dass sie durchatmen muss.

Das Tor scheint geschlossen zu sein, aber es gibt nach, als er dagegendrückt. Kein Mensch ist zu sehen, draußen nicht und drinnen auch nicht. Lea kommt es unwirklich vor, wieder hier zu sein, mein Großvater ist auch hier begraben, sagt Bob. Aber dann tauchen plötzlich ganz alte Bilder vor ihren Augen auf. In diesem Moment wird sie zielbewusst, und er muss ihr verdutzt folgen, als sie plötzlich wie von selbst nach links geht. Sie war nicht mehr hier, seit sie ein Mädchen war, seit damals. Sie konnte es nicht. Paul hätte es nie gewollt. Sie läuft nun schneller, und Bob kommt kaum nach. Jener Tag muss auch ein Herbsttag gewesen sein, aber regnerisch und kalt.

Mutter stand plötzlich in Leas Klassenraum. Das gelangweilte Gemurmel erstarb. Mutter flüsterte mit dem Lehrer, dann winkte sie ihr. Zusammen gingen sie nach Hause, wo Vater schon aufgebahrt lag. Herzschlag, sagte Mutter ihr unterwegs. Die Spiegel waren bereits abgehangen. Der Blick auf den Vater, die Zeit bis zum Beerdigungstag wie graue neblige Masse. Sie neben Mutter auf dem Vorhof des Friedhofs stehend. Die Beerdigungsgesellschaft um sie herum, ihre blinde Tante Hedwig und Hella, deren Schwester, die sich wie immer an den Händen halten, Vaters Klüngel, der so groß, fast unüberschaubar ist, sodass sie nur Massen von Menschen sieht, ihre ganze Mischpoche, so viele Menschen, wie Lea mit ihnen hinter dem Sarg geht, mittendrin.

Sie hat ein Monster in sich geweckt, als sie mit Bob ausgemacht hat, ausgerechnet auf dem Friedhof mit ihm spazieren zu gehen. Aber etwas treibt sie an, das noch stärker als ihre aufkommende Angst ist. Nun sind sie endlich an dem Feld angelangt, zu dem es sie hingezogen hat. Sie fängt an, zwischen den Bäumen, die hier ein Dach bilden, alles dunkel machen, zu suchen. Sie springt und hüpft, ohne darauf zu achten, dass ihre Schuhe in der Erde versinken. Kleine Gemeindesteine gibt es hier viele, aber den, auf dem Max steht, den Stein ihres Vaters, den kann sie nicht finden. Mutti wollte Rosen für ihn pflanzen, ihr fällt Mutters letzter Brief aus Berlin an sie ein, sie bemerkt nicht, dass sie das erste Mal seit Jahren laut das Wort Mutti ausgesprochen hat. Es gibt aber hier keine Rosen. Sie ist das ganze Feld schon abgelaufen, ohne Erfolg.

Du könntest den Stein für deinen Vater neu setzen lassen, sagt Bob leise hinter ihr. Lea ist schon ganz atemlos vor lauter Sucherei. Wo lebt deine Mutter, fragt er. Seine Erwähnung ihrer Mutter lässt sie noch hektischer werden. Sie wird immer schneller, stapft immer wieder durch die Reihen, wo sie längst überall war, schaufelt das dicke, alte Laub hin und her, sie hat jeden verdammten Namen doch schon gelesen. Aber sie findet nichts. Als wäre ihre Vergangenheit ausgelöscht.

Da knicken Lea plötzlich die Füße weg, sie fällt einfach um, die Ohnmacht löscht für den Moment alle Bilder in ihrem Kopf aus, weil HaSchem selbst regelt, was nicht zu regeln ist, weil er Erbarmen hat. Bob sieht sie daliegen. Er hebt sie auf, trägt sie wie einen Sack über der Schulter, läuft mit ihr fort, bis sie sich auf ihm wieder regt und murmelt, lass mich runter. Sie sind in einem anderen Areal des Friedhofs angekommen, wo es eine sonnenbeschienene Wiese gibt.

Er breitet seine Jacke aus, bringt sie dazu, sich zu setzen. Er streichelt sie, mitten auf dem weiten Rasen, der durch eine Mauer geschützt ist. Zwar gibt es hier auch Steine, aber sie sind weit auf der Rasenfläche verteilt. Es wirkt viel freundlicher als unter den vielen Bäumen, die oben schon zusammengewachsen sind und alles dunkel und kühl machen. Es gibt sogar Bänke an der Seite hier. Stolze, jüdische Grabmale, Soldaten und Offiziere, gefallen für Deutschlands Ehre.

Sie liegen nebeneinander, und nun öffnet er ihr die Bluse,

und sie lässt es geschehen. Er ist viel zarter, als sie es von ihrem Mann kennt, wie er in sie eindringt, ihr Stöhnen ist so unmittelbar, so tief, wie sie es bei sich noch nie wahrgenommen hat. Als sie es bemerkt, ist es zu spät, sie schaut erschrocken. Gleichzeitig muss sie weinen, und er trocknet ihr die Tränen, bis sie sich fasst und seine Hand wegnimmt.

Ist hier jemand, schaut sie sich nun, nüchterner geworden, um. Aber er beruhigt sie, wer soll hier schon sein, lacht er ihr mitten ins Gesicht. Für einen wunderbaren Moment ist etwas von ihr abgefallen, ist ihr jetzt viel leichter als sonst. Es muss der Versöhnungstag sein, es ist, als ob HaSchem selbst seine Hand über ihnen hätte. Nun lacht sie auch wie seit unendlich langer Zeit nicht mehr, so scheint es ihr.

Sie sitzen da, rauchen die schrecklichen russischen Zigaretten, aber das Kratzen im Hals bemerken sie heute gar nicht. Sie machen spaßige Pläne, wir gehen in die Welt, nach Shanghai, es ist wunderschön, da kenne ich mich aus, sagt Bob, wo es immer warm ist. Nein, nach England, nach London zurück, sagt Lea übermütig, ach nein, nach New York, nach Israel. Sie werden beide immer ausgelassener, wir gehen in einen Kibbuz. Wir fangen noch mal ganz neu an, wie verrückt, wie herrlich, bis sie endlich still werden, zurück in der Realität.

Sie werden jetzt nach Hause gehen, jeder zu seiner Familie, sie wird die Kleine aus dem Kindergarten, den Großen aus dem Hort holen. Da wird auch der Himmel gleich grauer über ihnen, da breitet sich eine Kühle aus. Sie laufen stumm vom Freiwilligenfeld des Ersten Weltkriegs den ganzen langen Weg bis zum Ausgang, klopfen sich nur hin und wieder gegenseitig ab, streichen sich verstohlen Grashalme aus dem Haar. Vorn auf der Straße setzt er seine Kippa ab und schiebt sie wieder in die Manteltasche.

Zu Hause ist alles beim Alten. Sogar erzählt hat sie Paul von Bob, nicht das vom Friedhof, aber der Bob und seine Frau Eva sind wie wir, wiedergekommen aus der Emigration. Paul hat nur immer genickt, er ist im Kopf schon bei seiner Neuen. Vielleicht wird es ja doch wieder mit Paul, denkt Lea. Er hat ihr neulich Blumen mitgebracht, sie haben sich mal wieder angelächelt. Am Wochenende sind sie rausgefahren, Boot fahren mit den Kindern. Versprochen hat Paul ihr alles, nie mehr die andere Frau. Mit dem Mund ist er schnell, und scherzen kann er. Den Bob muss ich vergessen, denkt sie, auch wenn er immer wieder anruft. Dann erzählt er ihr Geschichten, die ihr Angst machen. Sie haben ihn verhört wegen seiner alten Verbindungen in der Emigration. Lea kennt das. Sie hatte auch lange keine Arbeit, ständig diese Überprüfungen wegen ihres damaligen Lebens im Ausland, diese Drohungen gegen die westlichen Emigranten, alles Zionisten, Abweichler, Kosmopoliten. Ach, es muss einfach noch mal gut werden mit Paul.

Lea hat ein Haus besorgt, eine Hoffnung für ihre Ehe, wo auch die Kinder mehr Platz haben, doch Paul hat nie Zeit. Alles bleibt an Lea hängen. Lea packt an, das Stellen der Möbel macht ihr Spaß. Paul ist spät gekommen, und wo sind sie gelandet, im Schlafzimmer. Wozu das ganze Theater, denkt Lea nüchtern. Sex ist die Antwort, einfach nur Befriedigung, einfach nur Hunger nach Leben, sich spüren. Paul ist ihre gemeinsame Vergangenheit, und die Kinder natürlich, aber auch ihr Glaube an eine Zukunft im neuen Deutschland. In England hatten wir nichts, aber eine Vision.

Hier in Berlin ist Lea mit ihren Illusionen gelandet, in diesem vertrauten Teil, wo sie immer wieder alles an das verhasste junge Ding erinnert, das sie war, das nur raus-, raus-, rauswollte, das allzu schnell der Mutter nachgegeben hat. Mit der Entscheidung, die Paul wie selbstverständlich in London für sie beide getroffen hat, wir gehen zurück nach Deutschland, weil die Partei es so will, wurde die Weiche für alle gestellt. Mit Bob hat sie sich immer wieder mal getroffen, wie sie auch noch an Paul festhält. Sie weiß schon, dass es mit beiden nichts mehr wird. Sie geht wie betäubt durch ihre Tage, sie kann auch im neuen Haus nichts anhalten, nichts verändern, das Glück nicht zwingen.

***

Noch bevor Jakob wach ist, im Bauch von Lea, träumt er. Dieses Träumen erscheint ihm endlos und als glücklichste Zeit aller Zeiten. Die Farbe vor seinen Augen changiert zwischen leuchtendem tiefen Rot und hellem Blau bis zu samtenem Schwarz. Es fühlt sich warm an um ihn, nicht zu heiß und nicht zu kalt, genau richtig. Es ist ein Brausen und Rauschen zu hören, was aber beruhigend und gleichmäßig ist. Das Schönste jedoch: Er ist schwerelos, er schwebt. Sein ganzes weiteres Leben wird nach diesem Zustand suchen. Er versucht sich manchmal zu konzentrieren, aber je mehr er sich bemüht, umso schlechter wird es. Aus dem Schlaf kommend, ist ihm der Wechsel vom Schweben in den Wachzustand und zurück am vertrautesten, aber zu schnelles Wechseln macht ihm Panik, wo bin ich, was nun? Träume ich, oder ist es real?, fragt sich Jakob später immer wieder. Jetzt ist er wach.

Lea gürtet sich und geht auf die Straße. Jakob hört dumpf ihre eiligen Schritte auf dem Pflaster, spürt ihre Unruhe, aber auch ihre Entschiedenheit an ihren energischen Bewegungen. Sie hat etwas Besonderes vor, das ahnt er. Sofort ist er ebenfalls unruhig. Beruhigend ist auf einmal das ständige Strömen, das Brausen des Blutes, ist es seins oder Leas? Er will auf den Klang ihrer Stimme hören, wenn etwas geredet wird, aber alles klingt so gedämpft und undeutlich. Jakob ist wachsam, was hat sie vor? Jetzt klopft ihr Herz noch schneller, das spürt er, das macht ihn auch noch aufgeregter.

Es klingelt.

Eine Frau öffnet Lea. Ihr ist schon wieder schwindelig, sie japst, sie muss sich setzen. Der Hausherr kommt aus seiner Tür, gibt seiner Frau ein Zeichen mit den Augen, geht rückwärts wieder ins Zimmer. Seine Frau hat ja schon alles im Griff. Das Glas Wasser trägt sie Lea hinterher. Bitte, gehen Sie rein, zu meinem Mann, er erwartet Sie schon. Lea lässt sich auf den Stuhl fallen, schnauft und sieht sich um.

Das Zimmer ist dunkel, denn die Wohnung liegt im Parterre. Die Mauer vom Friedhof ist vor seinem Fenster. Den Rabbiner erinnert es an sein altes Versteck, sein Zuhause in den letzten Kriegsjahren. Lea sieht nur die vielen Bücher im Schrank. Es ist genau so, wie sich Lea die Wohnung des Rabbiners vorgestellt hat. Es ist schon unendlich lange her, dass sie das letzte Mal bei einem war, so lang, dass sie nicht mal sicher ist, ob es nicht ein Traum war oder wirkliche Erinnerung. Ihr ist schon wieder schlecht.

Herr Doktor, redet sie ihn an. Er sagt Fräulein Rosenbaum zu ihr. Er hat sich bei der Gemeinde nach ihr erkundigt. Sie verbessert ihn nicht, obwohl sie seit Jahren schon den Namen ihres Mannes trägt. Mein Vater liegt hier, sagt sie und deutet mit dem Kopf rüber zur Mauer vor dem Fenster. Ich weiß, er nickt freundlich. Ich bin mit meinem Mann aus England zurück. Ich war schon bei der Gemeinde, habe wegen meiner Mutter angefragt. Sie haben gesagt, wahrscheinlich Transport Nummer zweiundvierzig vom S-Bahnhof Grunewald. Lea macht eine Pause, dann sagt sie leise, vielleicht ist sie gar nicht mehr bis dorthin gekommen. Die Waggons waren doch so überfüllt, sie war ja nicht mehr jung. Dabei habe ich am Anfang in England noch gedacht, ich hole sie nach. Ich konnte doch nicht, Herr Doktor, ich hatte doch kein Geld. Irgendwann sind keine Briefe mehr von ihr gekommen, ich habe gedacht, na ja, es ist Krieg, und dann die Gerüchte …

Sie redet, aber er kann sie nicht mehr verstehen. Sie wird immer leiser, plötzlich richtet sich ihr Kopf wieder auf, sie sieht ihn an. Wieso, wieso hat Gott das zugelassen? Er fährt zusammen, hat sich schon ganz auf ihr Murmeln konzentriert. Wieso hat Gott das zugelassen? Aber Lea ist auch erschrocken. Sie hat ausgesprochen, was sie Paul niemals fragen könnte, als Kommunistin niemals aussprechen würde. Das macht sie wieder verzagt.

Der Doktor sieht aus dem Fenster zum Friedhof rüber. Er hat schon einige dieser Gespräche geführt, die immer mit dieser Frage endeten, die meisten Gespräche mit sich selbst, all die Jahre bis zum Ende. Deshalb hat er den ersten gemeinsamen Schabbat, den ersten Gottesdienst danach organisiert, weil er endlich nicht mehr nachdenken wollte. Sie sind wieder zu ihm gekommen, aus ihren Löchern und Verstecken, manche vom Friedhof wie er, manche aus Laubenkolonien, aus den kaputten Häusern, aus anderen Ländern, wo sie sich versteckt hatten, wie die Frau gegenüber. Ja, einige unserer Leute haben überlebt. Er mustert sie, während Lea noch so viel reden möchte.

Sie hat ihm nicht erzählt, wie leicht, wie schön ihre Liebe drüben mit Paul am Anfang war, wie großartig sie sich gefühlt hat, als ihr Großer, noch das süße Baby, in England neben ihr im Bett lag, wie sie versuchte, nicht mehr an Mutter zu denken, an Mutters Briefe, an Mutters Worte, wenn ich drüben bei dir bin, Leachen, dann zeigst du mir alles, wie Lea gelernt hat, den Gedanken an Mutter nicht mehr weiterzudenken, wie sie doch wieder zweifelte, wegen der Gerüchte, der Geschichten aus der Zeitung, man hätte Menschen einfach mit Gas erstickt, wie sie euphorisch war am Tag des Sieges, wie sie wieder anfing zu zweifeln, als klar war, sie gehen zurück, also auch zurück in Leas altes Leben, zurück zu den Straßen, die sie mit Mutter entlanggelaufen ist, zurück zur Ungewissheit, vielleicht hat sie sich doch irgendwo versteckt und … Jetzt sitzt sie hier beim Herrn Doktor, aber sie kann nicht sagen, ich bin schuld, ich habe sie einfach zurückgelassen, vergessen, Gott wird mich strafen.

Der Doktor sieht sie an, wie sie schwer atmend, stumm auf seinem Besucherstuhl sitzt, eine junge Frau. Er betrachtet sie, er hat längst bemerkt, dass sich unter ihrem Mantel ihr dicker Bauch abzeichnet. Sie haben sich doch entschieden, sagt er und zeigt auf ihren Bauch, für das Leben. HaSchem will es so, dass wir leben, dass wir überlebt haben, das ist doch großartig, lacht er. Lea steht auf, sieht ihn an, das Gespräch ist für ihn beendet, nun wird sie gehen, nach Hause, zu ihrer Familie.

Der Rabbiner kann ihr nicht helfen, denkt sie. Sein leichter Gott macht sie wütend. Sie kann auch nicht von Paul anfangen, von seinem ewigen Fremdgehen, von dem Gefühl sprechen, wie ihr das neue Kind jetzt schon wie ein Stein im Schoß liegt, wie sie sich mit dem Gedanken an Mutter auch den Gedanken an Gott verbietet, wie sie von ihrer kaputten Ehe enttäuscht ist, wie sie enttäuscht ist von den Versprechungen ihrer Partei, paralysiert von dem Gedanken, ich habe Mutter zurückgelassen, ich bin schuld, ich bin schuld, ich bin schuld.

Sie hat mit dem Gespräch auf eine Erleichterung, auf endgültige Sicherheit gehofft, für ihr ganzes restliches Leben. Soll sie den Kerl, ihren Mann behalten, das neue Kind, den Beruf, die Partei, die immer mehr zum Monster wird, oder woanders hingehen, noch mal neu anfangen, aber wie, mit den Kindern, allein? Alles steht auf dem Spiel, alles infrage, seit sie von dem Kind in ihr weiß, seit sie von Pauls Untreue verunsichert ist, seit sie spürt, wie wenig willkommen sie hier sind, ihr seid aus dem angloamerikanischen Raum gekommen, wie es jetzt heißt. Welche Überwindung es sie kostet, jeden Tag die Gesichter um sie herum zu ertragen, die fremden und doch wieder so vertrauten Gesichter auf der Straße, die Häuser, den Kiez ihrer Kindheit, unendlich vertraut und verhasst. Ihr Hass frisst sie auf, ihr ewiges Misstrauen, ihre Angst. Im Exil, in England war das alles noch weit weg, aber hier?

Ich muss noch einkaufen, sagt sie, verabschiedet sich und geht müde die Allee zwischen den vielen Menschen hinunter, die nach der Arbeit nun alle auf der Jagd nach Essbarem sind. Bald steht Lea in der Schlange, mustert von Weitem den Ladentisch. Hoffentlich bleibt noch etwas übrig, bis ich dran bin. Dabei konnte sie dem Herrn Rabbiner auch nicht auftischen, dass sie nicht einmal genau weiß, von wem dieses Kind ist, das da in ihr wächst. Diese Ungewissheit, dieses schreckliche Durcheinander macht sie müde. Sie atmet die verbrauchte, feuchte Luft im Laden, die vielen drängelnden Menschen, vor und hinter ihr, die gierigen Blicke nach vorn zur Ladentheke, das langsame Rücken auf die Verkäuferin zu, die immer wieder ihr gleichgültiges Ham wa nich ertönen lässt.

ANTON

LUTZ KOMMT NACH HAUSE, obwohl es nur eine Laube ist. Aber nach dem Zuchthaus, nach den Jahren Flucht, Prag, London, überall immer nur auf Durchreise, braucht er ein Zuhause, nicht nur für sich, für die ganze Familie, die Lutz' ganzer Stolz ist. Am liebsten würde er den ganzen Tag nur in seinem Garten stehen, an seinen Pflanzen pusseln, aber nun schicken sie ihn schon wieder los.

Dabei sollte er dableiben, sich einrichten, ankommen, endlich. Für die Kinder ist es schön, wenn sie nicht in der Stadt sein müssen, weil sie aus dem Häuschen ins Freie gehen können, ohne zu fragen. Lutz steht bei seinen stummen Freunden, den Sträuchern und Bäumen, sieht ihnen beim Wachsen zu, und seine Frau sitzt in der kleinen Stube, sagt nichts, schaut stumm wie die Pflanzen. Manchmal schreit sie immer noch, mitten in der Nacht.

Die Deutschen waren schon in Prag einmarschiert, er auf der Flucht, wartete auf seine neuen Papiere, als er sie auf der Straße beobachtete, wie sie vergeblich versucht hatte, etwas zu essen zu kaufen. Ihr Akzent, ihre Augen, die hilflos hin und her huschten in der Menge, machten ihn aufmerksam, er ging ihr nach, bis zu der Tür ihres Hauses, er ging einfach mit rein, schubste sie in ihre Wohnung, es dauerte, bis er sie beruhigt hatte, bis sie anfing zu reden, eine Mischung aus Tschechisch, Jiddisch und Deutsch. So viel war klar, sie musste sofort weg.

Er nahm sie einfach mit auf seinem Weg, über die Grenze, bis sie in England waren. Aber immer, wenn er versuchte, sie nach ihren Leuten zu fragen, dann weigerte sie sich, nur so viel konnte sich Lutz zusammenreimen: Mitten in ihr feines, bürgerliches Leben, in ihre nette Familie, kam die Besatzung, sie mussten sofort ihre Leute abgeholt und sie dabei übersehen haben.

Er denkt an die kommende Nacht, wenn sie nur nicht so laut wird, dass die Kinder wach werden. Er dagegen hatte immer Glück. Den Chef der Gruppe hatte Lutz in einem Zimmer der jüdischen Gemeinde kennengelernt. Er war zur Gemeinde gegangen, dachte, vielleicht helfen die mir weiter. Er fühlte sich erwachsen, als er die Gänge des Gemeindehauses entlangschritt, aus einem der vielen Zimmer kam eine begeisterte Stimme. Vielleicht öffnete er die Tür nur wegen des Klangs der Stimme. Da saßen lauter Jugendliche in seinem Alter und hörten zu. Wir sind jüdische Kommunisten, hatte der Mann gesagt, egal wie es heißt, Hauptsache Anschluss, hatte sich Lutz gedacht, ich mache mit bei euch.

Als es bald konkret wurde, fühlte er sich noch besser, für die gute Sache muss Geld beschafft werden. Die reichen jüdischen Kapitalisten haben Geld. Es ist nur gerecht. Dabei war es glatter Wahnsinn, was sich ihr Chef ausgedacht hatte, dilettantisch, und die Diebe zu unerfahren, sie waren alle viel zu jung in der Gruppe. Ihn hatten sie nur wegen Einbruch und Diebstahl drangekriegt, das kleine, jüdische Früchtchen, wie sich der Richter ausdrückte. Die anderen der Gruppe wurden später aufgehängt für den Anschlag, den sie versucht hatten. Lutz bekam mildes Zuchthaus. Hätten sie ihn genauer im Blick gehabt, wäre es sein Tod gewesen, nicht nur das bisschen Zuchthaus. Das war, wenn man im Heim aufgewachsen ist, nur ein Klacks. Nach dem Jahr in Brandenburg, das er auf einer Arschbacke abgesessen hatte, wie er später immer sagte, war er außer Landes geflohen.

Alles geht im Garten besser als in der Stadtwohnung, denkt Lutz, kein neugieriger Nachbar bekommt etwas mit, er schämt sich für seine Frau, für ihr nächtliches Geschrei. Die Gehwegplatte muss Lutz austauschen, sie ist vom letzten Winter gesprungen, aber jetzt hat er Wichtigeres vor. Er muss es der Familie sagen, es hat Konsequenzen für alle.

Die Partei schickt mich nach Moskau, ihr kommt mit, flüstert er beinahe, als sie gemeinsam um den Tisch sitzen. Die Mutter schaut unbewegt nach draußen, Liane schaut ihren Vater an, doch der Große, Anton, spielt weiter mit dem Auto. Also nimmt Lutz ihm das Auto ab, dann sagt er ernst, ihr werdet dort im Heim untergebracht. An den Wochenenden werden wir uns sehen, versöhnlich setzt er noch hinterher, ich war auch im Heim, hat mir nicht geschadet, wie ihr seht, sagt er grinsend.

All das nimmt Liane nickend entgegen. Das weiß sie schon lange, hier ist sie gefragt, sie wird Vater nicht enttäuschen, von Mutter ist nicht viel zu erwarten. Es ist Abend, den Tisch hat Liane abgeräumt, das Geschirr abgewaschen, Anton darf noch spielen. Lutz sitzt in seinem geliebten Ohrensessel, raucht und liest, seine Frau sitzt auf dem Sofa und schaut unentwegt aus dem Fenster, wo in der Dunkelheit draußen die Zweige wie Finger hin und her geschüttelt werden. Erst als sie nebeneinander im Bett liegen, löst sich bei ihm die Anspannung, ihm löst sich die Zunge, er malt sich aus, wie unter seinen Artikeln in der Zeitung der Doktor, den er endlich gemacht hat, vor seinem Namen stehen wird.

Ich werde aus Moskau berichten, meine Artikel kommen auf Seite eins unserer Zeitung, sagt er, sie erwidert nichts darauf, er erwartet auch keine Antwort, aber Lutz stellt sich vor, was seine Frau einwenden würde, die Kinder ins Heim, gesagt hat sie nichts, aber geschaut. Die Kinder werden sich daran gewöhnen. Liane benimmt sich jetzt schon wie eine Große, und Anton ist mein Junge, es ist eine Chance für uns alle, brummelt er noch vor sich hin.

***

Der Geruch ist ungeheuer fremd. Anton und Liane halten sich nicht an den Händen, Anton ist es peinlich, aber sie stehen dicht beieinander. Die Eltern sind losgefahren. Der Flur, in dem die Kinder stehen, ist endlos lang. Neben ihnen ihre paar Sachen, weit hinten die Kinder, die zu ihnen, den Neuankömmlingen, herüberstarren, die Reihe von Fenstern, wo sie dem fahrenden Auto, in dem die Eltern sitzen, nachschauen, bis nichts mehr zu sehen ist, nur noch Weiß, das Weiß des Schnees da draußen, und hier im Flur der Geruch süßlich sauer und weiter hinten abgestanden.

Zwei Erzieher kommen. Die Kinder werden sofort getrennt. Er kommt zu den Jungen und Liane zu den Mädchen, Anton schaut Liane hinterher, wie sie verschwindet. Der Schlafraum hat unzählige Betten in Reihen. Anton versucht sie zu zählen, aber er kommt durcheinander. Der Geruch ist hier noch stärker geworden. Mit dem Geruch fing es aber schon auf dem Flughafen an, als sie in Moskau gelandet sind, dann ging es im Auto weiter bis hierher. Im Auto hatte er noch gehofft, bei seiner Schwester bleiben zu dürfen.

Er liegt auf seiner Pritsche, wo sie ihn hingebracht haben, als er am Fenster rumstand. Dann ging schnell das Licht aus, er starrt in die Dunkelheit, hört auf die Geräusche. Da hinten scheint ein kleines, huschendes Licht, es bewegt sich, dazu Flüstereien, jetzt kommt es auf ihn zu. Germanski? Russki? Jewre? Eine Abordnung von Jungen steht vor ihm. Er versteht nicht, Jewre? Ja, er ist Germanski, so viel weiß er, aber das andere Wort?

Er sieht auf die Gestalten, vielmehr versucht er, etwas zu erkennen, versucht zu lächeln, er ist geblendet vom weißen Licht. Dann muss er sein Gesicht schützen, jedenfalls versucht er es. Aber die harten Fäuste dringen durch. Am empfindlichsten ist die Nase, natürlich die Nase, vielleicht hilft das gegen den Geruch, aber die Schläge, die ihn da treffen, beißen mehr als der Geruch. Anton hebt die Arme, der Pyjamaärmel verfärbt sich. Er liegt schon halb unter dem Bett, er keucht stumm.

Das also ist das Land Sowjetunion, das bedeutet Heim. Vater kommt erst am Ende der Woche, am Freitagabend. Menja Antifaschist, auf sein Blut achtet er nicht, das Wort hat ihm Vater beigebracht. Aber die Jungen lachen, ihr Anführer steht vor Anton, einen Kopf größer als er. Spät kommt der Strahl einer anderen Taschenlampe und die harten, bellenden Worte des Erziehers, die die Jungen für eine Weile von ihm abhalten, und Anton darf wieder ins Bett. Nie wieder wird er das Wort Jewre vergessen, zusammen mit dem Geruch.

PETER

IMMER GEHT JACQUES die Liedzeile eines jiddischen Liedes durch den Kopf, wir wandern, wir wandern, von einem Ort zum andern, er kann es nicht anhalten, der Rhythmus und der Reim, ewige Wiederholung. Wenn es so weitergeht, dann drehe ich durch, das kennt er aus dem Lager, dagegen hilft nur ein anderes, neues Lied. Er muss grinsen, das hat er hier im Radio gehört, Wenn bei Capri die rote Sonne im Meer versinkt, Tango, ja, das geht, so ein sentimentaler Schlager. Die alte Liedzeile verschwindet in den Tiefen seines Hirns. Das ist angenehmer.

Sein Talent zu spielen, zu singen hat ihm das Leben gerettet, im Lager bei der Theatergruppe, aber auch später, weil es ihm immer eine andere Realität ermöglicht hat, sich vor der Wirklichkeit des Lebens zu drücken. Dabei ist es heute doch ein schöner Moment. Seine Frau hat den Schlüssel, ihre blauen Augen leuchten ihn an. Er schüttelt den Kopf, das ist eine Angewohnheit, die er hat, wenn er sich den unerwarteten Trübsinn abschütteln will.

Sie stehen zu dritt am Ende der kleinen Straße vor der Gartentür, die zu ihrem neuen Zuhause führt. Das Haus hat man ihnen zugewiesen, wie es nebelhaft heißt. Er hält schließlich auch noch die kleine Hand seines Sohns, ich darf mich nicht gehen lassen, denkt er. Er muss rauchen, angelt sich mit der Linken die Zigarette aus der Manteltasche, dieser Moment ist zu aufregend. Wenn er gefragt wird, was das Schlimmste am Lager war, dann spricht er immer über das Rauchen, er kann lange Vorträge über den ersten Zug, den Rauch halten, wie er sich im Mund sammelt und beim Einziehen in die Lunge den wohltuenden Ruck im Kopf auslöst. Wie er sich nach einer Zigarette gesehnt hat.

Gudrun, die neben ihm steht, kratzt am alten Namensschild, wo schon nichts mehr zu lesen ist, aber sie gibt keine Ruhe. Endlich ist sie zufrieden und holt ihr vorbereitetes Stück Papier heraus und klebt es sorgsam über die zerkratzte Stelle. Sie hat schon ein Namensschild aus Messing bestellt. Aber das kann dauern. Er hat ihren Namen angenommen, als entschieden war, dass sie nach Deutschland übersiedeln, das war instinktiv. Der deutsche Name Klar gefiel ihm gut, als sie ihm lächelnd erklärte, was er bedeutet. Er lässt sich dazu Jacques nennen, Jacques für seine Vergangenheit, Klar für seine Zukunft. Nun hat alles seine Ordnung.

Gudrun dreht mit einem Lächeln den quietschenden Schlüssel zweimal um, dann öffnet sich die Tür, sie haben ja schon neugierig auf der Straße gespäht nach dem Garten, nach dem Haus, sogar ein Stück See dahinter konnten sie schon ausmachen. Gudruns Stimme führt ihn zurück. Wie findest du es, fragt sie lächelnd, großartig, murmelt er automatisch. Sie stehen drinnen im Haus. Der Flügel wurde auch schon geliefert. Blüthner steht drauf. Die Dielen sind zerkratzt. Die grauen Schatten an den leeren Wänden und in der Küche sogar noch der große Schrank, wo die Türen offen stehen und die Krümel der Vorbesitzer überall rumliegen, sind deprimierend, aber frische Farbe werden wir schon bekommen, und dann kommen ja noch unsere Möbel und Teppiche aus Antwerpen. Das ist also das neue Leben in Ost-Berlin. Ein Zuhause, endlich wieder ein Zuhause.

Gudrun ist seine Managerin, seine Ratgeberin, seine Pianistin, seine Geliebte, seine Frau, die Mutter. Gudrun, die Süße, die Blonde, die Kommunistin, die er getroffen hat, die immer einen Ausweg weiß aus seiner Dunkelheit, die seinen Sohn unter ihrem Herzen ausgetragen hat. Sie hat ihn überredet, seinen Kopf genommen, ist ihm durch die Haare gefahren – eine

Geste, die ihn dunkel an Mutter erinnert –, hat ihm ins Ohr geflüstert, man wird uns gut in Ost-Berlin empfangen, man wird uns gut behandeln.

Obwohl er misstrauisch blieb, sich aufgeregt eine Zigarette nach der anderen anzündete, sind sie nun hier. Sie stehen im Haus. Er setzt sich an den Flügel. Hart klingen die Töne durch den leeren Raum, draußen vor dem Fenster wackeln die Zweige vom Wind. Gudrun nimmt seine Hände von den Tasten, sie zieht ihn hoch und führt ihn durch die leeren Zimmer. Die gibt es hier drinnen genug und ein schönes Bad mit Badeofen, die geflieste Küche, großzügig ist es, kann es werden, sagt er vage und zwinkert dem Kleinen zu, der hat seinen Indianer zum Spielen, den er überall reiten lässt, den er das Geländer nach oben galoppieren lässt und dann wieder nach unten. Sie stehen im Wohnraum mit dem Flügel in der Mitte, ihrem neuen Zuhause.

***

Peter geht inzwischen in die Schule, er ist ein Zarter, so introvertiert. Die ersten Wochen kam er grau wieder zurück. Aber dann ging es besser, jedenfalls sieht er inzwischen besser aus, er redet nicht über das da draußen. Er ist mitgegangen mit dem Jungen aus seiner Klasse, meine Eltern sind nicht da, hat er gesagt. Eigentlich soll er nach der Schule immer gleich nach Hause, aber die Eltern sind mal wieder unterwegs, und Peter will etwas beweisen, na klar traut er sich, der Froschfresser, wie sie ihn nennen.

Die erste Zeit war die Hölle. Er hat sie kaum verstanden, seine Klassenkameraden, dann haben sie ihn wegen seines Dialekts nachgemacht. Er wollte auch die Haare abrasiert haben, hart sein, wie die Jungen aus seiner Klasse, aber die Eltern waren auf dem Ohr völlig taub. Mutter ist ihm durch die Locken gefahren, mein Chichi, hat sie in sein Ohr gemurmelt. Er hat sich das Eisenauto in die Hosentasche gesteckt, darauf ist der Junge so scharf, ihm ist es egal, und zu Hause merkt es sowieso keiner.

Der Junge holt seinen Schlüssel aus der Jacke, darin sind sie sich gleich, bemerkt Peter dankbar, auch bei ihm ist keiner zu Hause. Drinnen riecht es fremd, und das macht Peter gleich wieder beklommen. Ich teile mir mein Zimmer mit meiner blöden Schwester, sagt der andere, er weist mit dem Arm auf die zwei Betten, dann dreht er sich zu Peter, zeig mal, Peter holt das rote Auto heraus.

Der Junge nimmt es nachdenklich in seine Hand, schwer ist es, das spürt er, wenn er es mit der Hand ein wenig hin und her bewegt. Ein roter Londoner Bus. Original, Alter, das ist das höchste Lob, was er zu vergeben hat. Dafür muss auch er etwas rausrücken, das weiß er. Er wirft sich auf den Teppich, schiebt sich unter sein Bett, bis er wieder rückwärts darunter hervorkriecht, in den Händen hält er eine Stahlkassette. Er nimmt den Schlüssel, den er um den Hals hat, ab und steckt ihn in das Loch, schließt und öffnet, nimmt einen kleinen metallischen Gegenstand heraus und drückt ihn Peter mit einem ernsten Ausdruck in die Hand. Der schließt gleich die Hand darum und öffnet sie wieder, als beide Jungen sich zusammen darüberbeugen und darauf starren.

Es ist ein Abzeichen, außen ein goldener Kranz, in der Mitte das Kreuz, Peter liest die Schrift darum, Nationalsozialistische P. A. D. Weißt du, was das ist?, fragt der andere ihn mit feierlicher Stimme. Peter schüttelt vage den Kopf, er weiß nur, dass das Kreuz verboten ist. Das ist das goldene Abzeichen der Partei, davon gibt's nur ganz wenige, sagt der Junge triumphierend. Das hat der Führer nur ganz, ganz selten vergeben und nur persönlich, flüstert er jetzt. Beide sind still. Danke, sagt Peter nach einer Weile, schließt die Hand wieder und steckt es vorsichtig in die Hosentasche. Jetzt sind wir Freunde, nicht wahr, denkt er, aber spricht es nicht aus.

***

Ein Paradies haben sie sich geschaffen. Jacques hat es nicht wahrhaben wollen, aber er erinnert sich, wie er am Anfang bange auf das Haus geschaut, den fremden Geruch geatmet, in das Grau des Berliner Himmels gestarrt hat. Wenn er nun nach Hause kommt, dann, weil er hier seine Flucht vor der Welt, seine Höhle geschaffen hat.

Den oberen Bereich des Hauses hat er für sich, da hat sich Gudrun auch angewöhnt zu klopfen, nur manchmal, wenn sie Bürotage hat, wie sie es nennt, dann muss er sich unsichtbar machen. Dort, in ihrem Büro, haben sie eine Karte an der Wand, darauf die Erde und darauf rote Fähnchen, wo sie überall gastiert haben. Europa ist voll, aber auch USA, Afrika und Asien. Wo nimmt Gudrun die Kraft her? Sie muss ja auch noch zu den Sitzungen der Partei, zu denen man sie berufen hat. Aber das mit den Fähnchen hat sie sich nicht nehmen lassen, die hat sie selber gebastelt aus Stecknadeln und rot bemaltem Papier. Dazu hat sie den Peter mit angestellt. Sie liest auch die Drehbücher zuerst, die man Jacques anbietet. Sie war es, die ihm zu dem Film geraten hat.

Oh, wie Jacques das Fußballspiel mit den anderen liebt. Hier glaubt er sich akzeptiert. Dieses Mannschaftsgefühl, dazuzugehören, dabei kann er gar nicht richtig auseinanderhalten, wer zu wem gehört. Sie haben schnell eine Aufteilung in der Drehpause gemacht, wer in welcher Mannschaft spielt, alle sind durcheinander angetreten, aber in einer Linie. Sein Freund Hajo hat ihn ausgewählt, so spielen sie zusammen, gib ab, du Flasche, rangehen.

Die Männer werden nach der anstrengenden Arbeit des Filmdrehens immer ausgelassener und lauter. Bis auf die Techniker sind die meisten der Spieler in ihren Kostümen, entweder in SS-Uniformen oder wie Jacques in gestreifter KZ-Kleidung. Hajo, der einen bestialischen SS-Mann spielt, ist der Kapitän der Mannschaft und Jacques sein rechter Verteidiger.

Eben noch, vor der Kamera, hat Jacques den Satz, ich

schwöre, direkt in die Linse gesprochen, der Regisseur brauchte eine Nahaufnahme von seinem Gesicht. Erst musste Jacques lachen, einfach so, es kam, ohne dass er wusste, woher. Er versuchte wieder, sich zu konzentrieren, doch der Regisseur ließ ihm keine Ruhe, noch mal, noch mal, noch mal. Danach brüllte der Regisseur endlich, Drehpause, die Männer haben das gleich ausgenutzt.

Immer helfen sie mir den Juden über, keiner spricht es aus. Jacques wird plötzlich schwindelig. Dieses Durcheinander, die ganzen Uniformen, Hajo brüllt, rangehen. Jacques muss den Ball an den Kopf bekommen haben, ihm wird schwarz vor Augen. Als er wieder aufwacht, beugt sich Hajo über ihn, na, wie geht's dir? Das war ein Schuss, hast ihn an die Omme gekriegt. Er hat gesehen, wie der Ball Jacques an den Kopf geknallt ist, wie der einfach umkippte. Hajo lacht. Jacques ist nun ganz verwirrt. Hajo, in seiner SS-Uniform, aber mit dieser freundlichen Stimme, er am Boden. Diese verdammte Schauspielerei.

Jacques hat schon längst wieder vergessen, was er genau gespielt hat, welche Sätze er sagen sollte. Mittlerweile wird er auf der Straße angesprochen. Er hat sich auch endlich Autogrammkarten drucken lassen. Gespielt hat Jacques schon immer gern, damals, drüben im Lager, hat es ihm das Leben gerettet. Das Spielen bringt ihm Schulterklopfen und Anerkennung, nach der er sich so sehnt. Er gehört lange schon dem Ensemble der Filmfirma an. Immer wieder besetzen sie ihn, dieses Mal ist er zionistischer Amerikaner, das liegt ihm gar nicht, diabolisch soll er sein, verschlagen. Es geht um Westdeutschland, nach dem Krieg, er schaut sich nie das ganze Drehbuch an, nur seine Sätze, die er übt, er will nur wissen, wie sein Charakter ist, damit er schnell in die Rolle findet.

***

Jacques hat einen großen Auftritt, endlich mal keine Nebenrolle, denn heute geht es um seine musikalische Seite. Seit er in Berlin lebt, hat er immer nur Filme gemacht. Er tritt von hinten an den geschlossenen Vorhang, hört das Summen, das Publikum ist schon eingelassen worden.

Gudrun steht neben ihm, schaut durch das winzige Loch, da ist sogar der Diktator mit Gattin in der Loge des Theaters, sie murmelt, schau nur, der Brecht ist auch da, er ist Intendant im Haus, die berühmten Künstlernamen schwirren durch Jacques' Kopf, er hat das Gefühl, die ganze Welt schaut ihm heute zu. Das ist sein großer Abend. Er will die Leute gar nicht sehen, am liebsten sollte es schwarz bleiben vor ihm, wenn er gleich nach vorn an den Bühnenrand muss. Rauchen, jetzt rauchen. Diese weiche Stimme im Lautsprecher, Herr und Frau Klar bitte zur Vorstellung, dann das Klingeln, einmal, zweimal, dreimal. Dann geht der Vorhang hoch.

Der strenge Herr von der Feuerwehr hat eine Ausnahme gemacht. Er hat einen Eimer mit gefülltem Wasser angeschleppt, der wie eine Drohung in der Gasse neben ihm steht. Jacques lehnt nun direkt am Flügel, schaut auf den Aschenbecher, der darauf abgestellt wurde. Ein wenig zittern ihm die Hände, als er sich die Zigarette anzündet. Ich brauche das, hat er Gudrun gesagt, sie hat es dem strengen Mann in der schwarzen Uniform übersetzt. Immer spricht er Französisch, wenn er sein Gegenüber fürchtet. Er nimmt den ersten Zug, schließt die Augen.

Gudrun spielt die Einleitung, da sieht er sich, wie er in der Kolonne mit dem Bruder läuft, sie gehen auf Transport, wie es hieß, aber sein Bruder, mit dem er, wie durch ein Wunder Gottes, bis hierher noch zusammen war, war kein Schauspieler des Lagertheaters gewesen, er war durch die harte Arbeit geschwächt. Jacques stützte ihn auf dem Marsch, ja, er trug ihn fast, bis der Schuss eindrang in sein Bewusstsein, der Ruck, der auch durch seinen Körper ging, sodass er im ersten Moment dachte, er sei selber getroffen, bis er den toten Bruder vorsichtig zu Boden gleiten ließ und einfach weiterlief.

Er hat das Mikrofon zwischen den Händen, tastet mit geschlossenen Augen den Abstand zum Mund, es brennt, Brüderle, es brennt, und ihr steht da und schaut mit verschränkten Armen. Es gibt keine Solidarität, am Ende sterben wir für uns allein, das weiß Jacques seit damals, das kann er sich nicht verzeihen. Das liegt in dem Lied, in diesem süßlichen Jiddisch, das er so perfekt singt. Er kennt es aus seiner Kindheit. Die Vitalität in dieser Musik hat ihn immer schon angezogen, das Direkte, das man durch Noten nicht festhalten kann. Was er im Studium nicht lernen konnte. Es kann süßlich, aber auch hart, traurig und alles zugleich sein. Nur akademisch nicht, das langweilt ihn so. Genau entgegengesetzt zu dem, wie er sich die deutsche Mentalität vorstellt.

Das spürt auch das Publikum, der Beifall nach einem Moment der Stille ist tosend. Sogar der Brecht schaut jetzt aufmerksam und lächelt zu ihm hoch, ihn kann Jacques plötzlich sehen, er kann all die Menschen da unten sehen, alle kann er ansehen, sogar den Diktator in seiner Loge, der zu seiner Gattin murmelt, komm, mir gehen, es ist ungemietlich, er meint sogar den sächsischen Zungenschlag zu hören, dieses ganze wunderbare Theater vor ihm, die ganze Welt, wie er sich lächelnd zu Gudrun dreht, sie elegant an der Hand nimmt, vom Flügel zum Bühnenrand führt.

Dieser Applaus ist der warme Regen auf seine Zweifel, auf seine düsteren, nächtlichen Träume, auf die Bilder. Dieser Applaus ist Zukunft in Ostdeutschland, er lässt all die Stimmen verstummen, die ihm einflüsterten, bist du verrückt, ausgerechnet dorthin zu gehen?

JAKOB

NUN IST JAKOB AUF DER WELT, nach der Wärme in Leas Bauch muss er sich neu orientieren. Alle seine Sinne sind auf Lea ausgerichtet, wenn er nicht in der Krippe ist, wo er abschaltet. Lea mit ihrer Wut, wenn sie mit Paul schimpft, wie sie mit Jakobs älteren Geschwistern schimpft, wie sie plötzlich fröhlich mit tiefer Stimme singt zum Plattenspieler, während sie bügelt, wie sie scharf und präzise ihre Argumentation laut übt, wenn sie in der Küche aus ihren Plädoyers liest, wie sie sich früh auf dem Flur die Zigarette anzündet, den ersten Zug mit geschlossenen Augen tief in sich zieht, den leichten Schwindel fühlt, dann die nächsten Züge schon routiniert nimmt, am Ende den Stummel aber doch angeekelt in den Untersetzer neben der leer getrunkenen Kaffeetasse drückt, hin und her, wie sie ihr Leben immer wieder zweifelnd und wütend fühlt, wie sich auf sie der Mehltau ihrer Traurigkeit bis zur Stumpfheit senkt, der für Jakob die schlimmsten Folgen hat, weil sie dann gleichgültig und bewegungsunfähig ist.

Sie ist sein Zeiger, sein Herz, sein Hirn. Ohne sie kann er nichts machen, er muss immer aufpassen, wie sie gerade tickt. Dieser Zeiger ihrer Gefühle verändert sich in rasender Geschwindigkeit, dabei ist sie unnahbar, wenn sie in seltsamer Euphorie oder ganz gefangen in grauer Wut ist. Jakob darf ihr niemals zu nahe kommen, aber manchmal stürzt sie sich auch auf ihn, dann muss er es aushalten und wird selber starr unter den Liebkosungen ihrer kleinen Hand. Am liebsten schleicht er sich auf seinen wackligen Beinen nachts an sie heran, legt sich hinter sie ins Bett, hört auf ihr verschlafenes Grummeln, berührt die starren, harten Locken an ihrem Hinterkopf, die seine Hand kratzen, spürt ihre Wärme, bis sie ihn brummelnd wieder rüber in sein Bett trägt.

Niemals könnte er ihr von seiner Welt erzählen, von seinen Träumen, und sie würde sich auch niemals für seine Welt interessieren. Ihr jähes Aaach Quatsch auf sein schnelles Weinen, auf sein Stammeln, macht es unmöglich. Nur Lena, Jakobs Schwester, ist manchmal für Jakob da, wenn sie ihm vorliest, seinem Finger, der auf ein Bild zeigt, mit amüsierter Miene folgt, ihm überraschend ein Spielzeug hinstellt, etwas aus Metall, was man aufziehen kann, was ein Geräusch macht, einen Hüpffrosch, der bald schon überdreht ist, kaputt von seinen ungeschickten Fingern.

Auf einmal ist alles neu. Jakob kommt am Nachmittag an Leas Hand nach Hause, aber es ist nicht mehr sein Zuhause. Alles ist anders. Johann hat nun ein Zimmer ganz vorn, Lena und Jakob haben nun ein Zimmer mit dem Bett der Eltern. Lea hat ihr eigenes Zimmer. Paul ist weg. Es gibt keinen Garten mehr, nur ein großes Haus, wo auch andere Leute wohnen. Paul ist weg, so viel ist klar, aber dafür ist es auch ruhiger, kein Streit mehr zwischen Lea und Paul. Er war sowieso nur selten da. Aber wo hat Jakob seinen Platz? Es riecht so anders.

Der Nebel schiebt sich vor Jakobs Stirn, er tastet sich in Lenas und sein Bett, das wenigstens ist vertraut, da lag er auch vorher manchmal drin, als es noch Paul und Leas Bett war. Hier kennt er sich aus. Er legt sich unter die weiße Decke, schließt die Augen. Der Nebel summt in seinem Kopf. Es wird dauern, aber Jakob kennt keine Zeit. Wenn sie bloß zusammenbleiben. Sie sind nun zu viert, aber Johann, Jakobs älterer Bruder, ist auch schon auf dem Absprung in sein erwachsenes Leben, Jakob freut sich, wenn er zu Hause ist.

Sie sitzen alle zusammen am runden Abendbrottisch mit der weißen Decke drüber. Sie werden essen. Es wirkt alles ruhig und entspannt, Johann spricht, doziert, scherzt. Lena mischt sich nicht ein. Es dreht sich um Langweiliges, Schule, große Politik. Lea und Johann reden laut miteinander, gib mal die Butter, der Aufbau des Kommunismus. Jakob, sag mal Empiriokritizismus. Jakob freut sich, wie sie lachen. Johann verlässt sie für den Aufbau des sozialistischen Werks in Schwedt, er reiht sich ein in die Arbeitereinheitsfront. Jakob hört wieder zu, kaut an seiner Stulle. Lea macht mitten in Johanns Vortrag plötzlich eine Bewegung, die seine Aufmerksamkeit erregt, sie drückt ihr Messer mit einem metallischen Klappern, einem Quietschen auf ihren Teller, was sie aber sofort durch ihren Ärmel abdämpft, ein plötzlicher Ruck, ein Knirschen, das nicht hingehört in die Geräuschkulisse.

Jakob schaut zu ihr, in ihre plötzlich weit aufgerissenen Augen, ihren geöffneten Mund. Ihre Zunge mit den Rillen darin ist zu sehen. Sogar ihren angehaltenen Atem spürt er. Auch Johann und Lena starren sie an. Es ist nichts mehr zu hören, von niemandem. Die Szene friert ein. Sie warten alle auf Leas Reaktion. Irgendwann, es fühlt sich an wie nach langer Zeit, schließt Lea den Mund und fragt in die Runde, mit leiser, keine Unaufmerksamkeit zulassender Stimme, ist die Tür abgeschlossen? Worauf alle anderen nicken. Ein weiterer Moment vergeht, Lea sagt, mit einem hörbaren Ausatmen, alles in Ordnung, und die Routine des Abendbrots setzt wieder ein. Sie reden nicht darüber. Ich verhandle gegen ein paar Handwerker im Bezirk, zum Nachteil sozialistischen Eigentums, sie könnten wissen, wo ich wohne, so begründet Lea später ihre Angst.

Es klingelt an der Tür. Dieses Mal ist es genau anders, Lea springt auf, reißt an der Klinke, geht sogar in den Hausflur und lacht den Schritten auf der Treppe entgegen. Lea ist plötzlich so aus dem Häuschen, Jakob passt auf.

Ein Mann kommt hoch, hinter ihm zwei Mädchen, ein großes und eines jünger als Jakob. Es müssen seine Kinder sein. Bob poltert schon im Gehen los, wir haben euch das hier mitgebracht. Während die Mädchen sich verstohlen umsehen, beobachtet auch Jakob sie genau. Bob wirft seinen mitgebrachten Beutel in der Küche auf den Tisch. Die haben wir gepflückt, sagt er triumphierend. Alle stehen um den Tisch herum und starren auf den Beutel, aus dem schon lauter Pilze herauskullern. Sie sind mit Erde bedeckt, ein schwarz-grau-brauner Haufen. Von dem Schwung seiner Hand sind ein paar bis auf den Fußboden gefallen.

Wo habt ihr die her, fragt Lea. Wir haben sie auf dem Friedhof gesammelt, sagt er begeistert. Seine Kinder nicken synchron dazu, alle haben mitgeholfen. Auf dem Friedhof? Lea verzieht angeekelt das Gesicht. Ja, herrlich, nicht wahr, Champignons, Pfifferlinge, lila Rötelritterling. Die Namen prasseln aus seinem Mund, Jakob muss daran denken, wie es ist, wenn er mit Lea auf dem Friedhof ist, wie sie laut liest, wenn sie an den Grabsteinen vorbeidefilieren, Katzenstein, Seligmann, Friedländer, Cohn, Meyer, aber mit y.

Leas Gesicht schaut sehr streng zum Mitbringsel. Das Pilzgeflecht muss vom abgeschnittenen Ende bis tief hinunter zu den Knochen der Toten gewachsen sein, und oben, über der Erde haben die Mädchen und ihr Vater die Pilze so sorglos abgeschnitten. Jakob kann Leas Gedanken an ihrem Gesicht ablesen.

Bob steht schon am Herd, mustert die größte Pfanne, schaut sich nach Fett um. Doch Lea stopft die Pilze ungerührt in den Mülleimer, sie reißt extra eine Seite der Zeitung ab und legt sie über den Haufen, sodass das Gesicht des Diktators verkrumpelt beim Drücken, immer dunkler wird, weil es sich mit dem Saft der Pilze vermischt, sie presst erbarmungslos weiter, bis die Seite reißt. Der Eimer ist zu voll.

Lea schaut zu Jakob rüber. Er versucht sich zu drücken, aber es hilft nichts. Er wird den Eimer doch herausnehmen, die Treppen runterlaufen, an der ersten Tür den Schlüssel ansetzen, durch den Keller gehen, die nächste Tür öffnen, auf den Hof bis zum Müllhaus gehen, die hintere Tonne öffnen, den Eimer auf die Kante setzen, daraufschlagen, bis die Pilze und was darunter ist endlich herauskommen, sogar das nasse Papier am Grund herausziehen, alles in der Tonne verschwinden lassen. Dann kann er den ganzen Weg wieder zurückgehen.

In seinem Zimmer wartet Michaela, die jüngere Tochter von Bob, schon auf ihn. Sie sitzt mit überschlagenen Knien auf seinem ungemachten Bett. Was soll ich mit der nur anfangen?, denkt Jakob, sie sieht wie ein bebrilltes Püppchen aus. Es gibt ein ehernes Gesetz, man spielt nicht mit Jüngeren, schon gar nicht mit Mädchen. Also lässt er sie sitzen, geht ins Wohnzimmer, legt eine Single auf den Plattenspieler, Listen, uuaahu, do you want to know a secret.

Sie folgt ihm ins Wohnzimmer, sitzt auf dem Sofa herum. Sie folgt ihm in den Flur, steht hinter ihm, während er durch die angelehnte Tür zur Küche das Geschehen dort beobachtet. Lea sitzt noch mit Bob am Tisch. Sie steht auf, füllt Kaffeepulver in die verbeulte Maschine, dreht den Verschluss zu, stellt sie auf das Feuer, bis das Wasser an der Seite aus der Maschine herausblubbert. Die Küche ist schon verraucht von ihren Zigaretten, ist von beider Stimmen erfüllt, die heiser und erregt sind. Jakobs Schwester und Michaelas Schwester müssen auf dem Hof sein. Sie sollen ihnen gleich hinterhergehen, hat Lea schon angesagt. Aber Jakob steht im Flur und beobachtet die beiden Erwachsenen. Michaela macht er ein Psst-Zeichen, aber sie hat sowieso nichts mitbekommen.

Bob flüstert Lea etwas ins Ohr, Lea lacht, wie Jakob sie noch nie lachen gehört hat, ein richtig heiseres Gegacker. So kennt er sie nicht, das ist beunruhigend. Was hat sie mit diesem Bob? Jakob muss es gleich wieder vergessen. Er beobachtet, wie sie dicht beieinanderstehen. Bob hat sogar seine Arme um Lea gelegt, Lea wehrt ihn nicht ab. Der Zigarettenqualm ist auch schon hier im Flur, vernebelt Jakob den Kopf, er kann nichts richtig erkennen, bildet er sich alles nur ein? Ach, was soll's.

Sie gehen auch raus, er nimmt die Kleine mit und den roten Ball. Die Tür geht mit einem Scheppern hinter ihnen zu, die Briefkastenklappe in der Tür macht das Geräusch. Sie laufen schweigend die Treppe hinunter. Jakob ahnt es schon, da öffnet sich eine Wohnungstür. Der Nachbar schaut heraus und schreit, könnt ihr die Treppe nicht leiser runtergehen. Er scheint extra gewartet zu haben. Lea wird nachher wieder schimpfen, weil er sich auch bei ihr beschweren wird. Sie gehen den Gang durch den Keller und stehen draußen auf dem Hof im hellen Sonnenlicht. Alles fällt von Jakob ab.

Michaela beachtet er nicht mehr, rennt los. Sie muss selber sehen, wie sie an seiner Seite bleibt. Goldregen steht da, es geht rauf und runter, Bäume, Gestrüpp, aufpassen auf die Brennnesseln, immer neue Haken schlagen, dann verliert er die Orientierung. Plötzlich ist Michaela nicht mehr bei ihm, genau das hat er gewollt. Sie ruft, aber er hütet sich, ihr zu antworten. Er kann sie durch die Halme beobachten. Dann entdeckt sie ihn, zieht ihre Augenbrauen hoch, sagt aber nichts.

Später sitzen sie schweigend auf einer alten Steinsäule, die noch vom Krieg übrig sein muss. Da gibt es auch andere Kinder. Erst als es so dunkel ist, dass nach ein paar Metern alles im Schatten bleibt, und die Rufe der Eltern die anderen Kinder nach und nach hochbefohlen haben, sind sie wieder für sich, und dann gehen auch sie wieder nach oben, wo in der Küche in Schwaden von Zigarettenrauch Bob und Lea immer noch beisammensitzen und nicht bemerkt haben, dass die Kinder so lange weg waren.

***

Ständig muss Jakob Lea auf ihren Gängen begleiten. Sie zieht ihren Mantel an, schnallt ihn eng um ihre Taille, nimmt den Schirm. Wir gehen heute zur Einweihung des Mahnmals auf den Friedhof, sagt sie. Das klingt nach Langeweile, aber es hilft nichts, er muss sie draußen unterhakeln. Sie liebt es, mit Jakob, als ihrem Männlein an ihrem Arm, zusammen zu gehen.

Sie biegen in die lange, stille Straße zum Friedhof ab, gehen durch das Tor, hinter dem sich bereits eine Menge Menschen versammelt hat. Lea kennt ein paar Leute, Bob ist einer davon, aber sie zieht Jakob mit sich, der immer noch ihren Arm umfasst, drückt ihm den Schirm in die Hand, den er über beide hält. Sie zündet sich eine Zigarette an.

Da vorn steht Horst, der Minister. Er spricht über mehrere Lautsprecher. Aus dem Verlag hat ihn der Diktator in die Regierung geholt, und alle hören ihm zu. Jakob weiß nichts davon, es interessiert ihn auch nicht, er hört nur seine blecherne Stimme hinter den großen Gestalten der Erwachsenen. Die langweiligen Worte will er gar nicht verstehen. Er schaut an den Umstehenden vorbei. Da ist ein neues Halbrund von Steinen auf dem Vorplatz, auf denen stehen Namen, die er nicht erkennt, weil sie von Blumen und Kränzen bedeckt sind.

Jakob weiß, es muss von Toten die Rede sein, damit habe ich doch nichts zu tun, ich lebe ja, das geht mich nichts an, es muss Hunderte von Jahren her sein. Die Stimme, der Klang des Feierlichen ist doch nicht für Jakob bestimmt, verspricht ihm nichts, was ihn interessiert, ist nur Geräusch, gleich wird er anfangen zu träumen. Das Rauschen des Regens auf die Schirme hüllt ihn gleichmäßig ein, wie Leas Zigarettenrauch.

Du bist doch auch einer von uns, Lea brüllt, bellt, sie spuckt, sie hustet die Worte unter ihrem Schirm voller Wut in Richtung der blechernen Stimme von Horst aus dem Lautsprecher, während sie Jakob, der noch immer ihren Arm untergehakelt hält, wegstößt, sodass der Schirm, der an andere Schirme gelehnt ist, als Dach für alle, die ganze stehende Menge, eine wogende Welle der Schirme auslöst. Das Dach ist hoffentlich die Rettung, Mutters und Jakobs, sie sind anonym darunter.

Der Mann, der da spricht, den Jakob nicht sehen kann, muss ein mächtiger Mann sein, so viel ist Jakob klar. Er schaut Lea an, diese urplötzliche Verwandlung in ihrem Gesicht, wie aus ihrer Gleichgültigkeit, aus ihrer Starre, aus ihrer Stummheit, aus dem Strich, den ihre Lippen bildeten, die plötzliche Verzerrung des Gesichts gekommen ist, wie ihre Worte heiser und viel zu laut den Weg herausfinden, den Mund verlassen, ihre Wut, ihre Trauer, ihr Spucken, du bist doch auch einer von uns, sich Bahn bricht. Jakob versteht nichts, aber er muss sie schützen, das weiß er. Der Herr ist von der Regierung. Man wird sie herausholen, an die Schultern fassen, man wird sie auseinanderreißen, verhaften.

Jakob wartet, nichts geschieht, die anderen Gesichter blicken ins Leere, nur Bob sieht erschrocken rüber, sonst schaut sie niemand an. Ein paar dieser nebelhaften, kalten Tropfen, die von oben durchdringen, perlen Jakob ins Gesicht, besänftigen seine aufsteigende Hitze.

Wieder ist das gleichmäßige, blecherne Weiterfließen der Worte von Horst zu hören, seine feierliche Stimme, die Lea so zur Wut gebracht hat: Das haben wir für Sie getan, wir, die Regierung der Republik, dieses Mahnmal haben wir für Sie erbaut. Plötzlich kommt Jakob ein schrecklicher Verdacht, wenn Lea wütend zu dem Mann sagt, du bist doch auch einer von uns, dann geht das Jakob mehr an, als er dachte. Dann ist er auch einer von denen, von denen nur als Tote, nie als Lebendige mit Namen und Adresse gesprochen wird. Das Mahnmal ist für Tote, und Lea und Jakob sind die von den Toten, die anderen sind das Volk mit der Regierung, wie der Herr sagt. Wir sind die, die zu den Toten gehören, wir sind eigentlich selber Tote, deshalb gehen Mutter und ich so oft hierher auf den Friedhof, deshalb habe ich so ein weiches Gefühl in den Knien, wenn ich die Namen sehe, von Stein zu Stein, denkt Jakob. Es sind die Namen, die Lea wahllos vorliest, wenn wir hier rumlaufen.

Langsam lässt seine Angst nach, nichts ist passiert, niemand ist gekommen. Aber der mächtige Mann ist keiner von uns, denkt Jakob. Warum ist sie so wütend auf den Mann, wie sie manchmal auf mich wütend ist, weil ich mein Zimmer nicht aufräume? Mutter murmelt nun mit Bob unter dem Schirm, hört nicht mehr zu. Dann kommt über Lautsprecher der Gesang vom Kantor in Schwarz, wie Jakob ihn aus der Synagoge kennt, Beergeeen Beeeelsen, Buuuuchenwaaald, Maauthaaauseen, Daaaachau und endlich der Schlussakkord Aaaaaauschwiiitz.

Er hofft, sie können nun gehen. Aber Mutter angelt mit zittrigen Fingern die nächste Zigarette heraus, bittet Bob um Feuer, mit geschlossenen Augen saugt sie den Zug tief ein, hält die Luft an, öffnet die Augen wieder, während der Rauch nun stoßartig aus Mund und Nase kommt. Dieser ausgeatmete Rauch ist jetzt noch furchteinflößender als der, der von der aufglühenden Spitze der Zigarette kommt. Der Jakob erreichende Rauch aus Leas Mund ist gegen alle Menschen gerichtet, auch gegen ihn. Sie raucht hastig die Zigarette zu Ende, schmeißt sie angeekelt zu Boden, dreht mit ihrer Fußspitze darüber, steckt die Hände in ihre Manteltaschen, sodass Jakob keine ihrer Hände fassen kann, er würde gern jetzt nach ihren Händen tasten, die Wärme spüren, sie trägt ihren Ehering noch. Aber sie sind vergraben in den Taschen, der Schirm ist wieder eingezogen, hängt über ihrem Arm. Wir gehen, ordnet sie an.

Jakob wirft sich zu Hause in seinem Zimmer auf sein Bett. Ihm ist kalt, er liegt da mit allen Sachen, legt sich die weiße Bettdecke über, stopft das Kissen unter den Kopf, starrt an die Zimmerdecke. Er fängt wieder an, über Leas »uns« nachzudenken, warum ist Mutter so wütend? Heute ist mir klar geworden, Leas »uns« sind Mutter, mein Bruder, meine Schwester, ich, Paul, seine neue Schickse nicht, sagt Lea, aber wer noch? Der Mann von der Regierung, auf den Mutter wütend ist? Er will nicht zu uns gehören. Bob und seine Familie? Bob ist also auch einer von uns, und seine Kinder gehören dazu. Michaela könnte sogar meine jüngere Schwester sein, die ich nicht habe, denkt Jakob.

Lea hat ihm immer von der Kameradin erzählt, wenn er sie nach Mädchen gefragt hat. Sie hat einen Plisseerock an, trägt Baskenmütze, und drunter sieht man ihre schwarzen Locken, sie ist wild, klettert auf Bäume. So hat Lea Jakob Mädchen beschrieben, er will aber keine Kameradin, schon gar keine, deren Vater mit seiner Mutter herumpusselt. »Uns«, das sind sowieso nur die Toten, die Toten von den Steinen, über die über den Lautsprecher gesprochen wurde, die so merkwürdig besungen werden, denkt Jakob, die mir Angst machen, die aus Leas Familie, meine Großmutter, wo Lea so starr schaut, aber nichts sagt. »Uns«, das sind meine fernen, lebenden Großeltern in Amerika, die ich aber nur von Briefen kenne, mein Onkel Konrad am anderen Ende der Welt und seine Kinder.

Hinter dem »uns« steht dieses schreckliche Wort. Das Wort, das aber niemand ausspricht. Die Toten sind das Wort, deshalb ist es schrecklich. Ich will »uns« nicht angehören, der mächtige Mann wohl auch nicht. Aber Mutter hat so gebrüllt, denkt Jakob. Er ist verwirrt, will wissen, was Mutters Wut zu bedeuten hat. Ein Schleier legt sich über ihn, ein weißes Rauschen, das beruhigend ist. Am besten, er schläft ein.

Ein Reiter taucht auf unter seinem weißen Kissen, Jakob nimmt ihn in die Hand, ein liegen gebliebener Indianer auf dem Pferd. Es ist einer, der mit Jakobs Stimme sprechen kann, aus dessen Worten irgendwann eine beruhigende Melodie wird. Die Melodie in Jakobs Kopf macht, dass seine schrecklichen Gedanken von vorhin ihren Sinn verlieren. Die Melodie ist wie der Nebel, manchmal sogar weich und schön und so traurig, dass er über sich selber weint. Die Melodie kommt wie die Tränen aus ihm, aber noch tiefer, nicht aus seinem Kopf, sondern aus seinem Bauch, von ganz unten.

Manchmal, am Anfang, ist der Ton auf dem Weg nach draußen überdeckt von der Heiserkeit in seinem Hals; wenn er sich räuspert, wird der Ton klarer. Wenn Jakob den Ton durch die Nase lenkt, löst sich die Heiserkeit. Nach einer Weile kann er ihn noch stärker beeinflussen, hoch, tief, ganz wie er will. Er liegt immer noch auf seinem Bett, die Tür ist zu, wenn Jakob lauter wird, geht er unter die Bettdecke, es soll ihn keiner hören, bis es ihm zu warm wird oder die Luft verbraucht ist. Jetzt hat er seine Angst für den Moment besiegt.

Jakob erhebt sich, geht rüber ins Wohnzimmer. Dort bügelt Lea die Sonntagswäsche. So bekommt sie wieder gute Laune. Sie nimmt die Platte aus dem Regal, legt sie auf den Plattenspieler, der sich zu drehen beginnt. Sie geht zurück zum Bügelbrett, ein bisschen Dampf, und der herrliche Geruch steigt vom weißen Hemd hoch. Aber sie macht Falten mit dem Eisen ins Hemd. Wie kann Horst seine Herkunft so leicht ablegen, sie ist immer noch wütend, und Lea kann ihre Schuld nicht vergessen.

Sie singt grimmig das Lied von der Schallplatte mit. Die Frau hat eine hohe Stimme, dazu mischt sich genau synchron Mutters heiserer Bass, beide singen für Jakob, und ein Schiff mit acht Segeln und mit fünfzig Kanonen wird beschießen die Stadt, am Schluss des Liedes werden Leas Züge wieder hart um den Mund, sie spricht nun mit der Frau von der Schallplatte zusammen, dann werden sie mich fragen, welchen sollen wir töten, welchen sollen wir töten, und dann werd' ich sagen: Alle!

RICHARD

HORST, DER FRISCHGEBACKENE MINISTER, der gerade stolz seine Rede beendet hat, die er dieses Mal aufgeschrieben hatte, ist auf einmal schlecht gelaunt. Er muss mit dem Kerl ins Büro, weil der Mann es von ihm verlangt, wo ihnen niemand zuhören kann aus der Menge da draußen, wo es immer noch regnet. Die ganze unterwürfige Art von Harry, dem Gemeindevorsteher, ärgert ihn, die Opferpose, es würgt ihn der Schleim von Worten, mit dem ihn Harry einhüllt, aber er kann sich nicht erwehren.

Endlich, nach all dem umständlichen Dank für das Mahnmal, sagt er, ich als Vorsitzender der Gemeinde bla, bla, bla, muss Ihnen die Frage stellen. Welche Frage? Horst wird ungeduldig, er kann sich nicht mehr bremsen, dabei weiß er, dass er dann Fehler macht. Wird die Straße durch unseren Friedhof gebaut? Genosse Minister, es wäre für unsere kleine Gemeinde wichtig, dass wir unsere Beerdigungen ungestört durchführen können. Es gab ja in der dunklen Zeit schon Bebauungspläne, aber eine Straße mitten durch unseren Friedhof? Vage bleibt Harry hängen, er wird zu Horst nicht sagen, du bist einer von uns, du musst das doch verstehen. Also herrscht für einen Moment Stille.

Dazu werde ich mich im Moment nicht äußern, wir melden uns, wenn in der Sache entschieden ist. Horst schnappt nach Luft, auch das noch, unverschämte Forderungen stellen. Schon die Erwähnung der dunklen Zeit hat Horst in Wut gebracht. Er macht sich doch nicht mit dem Mann gemein. Es bricht aus ihm heraus, ich kenne euch, Pappenheimer, immer eine

Extrawurst braten, immer klagen. All das sagt Horst plötzlich mit schneidender Stimme zur Wand, es ist ihm rausgerutscht, dabei sieht er den Gemeindevorsteher nicht an. Er denkt schon voraus an den Alten, der hat den Bebauungsplan für Berlin zu seinem Lieblingsprojekt gemacht. Er hört ihn schon, wie er vor seinem neuen Spielzeug steht, dem Pappkasten, dem riesigen Modell, und zeigt, hier erfolgt die Anbindung ans Zentrum, Genossen, für unser schönes Neubaugebiet.

Horst verzieht das Gesicht. Jetzt soll er es beim Alten ausbügeln, vermitteln, dem Diktator seine Baupläne ausreden. Harry sagt vertraulich zu ihm, wir haben in der dunklen Zeit heimlich unsere Leute da beerdigt, ohne Grabsteine, es ist nun auch dort heilige Erde, ich kann nur bitten. Horst schüttelt sich, sehr klug ist es wirklich nicht. Wie steht unser Land da? Er denkt jetzt wieder rational, er hat schon die passenden Argumente, er wird den Alten auf die internationale Presse ansprechen, eine Straße mitten durch den Friedhof, das würde ein schlechtes Licht auf unsere Republik werfen. Aber dem Mann sagt er davon nichts. Er lässt den Gemeindevorsteher ohne ein weiteres Wort stehen.

***

Zugegeben, die Einladung an Richards Freunde für seine Theatervorführung sieht ein bisschen komisch aus, er hat über den Rand gemalt, aber sie werden kommen. Richard war oft dabei, wenn viele Damen und Herren zur Party zu ihnen ins Haus kamen, der Duft der Frauen, die Anzüge der Männer, der Vater, wie er an der Treppe stehend lächelnd die Leute begrüßt.

Richard hat geübt, seine Schulfreundin Doris spielt die Mutter, Richard hat natürlich die Hauptrolle, den Hamlet. Die Mordszene soll es sein. Der kleine Rudi von nebenan macht den Polonius, bei seinen Worten, oh, ich bin umgebracht, soll er hinfallen. Richard macht es dem Rudi immer wieder vor, wie er getroffen zu Boden sinken soll, aber er kapiert es nicht.

Es sieht zu lustig aus. Sich die vielen Worte aus dem Theaterstück zu merken fällt Richard nicht schwer.

Er trägt den schwarzen Umhang, die Handschuhe, darüber Vaters großen Ring. Dann kommt seine Lieblingsstelle, wo er den abgebrochenen Besenstiel, das große Messer aus dem Gürtel holt, dramatisch abgeht, aber so, dass alle seine Schuhspitzen noch hinter dem Vorhang sehen, von dort sticht er durch den Schlitz im Vorhang, wo der kleine Rudi, dessen Stöhnen nun zu hören ist, wie verabredet, fällt, oh, ich bin umgebracht. Wie, was, eine Ratte?, sagt Richard nun von vorn verächtlich, packt den sterbenden Rudi am Schlafittchen und zieht ihn noch einmal hoch. Da lacht keiner über Richard, da ist er nicht mehr der lange Dünne, der Hungerhaken mit dem Buckel, wie sie ihn manchmal auf dem Schulhof nennen. Da ist es still. Alle, die da in seinem Kinderzimmer sitzen, halten die Luft an, und auch Horst, der hinter den Kindern sitzt, schaut starr, ohne sich zu rühren.

Horst spricht erst mit Magda, dann geht er zu dem Jungen, alle sind längst nach Hause gegangen. Du wirst kein Schauspieler, sagt Horst mit einer Härte, die Richard sonst nicht von ihm kennt. Richard ist von Vaters Worten überrascht. Er war doch so verdammt gut. Alle waren aufmerksam, das hat er genau gespürt. Schauspieler reden in einer Rolle, das fällt ihm leicht. Alle hingen nur an seinen Lippen, er kann lustig, aber auch ernst und mächtig sein. Aber Vater bleibt hart. Wir sind keine Schauspieler, wir reden nicht nur, wir handeln, darauf kommt es an.

JAKOB

JAKOB SITZT IN DER BADEWANNE. Lea sitzt auf dem Klodeckel. Die ungewohnte Gemütlichkeit lässt ihn betteln, lies mir vor. Doch sie wehrt ab, dann beginnt sie einfach zu reden, zu erzählen mit ihrer dunklen, brummigen Stimme, während er unter dem Schaum sitzt, der knistert, wenn kleine Bläschen zerplatzen. Lea beginnt mit Ermahnungen, sie sagt, du musst dich überall waschen, vor allen Dingen darunter. Sie meint unter seiner Vorhaut, weil es da vor Keimen wimmelt. Dazu zeigt sie unbestimmt mit dem Finger in die Luft, sie geniert sich.

Dann beginnt sie von »uns« zu erzählen. Deshalb haben wir uns beschneiden lassen, als wir noch durch die Wüste gezogen sind. Deshalb gab es kein Schwein zu essen, es gab ja noch keine Kühlschränke, weil Schwein schneller verdirbt als Rind. Deshalb rasieren sich unsere Männer mit der Schere, nicht mit dem Messer, die Wunden dürfen sich nicht infizieren. Wir sind, von unserem Anführer Moses geleitet, vierzig Jahre durch die Wüste gezogen. Moses hat gesehen, wie verdorben das Volk Israel war, da ist er auf den Berg Sinai gestiegen, hat von Gott auf zwei Steintafeln geschrieben die Zehn Gebote bekommen und sie heruntergebracht. Aber was hat das Volk derweil gemacht, sie haben sich aus Gold ein Kalb gebaut, das sie angebetet haben, sich vor dem Kalb in den Sand geworfen, wo doch das Gebot auf der Steintafel steht, du sollst keine anderen Götter neben mir haben. Moses war wütend, er hat das Kalb zertrümmert, wie die Tafeln, alles kaputt, sagt Lea. Sie klingt auch wütend. Moses wollte zu seinen Leuten sprechen, aber er konnte nicht, vor Wut hat er gestottert. Sein Bruder Aaron musste sagen, was zu sagen ist.

Lea erzählt von der ersten Zeit in Israel, der schrecklichen Zerstreuung über alle Länder der Erde, bis die Geschichte von »uns« schließlich bei der Ausrottung durch die Nazis endet, und damit bei Jakobs Großmutter. Lea bekommt dieses Funkeln in den Augen, wenn sie von sich als Mädchen erzählt. Ich habe auf dem Schulhof gestanden, wie der Junge zu mir Judensau gesagt hat, da habe ich ihm meine Schlittschuhe übergezogen. Dabei sind ihre großen Zähne zu sehen, sie fletscht die Lippen, sie zieht hörbar die Luft ein.

Jakob würde gern mit seiner Mutter in der Schule angeben, aber diese Geschichten sind geheim, er kann sie nicht weitererzählen. Er kann niemandem vertrauen. Draußen ist es gelb auf rot zu lesen, die Buchstaben auf dem Plakat, wo ein Genosse ist, ist die Partei, aber das reicht nicht aus. Nur wenn Lea auch noch mit den Augen funkelt, dann wäre Jakobs Vertrauen gerechtfertigt, es hieße, dieser Nachbar ist irgendwie koscher für uns.

Der Genosse aus der Hausnummer sieben mit der Baskenmütze. Er begrüßt Jakob mit Salute und hebt lustig die Faust, wenn er ihn sieht. Aber der Genosse hat in der Sowjetunion im Knast gesessen, sagt Lea, darüber kann Jakob nicht sprechen, das weiß er schon, versteht es aber nicht. Von der Sowjetunion lernen heißt siegen lernen, sagt der Lehrer, dabei wäre es doch einfach.

Er geht im Kopf sämtliche Kinder im Haus durch. Sie fallen alle durch Leas Raster, das weiß er, er braucht nicht zu fragen. Dazu hört er noch immer Leas Stimme, wie sie sagt, bei uns gibt es diese Namen, auf die du stolz sein kannst, Heinrich Heine, Felix Mendelssohn Bartholdy, Max Liebermann, Albert Einstein, Walter Rathenau, Max Bär, er hat den Deutschen Max Schmeling niedergeboxt. All diese Namen lassen Leas Augen rollen, am meisten natürlich unser Herbert Baum. So heißt sogar die Straße bis zu unserem Friedhof.

Wir haben uns doch gewehrt, sagt Lea triumphierend. Auch Leas Klassenkameradin ist dabei. Jedes Mal zeigt Lea auf ihren Namen, wenn sie mit Jakob am Mahnmal der Baum-Gruppe vorbeigehen, aufgehangen, steht neben dem Namen. Das ist die geheime Gesellschaft. Aber die sind alle tot, und Jakob lebt heute und will Freunde.

Wer ist Gott und gibt es ihn überhaupt?, darüber kann er Lea nichts fragen, da winkt sie nur ab.

Mit einem Ruck erhebt sich Lea vom Klodeckel und geht. Es ist kalt im Wasser geworden, Jakob muss nachlaufen lassen. Jakob fühlt sich wie ein ungeschickter kleiner Junge, sogar sein Pionierausweis sieht ganz gewellt aus, er hat ihn einmal in die Wanne fallen lassen, die Gebote der Pioniere kann man nun nicht mehr richtig lesen, junge Pioniere waschen sich sauber, seine krakelige Unterschrift ist zerlaufen, unleserlich. Es gibt kein Erbarmen für Jakob, er ist schuldig. Das sagen seine Lehrer auch über ihn. Er kann es alle halbe Jahre in seinen schlechten Beurteilungen lesen.

Lea raucht im Korridor eine Zigarette, Jakob kann es bis ins Bad riechen, wasch dich und komm raus, sagt sie, es gibt gleich Abendbrot.

Lea will Jakob und alle anderen Menschen erziehen, wie auch Moses es getan hat. Aber bei ihm ist es hoffnungslos, das weiß er. Er will das Eisenauto, er will die Jeans, die er im Fernsehen sieht, er will all die sinnlosen Dinge des Konsums. Er räumt sein Zimmer nicht auf. Er lernt nicht genug. Er übt nicht gern auf seiner Geige. Jakob ist sich seiner Schuld bewusst, und Lea will von seinen Träumen nichts hören, von seinen Eskapaden, von seinen Wünschen, von seinen Streifzügen auf dem Hof, will nichts hören von den Nachbarskindern, von dem, was er ihr gern erzählen würde. Sie vergräbt sich wieder in ihrem Zimmer, ich muss arbeiten, sagt sie, lässt die Schreibmaschine klingeln.

Auch über die Schule kann er nicht mit ihr sprechen. Sie will nichts von dem wissen, dann müsste sie vielleicht hingehen und sich anhören, was für ein schlechter Schüler er ist. Wieso wir nicht das Fernsehen unseres Feindes schauen dürfen, werden sie dort aufgeklärt. Nicht wegen der Bilder der Eisenautos, nicht wegen der Jeans in der Werbung, sondern weil ihr sonst durcheinanderkommt, sagt der Mann in der großen Schulversammlung. Seht mal, Kinder, als ich so alt war wie ihr, da gab es noch keine Fernseher, da war Krieg. Ich kam nach Hause, und da kam dieses fremde Signal im Radio, so ein bomm, bomm, bomm, dann kam eine Stimme, sie redete in so einem schlechten Deutsch, sie sagte, unsere Soldaten wären auf der Flucht, das war ganz anders, als es mir der Lehrer erklärt hat. Ich war völlig durcheinander. Deshalb sollt auch ihr keinen Feindsender schauen, ihr kommt durcheinander.

Auch Jakob ist durcheinander, er steht einfach auf, er schreit. Er bekommt einen Tadel. Doch Lea will nicht hören, dass er widerspricht. Du bist vorlaut, wenn ein Erwachsener spricht, hältst du den Mund und sprichst nicht ungefragt dazwischen. Sie lässt ihn inzwischen zu Hause stillschweigend das feindliche Fernsehen schauen. Erst ist sie gerannt, als die verräterische Melodie kam, um den Ton leise zu stellen, dann hörten sie beide in der Stille das Signal aus den Nachbarwohnungen im Haus, seitdem lässt sie es resigniert laufen.

***

Jakob geht zu Günter nach Hause. Günter ist aus seiner Klasse, er hat ihn eingeladen. Günters Vater arbeitet bei der Kreisleitung. Nach Leas Nicken darf er zu ihm spielen gehen. Zu sich lässt Lea doch keine fremden Kinder rein, wenn es mal für Jakob klingelt. Günter wohnt gleich um die Ecke. Jakob klingelt, Günters Vater öffnet ihm die Tür. Er hat ein paar seiner Indianer und Inder mitgebracht, die ihm von seinen Geschwistern überlassen wurden. Die Indianer sind Figuren aus Gips, die Inder aus Holz, leichter. Paul hat sie von einer Reise aus Indien mitgebracht.

Der Geruch in Günters Wohnung betäubt Jakob. Da ist etwas Scharfes, was ihm fremd ist, hinten in seiner Nase. Er geht, wohin ihn der Finger des Vaters von Günter weist, in Günters Zimmer, von dem er nicht erkennen kann, warum es Günters sein soll, es gibt gar kein Spielzeug. Es muss doch irgendwo Spielzeug geben? Sie kauern hinter einem schweren Sessel, der sich nicht bewegen lässt, schieben leise die Inder und Indianer hin und her. Jakob kann sich nicht auf das Spiel konzentrieren, er traut sich nicht hinter dem Sessel hervor.

Es liegt an dem Bild an der Wand, an dem großen Gesicht, das ihn daraus anstarrt. Es ist das Gesicht des Diktators, er hat ihn genau im Blick. Jakob kann seinen Kopf hierhin oder dorthin verschieben. Der Diktator sieht ihn immer an. Er kann auch das Flüstern hören. Der Diktator ist Jakobs erster Gott mit Gesicht. Er kennt ihn auch aus dem Fernsehen. Da ist seine heisere Stimme zu hören, da bewegt er sich, er spielt mit seiner Frau Tischtennis, man sieht ihn sogar von hinten. Er hat einen breiten Hintern, aber er spielt geschickt. Er gewinnt immer. Jakob hat ihn auch schon mal von Weitem leibhaftig gesehen, ganz klein, ganz oben auf der Tribüne, am ersten Mai. Es war der Mann unter dem hellen Hut, auf den Pauls Finger zeigte, als er mit Jakob an ihm vorbeimarschierte, Jakob sah die Verehrung in Vaters feuchten Augen. Jakob sah die winkende Hand.

Im Fernsehen lächelt er manchmal, bei Günter im Zimmer lächelt er nicht. Der Diktator folgt ihm mit seinem Blick, er sieht alles, er sieht auch Jakobs Schuld. Da kommt ein Ruf von Günters Mutter, Essen, es gibt Essen. Sie gehen in das andere Zimmer, zu dem runden Tisch, der wie bei Jakob zu Hause aussieht. Aber bei ihnen gibt es nur drei Stühle, und jetzt holen sie einen dazu extra für ihn, ein bisschen weiter hinten, abgerückt. Dort nimmt Jakob Platz, vor ihm auf dem Tisch ein Teller, die Suppe dampft noch. Auf dem Rand des Tellers eine Graubrotscheibe. Der scharfe Geruch, der in der Wohnung liegt, mischt sich mit dem süßlich sauren Geruch, der aus der

Suppe hochsteigt, die graubraun-gelb-grün-rötliche Flecken hat. Ein Guten Appetit wird in die Stille gemurmelt, bevor die Löffel klappern. Sie sprechen nicht bei Tisch, es ist ganz anders als bei Jakob zu Hause.

Sein Tasten mit der Zunge, sein schnelles Schlucken, sein Gesicht wie eine Maske, er kann die Linsen, die fremd schmecken, kaum aushalten, die Kartoffeln dazwischen sind so wenige, die Wurststücke könnten ihm Linderung verschaffen, ihr fettiger, neutraler Geschmack, der sich nach dem Kauen der knorpeligen Bestandteile in seinem Mund ausbreitet, löst das Süßsaure ab. Sei höflich, iss den Teller leer, hört er Mutters Stimme in seinem Kopf. Irgendetwas muss mit den Leuten nicht stimmen. Lea hat Jakob nur ungern gehen lassen, obwohl Günters Vater bei der Kreisleitung arbeitet. Jetzt ist es zu spät. Die letzten Soßenreste, wo keine Wurststücke mehr drin sind, fallen ihm am schwersten. Die anderen sind schon fertig, er muss geträumt haben. Endlich, es ist geschafft.

Alle sind schon aufgestanden, er nickt ihnen zu, auch Günter, der enttäuscht ist, weil Jakob schon gehen will. Er muss aus der Wohnung, es soll ihn keiner sehen oder hören. Er rennt die Treppen runter bis vor die Haustür, da, wo das Beet mit der Steineinfassung beginnt, wo der Hundekot herumliegt, aber das ist jetzt egal. Er öffnet den Mund, und die Suppe fährt ihm gnädig in einem dicken Strahl wieder heraus, er hat keine Zeit zu prüfen, ob jemand in der Nähe läuft oder Günter aus dem Fenster nach ihm schaut. Auf seinen Körper kann er sich verlassen, es gibt kein großes Nachwürgen, wie es gekommen ist, so verlässt es ihn.

Es lag am fremden Geschmack, an der Mischung, süß und sauer mit den Knackwurststücken, dem knorpeligen Fett, die jetzt im Beet liegen. Es ist da draußen, außerhalb von Mutters Bereich, nicht einfach, sich zurechtzufinden, sich gar wohlzufühlen. Da nützt die Kreisleitung gar nichts.

EIKE

SIE NEHMEN IMMER DEN WEG mit dem Auto in die Stadt, das letzte Stück wird gelaufen. Harry hat es sich auferlegt, er würde lieber zu Hause beten, lieber gemütlich Schabbat im Garten machen, die Tasse Kaffee, die zwei Kerzen, aber es wird von ihm erwartet, jeden Freitag in der Synagoge zu sein.

Ganz der Vater, die Männer in der Bankreihe streichen dem kleinen Eike über den Kopf oder reichen ihm mit einem Zwinkern zum Vater wie einem Großen die Hand, wenn Harry mit ihm in den Betraum kommt. Mutter ist schon hinübergegangen zur Frauenseite, wo sie ihren Männern noch einmal zuwinkt. Dieses Ankommen, dieses Zunicken, dieses Händeschütteln, Chag Sameach. Mutter sitzt drüben so gut wie allein, Hauptsache, es ist ein Minjan da, schon deshalb ist der Junge so wichtig, er macht sich nützlich, darf schon mal einen Siddur weitergeben, der ihm lächelnd aus der Hand genommen wird.

Später wird er mit dem Kantor rübergehen und für seine Bar-Mizwa lernen. Dort sitzt er mit dem alten Mann, der dämmert auf seinem Stuhl, und auch der kleine Eike dämmert, er tut nur so, als ob er lernen würde, die Buchstaben verschwimmen vor seinen Augen, er schaut zum Fenster, wo eine Fliege mit Gebrumm hinauswill. Draußen über den Hof ist das Geschrei von Kindern zu hören. Die Synagoge ist ringsum von Hinterhöfen umgeben. Eike malt die Buchstaben nach, wie er sie vor sich sieht, aber immer wieder gleitet er ab, noch einmal Aleph in das Kästchen, darunter Beth, Gimel, Daleth. Wenn

Vater nicht immer so streng mit ihm wäre, er wird doch alles so machen wie er.

Harry sitzt noch in der Bank und sinnt, während sich der Betaum leert, das hallende Geräusch der Eingangstür, die sich hinter dem Letzten schließt. Nun ist er allein, jetzt kommt in ihm auf, was er während des Gottesdienstes nicht fühlen konnte. Das Murmeln hat ihn abgehalten. Jetzt ist er allein, allein auch mit den Abwesenden, den Toten. Das macht es so heilig.

Ich bin der Vertreter der vielen Toten, wenn er die Augen schließt, kann er das Bild des Raums hervorholen, wie er es von seiner frühsten Kindheit her kennt, das Geschrei der Kinder, die Massen der Männer, das ständige Rein und Raus, der Geruch der vielen Frauen, damals oben auf der Empore, das Rauschen der Kleider, unten, vorn, die Männer neben den Thorarollen, dieser vor Menschen berstende, riesige Raum.

Gleichzeitig kann er aber auch die Ohren öffnen und die jetzige Stille auskosten. Ja, auskosten, die Stille der Toten, und Harry ist ihr Verwalter, ihre Stimme. Nie hat er sich abbringen lassen vom Weg, mit Geduld und Spucke. Mit Würde und Fleiß, vor allen Dingen anerkannt sein, wo die eigene Frau übertreten musste. Sie ist draußen bei den paar Frauen auf dem Innenhof und schwatzt. Sie hat sich gut eingefunden in der kleinen Gemeinschaft.

Er erhebt sich nun, bringt seinen Siddur zum Regal neben dem Eingang. In der Sonne steht seine Frau, lächelt ihn an. Dort kommt der Kantor mit seinem Sohn, wünscht ihm eine gute Woche. Eine gute Woche, antwortet Harry zufrieden. Draußen steht ihr Auto. Es ist immer an derselben Stelle geparkt, die letzten hundert Meter müssen sie laufen, um die Ecke, sodass es von der Synagoge aus nicht zu sehen ist. Der Weg nach Hause ist zu lang, Harry will nicht, dass gequatscht wird über ihn, nicht wegen seines Hauses und vor allen Dingen nicht wegen des Wagens. Es gibt so viel neben seiner Arbeit zu tun, so viele Termine, da ist das Auto das Mindeste. Und mit HaSchem wird er sich verständigen, es ist ja nur das Autofahren am Schabbat. Nur diese kleine Übertretung, HaSchem, das kann ich mir erlauben. Er zwinkert in den Himmel.

PETER

NUN WARTET EIN NEUES FÄHNCHEN darauf, eingestochen zu werden. Sie haben ein Angebot aus Belgien bekommen. Aber natürlich, Jacques war schon überall, und er hat sowieso niemanden mehr dort, für ihn ist es inzwischen auch nur noch ein Land wie alle anderen. Gudrun war auf dem Rückweg aus der Stadt schon im Kulturministerium, aber da hat man ihr nichts Konkretes gesagt, dabei soll es in ein paar Tagen schon losgehen.

Es klingelt. Wer kann das sein? Am Vormittag, der Postbote? Da steht ein schwarzes Auto draußen. Es ist Horst, der Minister, Gudrun erkennt ihn sofort. An ihrer Stimme weiß Jacques, dass sie sehr wach ist. Er kennt sich nicht aus mit diesen Figuren im Hintergrund, diesen Politikern, er will auch gar nicht wissen, wer welchen Posten hat, was hat das mit Kunst zu tun?

Gudrun ist schon unten, Kaffee? Der Garten ist ja herrlich, plaudern sie los. Jacques flucht, weil er sich vom alten Bademantel in seinen Anzug zwängen muss, das macht ihm schon schlechte Laune. Na, mein Lieber, begrüßt ihn Horst, er muss sich zum Nachdenken zwingen, wo hat er den Kerl getroffen, auf welchem Empfang? Er hätte lieber Tee, aber Gudrun ist ganz Gastgeberin, und nun schlürfen sie alle Kaffee, man hört ja nur tolle Sachen über dich, sagt Minister Horst, nur gute Presse in aller Welt, du bist ja ein toller Botschafter für unsere Republik.

Das ist Gudruns Zeichen, ja, ich war gestern bei euch wegen der Visa für … Ich weiß, unterbricht Horst sie lächelnd, ich saß in der Sitzung, deshalb komme ich heute vorbei. Lieber

Jacques, ich wollte dich bitten, dies zu unterschreiben, sagt Horst direkt in seine Richtung, holt eine Mappe heraus, öffnet den Deckel und legt sie ihm in den Schoß, dazu drückt er ihm den Kugelschreiber in die Hand und nickt ihm freundlich zu.

Jacques setzt schon an, als er in dem Papier die Worte liest … wir jüdischen Kulturschaffenden verurteilen die Politik des verbrecherischen zionistischen Israel … gegen den jungen arabischen Nationalstaat … Sein Herz beginnt zu klopfen, dabei hat er Hunderte Male schon unterschrieben, auf den Fotos mit seinem Gesicht. An Gudruns Gesichtsausdruck kann er ablesen, wie ernst es gerade ist. Ratlos geht sein Blick tiefer, er schaut auf die Unterschriften, die unter dem Papier schon stehen. Er muss sich sofort eine Zigarette anzünden.

Erst als der Zug angekommen ist in seinem Kopf, der leichte beruhigende Schwindel einsetzt, erst dann nimmt er den Stift in die Hand, er wird es tun, wie er es geübt hat, mit Schwung, sodass der Bogen des J seines Namens bis hinter den letzten Buchstaben reicht. Sehr schön, wird Horst lachend sagen, aber stattdessen fängt Jacques an zu weinen, vor dem Minister, vor seiner Frau. Er steht einfach auf, geht hoch in sein Zimmer, die Tür fällt hinter ihm zu, Horst und Gudrun sehen sich an, ratlos. Was ist mit unserem Jacques? Irgendwann sagt Horst, ich komme noch mal wieder.

***

Peter weiß nicht, wann seine Fremdheit angefangen hat, wann er sie das erste Mal richtig spürt, er hat gelernt, nichts zu erzählen, nicht zu Hause und nicht in der Schule, er wird im Herbst Germanistik, Literatur und alte Sprachen studieren, dann wird er ganz andere Leute um sich haben als die aus seiner Klasse, die Jungen, die inzwischen auf dem alten Klettergerüst sitzen und sich den Nachmittag mit kleinen Flaschen Bier vertreiben.

Der Vater weiß nichts von ihm, von seiner Traurigkeit, wie

auch Peter nichts vom Vater weiß, er kennt nur den starken Jacques. Er ahnt nur etwas, wenn Vater nach Dreharbeiten nicht mehr aus seinem Zimmer kommt, wenn Peter nicht hineindarf, wenn es dort tagelang dunkel und nicht gelüftet ist, Papa hat seine Migräne, wie Gudrun zu ihm sagt.

ANTON

ANTON HAT DIE HAARE LANG, er hat sich auch einen Oberlippenbart wachsen lassen, die Koteletten, die Jeans, die Ketten um den Hals, das Hippiegewand, das würde alles schon reichen, aber er sitzt mit seinem Freund im Zimmer und malt den fremden Namen Dubček mit großen Buchstaben auf ein Blatt Papier. Der Name ist tschechisch und erinnert Anton an die Geschichte, die Lutz von der Mama erzählt hat. Mit dem eingerollten Blatt gehen sie los.

Es fühlt sich an wie früher, als er noch mit dem Federballschläger Luftgitarre zur Musik im Radio gespielt hat. Er will dabei sein, wenn etwas Aufregendes passieren könnte. Am liebsten macht er Musik, aber es könnte dieses Mal auch lustig werden. Sie stehen vor dem mächtigen Gebäude, der Botschaft der Sowjetunion, vor dem Metallzaun mit den geschmiedeten Spitzen, ein kleines, verlorenes Häuflein auf der riesigen, menschenleeren Straße Unter den Linden.

Hinten ist die Staatsgrenze, darin das Brandenburger Tor zu sehen, davor die Posten in Uniform, die schon zu ihnen herüberstarren. Ein paar sind noch nachgekommen, sie sehen so aus wie sie. Als Erkennungszeichen tragen alle diese Kutten, die Jeans, die gleichen langen Haare. Die Haare sind das Entscheidende, alles, was über den Kragen geht. Die gemalten Buchstaben auf dem Blatt Papier, das sie hochhalten, und ihr Aussehen, das ist die großartige Aktion. Von fern hört man schon eine Sirene. Das Stück Papier lassen sie sofort fallen. Jetzt heißt es rennen.

Anton sitzt in der Klasse, er starrt aus dem Fenster, die übliche Vormittagslangeweile. Da geht die Tür auf, ein paar Herren kommen herein, reden mit dem Lehrer, dann starren sie zu ihm herüber. Schließlich treten sie an seine Schulbank heran. Mitkommen, Anton erhebt sich, einer muss gequatscht haben, doch er grinst in die Klasse, er ist gemeint. Und wennschon, Vater hat ihm doch oft vom Knast erzählt, als wäre es ein Abenteuer gewesen. Siehst du, Vater, jetzt werde ich auch ernst genommen, so wie du.

Nach den ersten Fragen sagen sie schon, wir behalten Sie hier, nun wird Anton doch ein bisschen bange. Von der Wache bringen sie ihn auf den Hof, von dort wieder in ein Auto, dieses Mal aber ohne Fenster, alles geschlossen, nur Blech um Antons Sitz. Wohin geht es bloß, fragt sich Anton. Er versucht sich einzuprägen, wie das Auto fährt, links, rechts, um die Ecke, anfahren mit Ruck, es ist eine Zuckelei, dass er bald nichts mehr orten kann.

Er dämmert schon vor sich hin, als es endgültig anhält. Tür auf, raus, im Laufschritt. Es ist wieder ein Hof eines neuen Gebäudes. Ausziehen, bücken, er fühlt einen Finger in seinem Hintern, zieh das an, Anton streift sich kalte, stinkende Knastklamotten über, welche Nummer, ich heiße Anton, welche Nummer, sie schreien immer, kommen gleich Schläge, fragt sich Anton, welche Nummer. Plötzlich summt das Jewre von damals in seinem Ohr, dieses russische R. Ihm wird schwindelig, er atmet, er hyperventiliert. Beruhige dich, sagt er sich immer wieder. Er muss sich aber übergeben.

Da knallt hinter ihm die Zellentür zu, er ist dankbar für die Ruhe, keine Schreie mehr, die Kloschüssel ist sanfter, stiller Empfänger seines Mageninhalts, er spült, er schwitzt, er sieht zum Fenster hoch, es ist nur ein schmaler Schlitz, dann rüber zur Wand mit den Kritzeleien, die Pritsche ist umgeklappt und festgemacht, er setzt sich einfach auf den Boden. Es dreht sich immer noch, aufstehen, hoch, welche Nummer.

Sie schreien, aber hinter der Tür, dort draußen, er sieht ein

Auge in dem Loch in der Mitte, der Schlag von außen auf das Metall, der dumpf dröhnt, aufstehen, bellt es wieder. Anton schwankt. Immer nur der Schein der nackten Birne von der Decke, Vater, bist du stolz auf mich? Vaters lustige Anekdoten aus dem Zuchthaus. Der Klang von Lutz' Stimme ist eine beruhigende Melodie in seinem Kopf, aber er kann sich nicht richtig konzentrieren, kommt nicht zum Nachdenken.

Anton weiß schon lange nicht mehr, ist es Tag, ist es Nacht. Sie holen ihn aus der Zelle, sie fragen ihn aus, stundenlang, immer dasselbe, wer war dabei, wie ist es abgelaufen. Ich bin bloß mitgegangen, ich kenne die Jungen nicht, wir tragen alle diese Jeans und die Ketten um den Hals, und eben das blöde Plakat mit dem Dubček drauf, keine Ahnung, gehört irgendwie dazu. Aber jeden Tag muss er die Geschichte wieder von vorn erzählen, beim Verhör. Antworten geben, sich etwas ausdenken, immer wieder dasselbe, immer erst diese Schreie an seiner Zellentür, ich heiße Anton, welche Nummer, er kann sich die blöde Nummer nicht merken.

Abgeschnitten haben sie ihm die Haare, auf die er so stolz ist. Einen zivilen Anzug muss er sich anziehen, so sitzt er zusammen mit anderen auf der Anklagebank im Gerichtssaal. Der Richter schreit auch. Dabei war Anton doch immer bereitwillig, hat doch alles gesagt, was er weiß. Jetzt spricht ihn der Richter nicht persönlich an, er ist erleichtert, hört nur den Klang des Stroms von Worten, die über ihn und die anderen fließen.

Auf einmal wird er wieder aufmerksam, er hört seinen Namen, springt schon automatisch auf, doch die Blicke der anderen gehen zur Tür. Die ist aufgegangen, und Vater ist hereingekommen. Er sieht hinüber auf den Stuhl in der Mitte des Raums, aber Vater schaut ihn nicht an, er sitzt schon und blickt nach vorn. Anton hört, wie der Richter mit plötzlich weicher Stimme zu Lutz spricht. Sie sind doch ein verdienstvoller Genosse, wie konnten Sie das zulassen, der Vater räuspert sich, seine Stimme klingt so fremd, ist so brüchig, so hohl in dem großen Raum, wie Anton sie nicht kennt.

Er sieht den Vater, wie er sich erhebt, wie er gebeugt dasteht. Ich habe doch nur den einen Jungen, ein dummer Streich, bitte, Genossen, lasst ihn mir, es ist mein Junge, ich habe doch nur meine Familie. Wie der Vater den Raum verlässt, er schlurft richtig, wie ein alter Mann. Drei Jahre für Anton, sagt der Richter, er hat Glück gehabt, andere haben noch mehr gekriegt, die sitze ich doch auf einer Arschbacke ab, macht sich Anton Mut. Schlimmer als das Heim in Moskau wird es schon nicht werden.

***

Lutz weiß, es ist höchste Zeit, er muss etwas unternehmen. Er hat ihn lange nicht mehr gesehen, denn der Mann ist jetzt ein ganz hohes Tier, er sitzt Wand an Wand mit dem Diktator selbst. Lutz muss ihn aufsuchen. Sie haben sich mal geduzt, sie waren auch Kumpel, damals. Er kann vielleicht helfen, drei Jahre für den Bengel, das hält Lutz nicht durch. Das ist sein wunder Punkt. Das muss der Albin, wie er ihn im Stillen immer noch nennt, doch verstehen, der hat auch Kinder, ich habe doch meinen Kopf für ihn hingehalten, als wir Illegale waren.

So kommt Lutz an dem Morgen an der Parteizentrale an, wartet bei dem Posten mit dem Maschinengewehr, es wird telefoniert, dann darf er das Innere betreten, geht die langen Gänge, bis er wieder an einer Tür steht, die vertraute Stimme dahinter sagen hört, herein. Er öffnet und sieht den Mann hinter dem Schreibtisch nur in Umrissen, der erhebt sich und kommt zu ihm herum, beide umarmen sich.

Die Flasche wird herausgeholt, obwohl es noch früh ist, der Sekretärin durchgestellt, keine Anrufe. Die Männer lächeln sich an und nippen an ihren Gläsern. Haha, die Männer lachen, weißt du noch, wie wir die Cops in London ausgetrickst haben? Sie hatten dein Haus beobachtet, aber man konnte sie drei Meilen gegen den Wind riechen, in ihrem Auto. Wie du im Kleid rausgekommen bist, aus der Haustür, lacht Lutz, sie haben sich nicht mal nach dir umgedreht. Es war das einzige gute Kleid meiner Frau, sagt Lutz, sie hat es nicht gern rausgerückt, aber es musste sein, für die Sache. Lutz redet sich heiß.

Der Mann hinter dem Schreibtisch nickt verlegen. Er kann sich gar nicht mehr an die Szene erinnern, worum geht's, unterbricht er jetzt Lutz, es war ihm schon unangenehm, dass Lutz ihn im Brief mit seinem alten Tarnnamen angesprochen hat. Mein Sohn hat eine dumme Sache angestellt, kommt Lutz nun zur Sache, mit ein paar Jungs, von denen er sich anstecken ließ, hat er sich vor die Botschaft der Freunde gestellt, wegen der Sache in Prag.

Augenblicklich wird die Stimmung kühler im Raum. Lutz, das ist kein Dummejungenstreich gewesen. Ausgerechnet Kinder von verdienstvollen Genossen, wie du einer bist, hast du ihn nicht im Griff, der Klassenkampf macht auch nicht vor der Familie halt, das weißt du, Lutz. Das wird Folgen haben, auch für dich. Lutz sieht ergeben zu Boden, er weiß, er braucht nicht mehr zu bitten, betteln, er wartet auf das Urteil.

Die Partei war immer seine Familie, seit er aus dem Heim gekommen ist, und wenn es eine Strafe seiner Familie gibt, dann wird er sie annehmen, nur sollen sie ihm den Jungen nicht wegnehmen. Ich werde mit dem Alten sprechen, sagt Albin, das ist Lutz' Hoffnungsschimmer, daran wird er sich halten. Er sagt ein leises, ergebenes Danke in den Raum und verlässt das große Gebäude mit hängenden Schultern.

Als er wieder bei seiner Arbeit erscheint, wird ihm mitgeteilt, dass er neu eingeteilt ist. Statt des Büros im vierten Stock sitzt er ab sofort im Archiv, im Keller. Lutz nimmt es wortlos hin, er weiß, für die Sache, für die Partei, für die Idee musste ein Exempel an ihm statuiert werden.

Deshalb sitzt er von nun an in dem Raum, dessen Fenster nur Beine bis zum Knie zeigen, all die verschiedenen Schuhe, Stiefel, Sandalen, die vorbeilaufen, hin und her, während er alte Zeitungsartikel ausschneidet, anstatt sie selbst zu verfassen. Manchmal wird er wehmütig, wenn er sich den Ordner anschaut, wo seine Analysen der Wirtschaft, der Politik abgeheftet sind.

Hier unten ist das nur noch ein Gestern, ein Teil des Archivs. Er braucht nicht mehr seinen Kopf, nur noch seinen Daumen und Handballen beim Einkleben der Ausschnitte, sogar beim Ausmerzen von Namen, wenn entschieden wird, wessen Ansichten der Sache, der Partei, der Idee nicht mehr dienlich sind, braucht er seinen Kopf nicht mehr, er bekommt Ansagen, wie damals, als er noch der kleine Laufbursche in der Partei war. Das versetzt Lutz einen Stich ins Herz, der ihn bricht.

Anton hört in der Zelle einen ungewöhnlichen Lärm, es ist vor der gewohnten Zeit, das Drehen des Schlüssels in seiner Tür, und der Mann in Uniform kommt herein und sagt, raus, Anton kann es nicht fassen, die drei Jahre waren doch nur eine Drohung. Die Jeans, der Parka, die Ketten, die Hose, inzwischen zu weit, liegen in der Kiste vor ihm. Antons Haare sind weg, aber das ist jetzt Nebensache. Ein paarmal durchschließen, dann steht Anton draußen, vor dem Tor. Er ist frei, hinter ihm knallt noch einmal Metall auf Metall. Anton steht auf der Straße, er friert, zieht die Schultern hoch.

Wir sind umgezogen, hat Vater knapp beim Besuch gesagt und ihm einen Zettel mit einer neuen Adresse in die Hand gedrückt. Auf der anderen Seite ist schon ein Laden geöffnet. Er liest vor, ja, sagt die Bäckersfrau und mustert seinen kahl geschorenen Kopf ungeniert, ist gar nicht weit, gehen Sie mal hier und dann da, Sie sind ja noch jung, ruft sie ihm lächelnd hinterher.

Anton geht durch die morgendlichen Straßen, keine Wände mehr um ihn, die ihn abhalten. Er klingelt. Mutter öffnet ihm, er späht an ihr vorbei, warum ist Vater um diese Zeit noch zu Hause, sitzt im Sessel mit der Zeitung, als wäre es schon Wochenende, ist doch noch so früh. Niemand sagt ihm etwas, sie zeigen ihm nur stumm den Weg in sein neues Zimmer. Liane deutet auch nur ein Psst mit ihrem Finger an und flüstert, Vater ist krank.

Es ist Freitagabend, eigentlich ein Abend wie jeder andere, Anton will ausgehen, aber vorher gibt es noch Abendessen. Was macht Mutter da, sie popelt das alte Wachs aus den Kerzenständern heraus, sie legt eine weiße Tischdecke auf, dabei ist noch lange nicht Weihnachten. Ist Hochzeitstag, hat wer Geburtstag, überlegt Anton. Zwei Kerzen stellt sie auf den Tisch, dazu ein Glas mit Rotwein in die Mitte. Sie bringt noch zwei in ein Tuch gehüllte, frisch gebackene Brote. Das macht Anton unruhig, nervös, Mutter macht ihm wieder mal Angst, man muss nur tun, was sie will, dann wird sie sich beruhigen, denkt er.

Der Vater erhebt sich aus seinem Ohrensessel, hat die Zeitung beiseitegelegt, starrt seine Frau an. Sie besteht darauf, dass sie sich alle zusammen die Hände waschen. Nun sitzen sie um den Tisch, wo die Mutter murmelt, wo sie sonst still ist, und ein Baruch atah Adonai kommt aus ihrem Mund, sonst kann man kaum was von ihrem Gebrabbel verstehen, dann wird sie wieder stumm, sie reißt Stücke aus dem Brot, streut Salz drüber, legt es jedem auf den Teller.

Lutz knurrt nur, das hast du von deinem bürgerlichen Elternhaus, mehr sagt er nicht dazu, seufzend lässt er es geschehen, sogar ihr singendes Gemurmel, was soll er auch machen. Anton und Liane schauen sich an, oft haben sie sich schon über Mutter gewundert, aber sie kennen ihren Vater, er wird so verschlossen, zieht sich hinter die Zeitung zurück.

Nach dem merkwürdigen Abendbrot kommt Lutz zu Anton ins Zimmer, bevor du verschwindest, will ich dir etwas zeigen. Wer ist das, fragt Anton beim Anblick der alten Fotos, die Vater ihm reicht. Das ist Mamas Familie in Prag, das ist dein Onkel, deine Tante, deine Oma. Anton zuckt mit den Schultern. Ich hab gar nicht gewusst, dass wir noch Verwandte haben.

Jetzt weißt du es, sagt Lutz. Mutter ist die letzten Monate durchgedreht, weil sie Angst hatte, deinetwegen. Sie war schon ganz stumm, als ich sie damals fand, ich habe sie immer mit mir schleppen müssen. Sie hat auch diesen Juden-Gottknacks. Wenn sie von dem da oben redet, lass sie, sie ist krank. Mein Verstand hat mir immer geholfen, man muss sich entscheiden. Auch wo man hingehört, zu wem, Anton. Ich sage es dir heute, weil du erwachsen genug bist, weil du endlich Verantwortung übernehmen musst, keine Dummejungenstreiche mehr. Mach nie mehr solchen Blödsinn. Und wenn doch, darfst du dich nicht erwischen lassen, schickt er versöhnlich lächelnd hinterher.

Im Heim habe ich Schläge gekriegt, wenn sie mich erwischt haben. Das passiert mir nie wieder, Vater. Weißt du, wie ich an Zigaretten im Knast gekommen bin, Vater, fragt Anton. Ich sitze in der Zelle, da höre ich eine ferne, hohle Stimme von irgendwoher, sie kommt aus meinem Klo, ich habe den Löffel genommen für das Wasser im Knie, so konnte ich den Mann von über mir verstehen, ist wie ein Telefon, der hat mir Zigaretten besorgt. Jetzt grinst Vater wieder, das haben wir im Bau auch so gemacht. Er ist versöhnt mit seinem Jungen, der endlich zu Hause ist.

Aber auch Liane nimmt Anton beiseite. Vater hat einen anderen, neuen Job, sie haben ihn degradiert, flüstert ihm Liane tadelnd zu, er sitzt neuerdings im Archiv. Liane sieht ihren Bruder mit ihren sorgenvollen Augen an. Du musst vorsichtiger sein.

RICHARD

NACH SEINER LEHRE, die ihm an keinem Tag wichtig war, hat Richard mit dem Studieren begonnen. Seine Zeugnisse waren großartig, und wer hätte dem Sohn des Ministers schon etwas abschlagen können, wenn Richard gewollt hätte, aber Richard hat immer mit den Schultern gezuckt, wenn man ihn fragte. Irgendwer hat gesagt, mach doch etwas mit Recht. Schön, dann eben Paragrafen. Es ist wie Mathematik, diese endlosen Fallbeispiele, man muss nur immer ausrechnen, was am Ende herauskommt. Das fällt ihm leicht.

Eine Studentin aus seiner Seminargruppe lenkt ihn vom Lernen ab. Sie haben fast immer dieselben Ergebnisse, dann grinst sie ihn an, wenn sie vorliest und er sich ärgert. Komm mich besuchen, hat sie ihn geneckt, dann können wir gleich zusammen pauken, ich wohne im Studentenwohnheim. Er steht zu Hause vor dem Spiegel, setzt sich extra für sie einen komischen Hut auf. Als er vor ihrer Tür steht, schiebt er den Kopf mit dem Hut vor, darf ich's wagen? Er hört sie lachen, wie er es sich wünscht, nur herein, sagt sie.

Er sieht ein Zimmer voller leerer Doppelstockbetten. Er entdeckt sie unten, in der Ecke, hinter dem Schrank, von wo aus sie ihn beobachtet. Er ist ganz in Rage gekommen, ganz außer Puste, aber nun fällt ihm nichts mehr ein, und er fragt verlegen in die Stille, wo sind die anderen? Sie lacht schon wieder auf seine erneute Frage, rekelt sich, dass er von ihrem Körper mehr sieht, als ihm lieb ist. Schließlich zieht sie ihn zu sich.

In den Seminaren sind sie beide nüchtern, so arrangieren sie ihre gelegentlichen Treffen. Als sie ihm im Flur steckt, dass sie von ihm schwanger ist und es behalten wird, hofft er noch. Das ganze Tohuwabohu kurz vor dem Examen.

Zur Entbindung kommt Richard zu spät. Er wollte bei der Geburt von Juliane dabei sein. So viel hat er sich vorgenommen. Aber irgendwas bleibt immer auf der Strecke. Alles ist gewachsen bis zu diesem Tag. Aber als sie ihn anrief, es ist so weit, da hatte er noch einen Termin. Nun steht er in der Klinik, aber es ist schon vorbei. Er lässt sich das kleine Gesichtchen hinter der Scheibe zeigen.

Das Unangenehme, sie empfängt ihn in ihrem Bett, wieder mit ihrem Lächeln, wo er sich so unterlegen fühlt. Na, da bist du ja. Wie sie ihn anstößt mit dem Ellenbogen, heiraten? Als ob sie ihn fragt, willst du noch einen Kaffee? Auf keinen Fall, antwortet er spontan grinsend, dabei ist er verletzt. Aber er will sich nicht so bürgerlich geben. Trotzdem denkt er, es renkt sich ein, doch sie sagt auf ihre vernünftige Weise, das Kind wird bei dir aufwachsen, das ist nur gerecht, ich habe ja schon die Große. Damit meint sie ihre ältere Tochter, die während ihres Studiums bei ihren Eltern lebte. Er stimmt ihr zu. Was soll er auch machen? Etwas anderes kann und will er sich nicht erlauben.

Die eigene Wohnung hat er erst seit ein paar Wochen. Er ist mit der Kleinen allein. Viel steht nicht drin, er hat ihr ein Kinderbett in die Ecke gestellt. Die restlichen Möbel sind zusammengewürfelt, immer bleibt zu wenig Zeit. Er schaut aus dem Fenster, die Straßen sind nicht fertig, die Autos parken noch in wilder Reihe zwischen Gestrüpp. Es gibt da draußen einen Erdhügel, wo die Kinder spielen, und weiter hinten ist schon der nächste, fast fertige Block zu sehen, darum die Bauteile, von denen Plastikreste durch die Luft fliegen. Die Kinder haben sich etwas davon geschnappt und bauen eine Höhle. Die

Flasche für Juliane hat er auf dem Herd, und er hat auch einen Platz in der neuen Wochenkrippe bekommen. Da sind sie verständnisvoll gewesen.

So richtig sind sie beide hier nicht zu Hause, immer Donnerstag bleibt sie über Nacht weg, das ist sein Verhandlungstag, er muss lange ins Gericht. Er dreht sich zu ihr um, hört ihr Gurren. Solange ihr Ton tief bleibt, kann er seinen Gedanken nachhängen. Aber nach einer Weile wird sie unruhig, dann fängt sie zu weinen an. Was willst du, fragt er und schaut durch die Stäbe des Bettchens, in dem sie liegt. Er holt sie zu sich, setzt sie auf den Teppich und sich daneben. Er schaut ihr in die Windel, das ist es nicht, sie will Aufmerksamkeit. Also packt er sie in den Wagen, eine Runde spazieren.

Das Beste an dem neuen Zustand mit ihr ist, sie gibt ihm das Gefühl, nicht allein zu sein, auch wenn sie noch nicht mit ihm reden kann. Es ist abermals Donnerstag, er ist mit Terminen zugepackt, da muss er sie für die Nacht abgeben. Aber am Freitagnachmittag ist er wieder für sie da. Eigentlich ist es schon spät, jedenfalls bereits dunkel. Er steht vor dem Eingang. Er schaut durch die Scheibe, wie sie drinnen sitzt, mit einem anderen Kind um eine Puppe streitet. Er geht schnell rein, streift seine Schuhe an der Tür ab und hockt sich neben sie. Nach einer Weile drückt sie ihm stumm die erkämpfte Puppe in die Hand. Da ist er froh. Komm, wir gehen, sagt Richard und nimmt ihre kleine Hand.

Heute schlägt er einen anderen Weg ein. Von der Krippe ist es nicht weit. Sie haben den Eingang erreicht, kein Mensch zu sehen. Nur der Kontrolleur, der sein Ticket sehen will und es mit gleichgültiger Miene abreißt. Wir schließen in einer Stunde, sagt er. Richard nickt ihm zu, dann schiebt er schnell mit der Kleinen durch. Er kennt die Wege im Park, alles ist so verdammt weit zu erlaufen. Er setzt sie in den Wagen und rennt damit, was Juliane zum Lachen bringt.

Endlich sind sie am Affengehege angekommen, wo er sie herausholt und auf den Schoß nimmt. Er kann endlos dem

Treiben der Tiere hinter dem Gitter zuschauen, den Großen, den Kleinen, den Alten, den Jungen, Männlein und Weiblein, den Familien, dem Einzelgänger, dem ganzen Geschwätz, dem versöhnlichen Lausen, den gleichgültigen Paarungsbewegungen, dem Streiten, dem Vorangehen des Oberhaupts, dem die Jüngeren folgen, all das auf einen Blick, wie es auch unter den Menschen zugeht, und Juliane lehnt sich dabei so ruhig und entspannt an ihn.

Unter der Laterne sitzt er mit ihr auf der Parkbank. Er riecht an ihrem Haar, was ihn noch friedlicher werden lässt. Wenn nicht die mahnende Stimme plötzlich an seinem Ohr gewesen wäre, wir schließen jetzt, wäre Richard mit ihr die ganze Nacht geblieben.

JAKOB

STÄNDIG WERDEN IN DER SCHULE Bekenntnisse verlangt. Schon von Anfang an wurden sie eingefordert, immer wieder, bei jedem Appell, bei jeder Begrüßung. Jakob kann sich nicht rausreden, alles muss mit dem Frieden in Einklang sein, von dem immer die Rede ist. Bist du denn nicht für den Frieden? Der Finger zeigt auf ihn, das ist die Frage, die eine Drohung ist. Zunächst sagt Jakob immer ja, ich bin dafür, aber bald ist in ihm ein Widerstand. Er spürt die Drohung dahinter immer stärker, falls er einmal nicht mit Ja antworten, sondern Nein sagen sollte. Es liegt ihm das Nein schon auf der Zunge, aber ja, ja, ja, versichert er noch, schließt aber verräterisch die Augen beim Antworten oder sagt nur gleichgültig Ja, nicht mehr innerlich begeistert, hat sofort alles wieder vergessen.

Doch Jakob kann nicht vergessen, weil ihm die Frage jeden Tag neu gestellt wird. Er wird immer unwilliger, sucht nach Auswegen, aber er kann nicht entrinnen. Nun kommt jedoch etwas Neues, aus ihm selbst. Das Bild des Diktators, seine Schuld sind einem gewaltigen Dröhnen in seinem Kopf gewichen und einer ungewollten Bewegung in seinem Körper, die er spürt. Die Tadel sind ihm egal, der Zug ist abgefahren.

Allein Lea ist ihm noch nicht egal. Er will sie erreichen, er kann es nur noch, wenn er sie ärgert, dann wendet sie sich ihm zu, dann wird sie wütend, und er kann sie spüren. Das macht seinen Widerstand gegen Lea aus, er mischt sich mit dem Dröhnen in ihm. Es ist ein bis dahin unbekanntes Gefühl, und seine Scham darüber ist groß, er sitzt in der Badewanne und friert, lässt warmes Wasser nachlaufen. Er hat auf die Dusche umgestellt, das ist angenehmer, weil sich sonst das neue heiße Wasser erst mit dem kalten in der Wanne mischt, ehe es an seine Haut gelangt. Den Strahl der Dusche bekommt er zwischen die Beine, dieses Gefühl macht das Dröhnen. Er überzeugt sich, dass die Badezimmertür verschlossen ist, dann schraubt er den Duschkopf ab, damit der Druck noch stärker ist, er stellt es auf warm und führt das Ende des Schlauchs direkt zwischen seine Beine.

Das hat nichts mehr mit Leas Worten über Kameradschaft zwischen Frauen und Männern zu tun, nichts mit gemeinsamen Interessen, nichts mit ihren steifen BHs auf der Wäscheleine, mit dem braunen Strich in Lenas Schlüpfer, nichts mit dem Gerede, die Frauen würden einmal im Monat aus ihrer Öffnung bluten. Vor allen Dingen ist, was er sich nun vorstellt, höchstens blond oder hat einfach nur große weiche Brüste ohne Gesicht, es hat helle, unbehaarte lange Schenkel, die oben zu dem Einzigartigen führen. Jakob hat ein paar Jahre mit Lena im Ehebett ihrer geschiedenen Eltern zugebracht, er kennt ihre Schenkel, er kennt ihre Schlüpfer. Er kennt ihre dicken schwarzen, ungekämmten Haare, ihren geöffneten Mund beim Schlafen neben ihm. Lea schreit, wenn er ohne Klopfen zu ihr ins Bad will, dabei will Jakob sich ihre Brüste nicht mal vorstellen. Er kennt ihre kleine Gestalt im schwarzen Badeanzug, von dem großen Zeh, der über den nächsten lappt, über ihre Schenkel, wo die kleinen schwarzen Härchen immer dichter werden, da, wo der Badeanzug beginnt, die so gelockt schon sind wie Jakobs auf dem Kopf, bis oben, zu ihrer harten Büste. Leas Rückseite, unter ihrer weißen Badekappe, wo ihr fleckiger breiter Rücken ansetzt. Nichts an beiden Frauen ist weich, schmiegsam, gar zärtlich.

Wegen der übermächtigen Lust, die aus seinem Körper dringt, braucht Jakob seine Fantasie, muss er alles für sich behalten, muss warten, bis in der Schule eins dieser anderen, blonden, weiblichen Wesen, vor denen er keine Angst hat, auftaucht, die ein wenig dem gleichen, was er aus dem Traum in der Badewanne behalten hat, dass er einem Mädchen mit langen, glatten, blonden Haaren, mitten in der Menge der Schüler, im Schulhaus auf der Treppe, die vor ihm eine Stufe steigt, plötzlich die Hand zwischen ihre Perlonstrümpfe steckt, die sich unter ihren Höschen auf seiner Augenhöhe befinden, sodass sich ein reibendes Gefühl an seiner Handfläche und seinem Handrücken ergibt, bis sie einen Sprung nach oben macht, wo er sie nicht mehr erreicht. Noch einmal zieht er sie nach Schulschluss in den Keller, wo sie sich gelangweilt seine gierigen Hände gefallen lässt. Nur küssen darf er sie nicht.

So nabelt sich Jakob von Lea ab. Er trennt Leas erzähltes kameradschaftliches, schwarzhaariges, gelocktes, jüdisches Geschöpf vom blonden, langhaarigen, deutschen in der Schule, angesichts dessen ein Gefühl zwischen seinen Beinen entsteht, das immer stärker in ihm wird.

Am Wochenende besuchen sie Michaelas Familie in ihrem Gartenhäuschen. Michaela und Jakob haben sich ein paar Fahrräder geschnappt und sind zum See runtergefahren, sitzen an einer Stelle, wo es keine Menschen gibt. Sie liegen auf der Decke nebeneinander. Als sie ins Wasser gehen wollen, streift sich Michaela gleichgültig ihre Sachen ab, Jakob kann von ganz Nahem ihre kleinen, spitzen Brüste sehen. Aber er fühlt nichts, er sieht, wie Lea das Wort Kameradin ausspricht mit ihrer heiseren Stimme. In ihrem Zimmer spielt Michaela Gitarre, langsam gezupft, langweilige Chansons, mit hoher Mädchenstimme, auch das kann ihn nicht locken. Michaela hinkt ein wenig, sie hatte Kinderlähmung, hat Lea ihm erzählt. Wir können reden miteinander, aber sie ist niemals dieses lockende Wesen wie die in der Schule, sie taucht nie in meiner Fantasie auf, ich könnte sie nie darin brauchen, denkt Jakob.

Sex und Musik im Traum, am besten schwarze Musik, von schönen schwarzen, leidenschaftlichen Frauen, gesungene Musik, die er von einer Schallplatte kennt, das ist seine Flucht und seine Rebellion gegen Lea. Er muss raus, weg von zu Hause. Jeden Abend gibt es irgendwo in der Stadt Musik, Bands, Mädchen, das ist zwar nicht schwarze Musik, aber Gitarrengejaule, wie er es auch gernhat, und Mädchen im Rauch des Zigarettenqualms. Egal, betäuben will sich Jakob.

Die Lehrer sagen, ihr seid Kulisse, denn die Jugend der Welt kommt zu uns. Es riecht nach ungewöhnlicher Freiheit, vielleicht sogar nach Musik und Mädchen. Sie brauchen nicht mehr in der Schulbank zu sitzen, sind nicht im täglichen Trott. Neugierig läuft Jakob von der U-Bahn den Tunnel entlang, steigt die Treppe hoch, sieht das weite Areal endlich voller bunter Menschen, ein ungewöhnliches Bild auf dem großen Platz in der Mitte der Stadt. Alles sieht anders aus, diese Menschen haben andere Haare, andere Haut, andere Kleidung, riechen anders als gewohnt.

Auf einer Bank sitzt ein Junge, spielt Gitarre und singt. Jakob geht auf ihn zu, gleich wird er auch singen wie der andere, wird er, Jakob, ein Junge aus Berlin, bald ein Mann, ein Star werden, von der ganzen Welt geliebt. Da stellt sich Jakob ein uniformierter Polizist in den Weg. Er mustert ihn, zeigt auf den Jungen mit der Gitarre, er sagt, gehen Sie da hin, singen Sie mit. Die Blase in Jakobs Kopf platzt, der Traum ist aus.

Er sieht alles plötzlich, die ganze Welt, grau wie immer, die bunten Menschen werden nicht mehr da sein, niemand wird mehr ein Lied auf einer Bank singen dürfen. Nur der Polizist wird da sein, für immer. Jakob dreht sich um und geht zurück. Er muss sofort weg. Es ist alles nur eine Lüge, und Jakob will nicht die Kulisse dafür sein.

Das Leben mit Lea kann Jakob nicht mehr aushalten. Seit dem Auszug seiner Schwester Lena ist sie ihm noch fremder geworden. Entweder ist sie in ihrem Arbeitszimmer, aus dem es qualmt und das Klappern der Schreibmaschine zu hören ist, oder sie schaut fern, beachtet ihn nicht. Sie redet, wenn er sie fragt, unwillig über Kameradschaft von den Jungen zu den

Mädchen, oder sagt an, dass sie in eine Kunstausstellung gehen sollen. Sie weiß nichts von ihm, nicht, was er tut, wenn er in der Badewanne liegt, nichts von der wunderbaren Musik, die er hört, wenn sie nicht im Zimmer ist. Mach das leise, ist ihre immer gleiche wütende Reaktion.

Er will mit ihr reden, steht in ihrer geöffneten Tür, fragt von dort, was heißt übersetzt, I met a gin soaked barroom queen in Memphis, she tried to take me upstairs for a ride. Sie dreht sich vom Schreibtisch, von den Tasten ihrer Schreibmaschine auf ihrem Drehsessel schwungvoll zu ihm um, brüllt, geh raus, solchen Schweinkram übersetze ich nicht! Er macht die Tür, so leise es geht, wieder zu. Es hat keinen Sinn. Dafür tut sie so, als ob sie nicht merken würde, dass es immer später wird, wenn er nach Hause kommt. Sie liegt schon in ihrem Bett. Jedenfalls sagt sie nichts.

Er würde gern mit ihr reden, er würde ihr von den langen Haaren der Mädchen erzählen, die er berühren möchte, aber das kann er ihr nicht anvertrauen. Es reicht, dass sie manchmal knurrt, was wirst du nach der Schule machen, bei deinen Beurteilungen wird es nichts mit dem Abitur. Er zuckt nur mit den Achseln.

Er geht abends aus der Wohnung, steht im Kulturhaus in der Schlange, hinter der Kette, wartet, bis er unter dem gleichgültigen Blick des Einlassers mit den anderen in den Saal hineindarf. Anton, der Sänger der Band, der Mann auf der Bühne, tanzt, bewegt sich wie ein Derwisch, küsst seine mit ihm singenden Frauen, Jakob starrt ihn die ganze Zeit an.

In der Pause fasst er sich ein Herz, tritt unter den Blicken der anderen Musiker an seinen Tisch, er sagt zu Anton, ich will auch so etwas machen wie du. Anton legt den Kopf schräg, zündet sich eine Zigarette an. Er nickt nachdenklich. Als Jakob Lea von Anton erzählt, bekommt sie diesen besonderen Ausdruck. Ich kenne seinen Vater. Er ist einer von uns. Wir waren zusammen in England.

Doch nun sind alle Träume Makulatur, denn sie haben Jakob den Brief geschickt, es steht Einberufung darauf. Er hat sich die Haare schon abschneiden lassen, seine Tasche gepackt und ist angetreten. Im Zug sitzen alle Einberufenen zusammen, halten sich eine Flasche vor den Mund und trinken daraus, bis sie lallen und sich übergeben. Dann hält der Zug endgültig, und sie hören die Schreie von draußen, raustreten. Ab jetzt verfügt keiner mehr über sich, sie warten nur auf brüllende Befehle, die Haare werden noch einmal nachrasiert, die engen Jeans sind schon fort. Alle stehen nebeneinander nackt unter den Duschen, werden vom gleichen lauwarmen Wasser abgewaschen. Jeder trägt die gleiche graue Uniform. Nur an den Gesichtern unterscheiden sie sich, aber niemand kennt sich. Die Neuen werden gejagt, vom Aufstehen bis zum Einschlafen.

Endlich, nach ein paar Wochen, wie eine Erlösung, meldet sich Jakobs Körper, hilft ihm. Er ist krank. Er darf in den Med-Punkt der Kaserne, liegt in einem Bett den ganzen Tag, der einzige Ort, wo er unbehelligt ist. Da gibt es kein Geschrei, sondern nur andere Gestalten neben ihm, in anderen Betten, die sich verlegen, erleichtert, mit einem Grinsen begegnen, wenn sie zur Toilette schlurfen.

Anton wird heute bei Jakob in der Kaserne ein Konzert geben. Da geht er hin. Er erhebt sich aus dem Bett, streift seinen grauen Trainingsanzug über den Schlafanzug, zieht die Turnschuhe über die Socken, lässt die Schultern entspannt nach unten fallen, steckt die Hände in die Taschen seiner Hose und greift nach seinem kleinen Freund in der Mitte, den er schon ganz vergessen hatte, der gibt ihm Halt, wie der Stern an der Kette um seinen Hals, beide sind verborgen an ihm, wie seine Gedanken.

Der Stern kam in einem braunen Paket, zusammen mit ein paar Tassen und Vasen, als Erbe von Tante Fofi. Er hat ihn seit seiner Abreise um, verborgen unter seiner Uniform. Vorher hing er an Tante Fofis faltigem Hals. Darüber war ihre gebogene Nase, darüber ihr Dutt, ihr Arm an der Seite mit der Nummer von Auschwitz, ihr rot geschminkter Mund in ihrem Gesicht. Der Stern pikt Jakob manchmal in den Hals unter seinem Trainingsanzug.

Im Gelände beachtet ihn niemand. Der Trainingsanzug verschafft ihm Unsichtbarkeit, obwohl er unrasiert ist. Die ewig musternden, kontrollierenden Offiziere, die Wächter mit den silbernen Schulterstücken schauen durch ihn hindurch. Er schlendert zum Kulturhaus hinüber. Da wartet schon die Menge der Soldaten. Mittendrin der Genosse Preussler, der sonst an den endlosen Nachmittagen vor ihnen im Schulungsraum steht, sich heißredet, seid wachsam, Genossen, denn der Klassenfeind schläft nicht, während sie, die Soldaten, vor ihm in den Bänken hängen.

Jetzt wartet er vor dem Kulturhaus, ist nur noch einer in der grauen Masse, lediglich seine silbrige Schützenschnur, sein Koppel, das sich über seinem Bauch wölbt, seine O-Beine, die aus seinen Stiefeln ragen, unterscheiden ihn. Er hat um seinen Mund unzählige weiße Pusteln. Seine roten, weiblichen Lippen wölben sich gierig saugend um die versöhnliche Zigarette, die er wie alle anderen Wartenden raucht. Dabei starren alle seit Langem zum Einlasstor der Kaserne hinüber, gegenüber, am anderen Ende des Regiments. Von da müssen die Künstler kommen. Es hätte schon längst beginnen sollen.

Endlich erscheint ein blauer Wagen mit blitzender, chromierter Stoßstange. Er biegt in die Straße des Regiments ein. Der Wagen entwickelt noch einmal ein hohes Tempo, rast auf die Menge zu und kommt dann mit quietschenden Reifen direkt vor ihr zum Stehen. Anton, Jakobs Anton, steigt aus der Fahrertür. Er trägt eine verspiegelte Sonnenbrille, einen grünen NATO-Parka, es ist die Uniform des Feindes, über seinen engen Jeans, die in hellen Fellstiefeln, die wie zwei junge Hunde aussehen, stecken und deren Haare bis auf den Boden hängen. Wuff, wuff, die Hunde springen los. Darüber grüßt

Anton alle lässig in die Runde mit wedelnder, beringter Hand. Es bildet sich für ihn eine Gasse.

Er läuft durch die Menge hindurch, klinkt die große Eingangstür des Kulturhauses auf, dreht sich lächelnd um und winkt lässig mit seinen Ringen an der Hand, alle mit herein, worauf sie hinter ihm herströmen. Er ist Jakobs Held, sein David, sein Makkabäer. Ein Mann, der gut aussieht, der kraftvoll, aber nicht blöd ist, lustig, aber auch klug, keine langatmigen Erklärungen gibt, die doch nichts leichter machen, kein schleppender Gang, keine hölzerne, leere Grimasse. Wie sehr er Paul, seinen Vater, verachtet, denkt Jakob, als Anton durch die Tür verschwindet.

Genosse Preussler, der Politoffizier, tritt seine Kippe energisch in die Erde und murmelt, dich kriegen wir auch noch. Aber Anton, Jakobs Held, steht oben auf der Bühne. Er ist schmal, feminin, ganz anders als die um ihn herum grölenden Goliathkohorten, die Soldaten, die Rülpser, die Groben, die Betrunkenen. Er hält sie alle in Schach, die Hitlergeburtstag-Feierer, die Bierkrugbastler. Er macht, dass sie singen, tanzen, dass sie ihm aus der Hand fressen. Wie sie, genau wie Jakob, am Ende aufstehen, zu ihm hoch schreien und jubeln werden.

Nach dem Konzert steht Jakob in Antons Garderobe, das Gejohle und das Wummern des Lärms noch in den Ohren. Ich muss hier raus, Anton, flüstert er. Es hört sich für ihn wie Gewinsel an. Willst du 'n Schluck, antwortet Anton. Die Band sitzt herum, hat die Flasche mit der braunen, brennenden Flüssigkeit schon ein paarmal von Hand zu Hand gegeben, und Jakob trinkt mit, obwohl ihm die Augen tränen.

Du kannst in unseren Laster einsteigen, sagt Anton ganz leicht, mit seiner heiseren Stimme, mit der er vorhin sein mitreißendes Yeah ins Publikum gebrüllt hat. Das blaue, durchsichtige Schlagwerk, die blitzenden, bunten Lampen, die riesigen Boxen, die Koffer mit den Gitarren, auf denen bunte Aufkleber sind, alles ist wieder im Laderaum des Lasters. Da hinein soll er sich zwischen die Kisten kauern, sich klein machen, aus der Kaserne fliehen. Wohin dann, über die Grenze? Er tastet nach seinem Stern, den er auf seiner Brust spürt. Lea steht ihm vor Augen, wie sie sagt, wenn einer von euch abhaut, bin ich meinen Job los, kann ich mein Leben vergessen.

Er will so gern in die Freiheit, sein Leben ist unerträglich, keine Sekunde wird er noch dableiben, zurück in das quietschende Bett, niemals zurück in die graue Meute. Er muss sofort raus, ich steige ein, ich fliehe aus der Kaserne, ich fliehe über die Grenze in die Freiheit, denkt Jakob. Aber er sieht auch die Toten, die ihm den Weg schwer machen.

Er sieht den Soldat Weinhold, der vom Freund zum Feind wurde, der hat es getan, er ist jeden Tag in den Nachrichten, jeden Tag im Radio, im Klubraum, im Fernsehen. Soldat Weinhold robbt die letzten Meter an den Zaun, sein Gewehr im Anschlag. Fast hat er die Freiheit erreicht, da rufen sie, halt, stehen bleiben, halt, oder ich schieße! Soldat Weinhold nimmt sein Gewehr, dreht sich in Richtung der Rufe, betätigt den Abzug, dann ruft niemand mehr. Er schießt sich den Weg frei. HaSchem sagt Nein, ich kann nicht, sagt Jakob zu Anton und hält seinen Stern unter seinem Trainingsanzug fest, wir schreiben uns, Anton nickt und braust davon.

Hier drinnen geht es um Jakobs Überleben. Hier drinnen hält er es nicht mehr aus. Es ist das Grau der Uniformen, die Stiefel, wie sie geputzt werden, die Koppel, die Rangabzeichen, wie sie sich unterscheiden, der Gefreite, der Unteroffizier, der Spieß, die ganze Meute an seiner Seite. Es sind die Baracken, die Mauern darum, der Gestank des Rauchs der glühenden Asche in den Müllkästen, es ist der Stechschritt, die Sprache, das Schreien. Lea hat die Lampen in ihm eingeschaltet, sie blinken rot.

Der Stern Davids hilft ihm, wenn sie im Unterhemd um den Tisch herumsitzen, wenn sie sagen, dass der Klebstoff für die Bierkrüge, die sie basteln, aus toten Juden gemacht ist, wenn sie Schnaps trinken, wenn sie sich mit glasigen Augen zwischen die Beine greifen, wenn sie auf das Wohl des Führers am Feierabend anstoßen. Jakob fühlt mit den Fingern unter der Uniform nach der Kette, fährt sie entlang, bis er auf den kleinen Stern stößt, zieht ihn so hin, dass er wieder in der Mitte vor seinem Hals hängt. Er träumt von anderen Welten, aber Anton und sein Yeah sind schon lange weit weg, das große Grau macht sich immer breiter in ihm.

In der Nacht steht Jakob Wache. Er steht unter dem kalten Himmel, und das Gewicht der Waffe drückt auf seine Schulter, er schließt die Augen, träumt sich ganz nahe an den Stoff seiner Jeans, gleitet durch die blau-gelben Fäden. Das Indigo ist das Blau des Ozeans, die Farbe der Freiheit. Anton hat gesagt, versteck dich im Laster. Aber er hat es nicht getan, ist wie festgenagelt. Er fühlt sich, als wäre er schon tot.

RICHARD

GUTE VORBEREITUNG IST ALLES. Da ist er wie der Vater. Nachprüfen vor dem Spiegel im Flur, von unten nach oben, die Schuhe, tadellos, der Anzug sitzt, das Abzeichen am Revers, der Bart, gut konturiert zur Haut. Die Haare? Werden schon dünner, da muss ich was machen, vielleicht kürzer schneiden. Die Fingernägel? Sauber. Das Manuskript? In der Umhängetasche, alles da, Seite für Seite, die schwer auszusprechenden Wörter unterstrichen, damit sie beim Lesen schnell erfasst sind, die hat Richard vorher gesondert geübt. Er ist zufrieden mit sich. Auf zur Verhandlung, auf zur großen Vorstellung.

Er steigt am Alex aus der U-Bahn, läuft die paar Schritte bis zum Gerichtsgebäude, das lässt Zeit, um Schwieriges noch einmal durchzugehen. Er hat seine Rede gut aufgebaut. Sein Mandant ist ein Verbrecher. Es war eine schlimme Tat. Es ist ein großartiges, weises Gericht. Die Werktätigen werden sich aber nicht aus dem Takt bringen lassen von diesem Gedankenverbrechen. Darauf hat er seine Verteidigung aufgebaut. Da kann er für den Mann ein wenig herausholen.

Das hat das treue Volk nie getan, sich von solchen Intellektuellen wie dem aufhetzen lassen. Keinen interessiert es hier, ob der Mann eine Schrift, ein Pamphlet veröffentlicht hat, das würden sowieso nur Spinner lesen. Sicher, das feindliche Fernsehen strahlt jeden Tag rüber, aber die Leute wollen Unterhaltung und keine schlechten Nachrichten. Deshalb hat Richard das beste Argument, der Verbrecher erreicht nichts mit seiner Schändlichkeit.

Natürlich steht das Strafmaß fest. Mit Mathematik hat es am Ende nichts mehr zu tun, eher mit einem Rollenspiel.

Aber heute wird er seinen Teil an der Vorstellung übernehmen, er zwinkert der Pförtnerin des Gerichts hinter der großen Eingangstür zu, sie kennt ihren Genossen, dann nimmt er immer zwei Stufen hoch im großen Treppenhaus. Das macht sonst niemand, verhandelt wird ganz oben, in Raum dreihundertvierzig, fast unterm Dach. Die wichtigen Leute stehen noch draußen, aber schon in Amtstracht. Richard wirft sich im Gehen die Robe über, ein bisschen zerknittert, weil vorher in seiner Tasche, egal, auf in die Schlacht. Seine Schuhe, die ihn drücken, klackern laut auf dem hallenden Flur, kündigen ihn an.

Am Fenster vor dem Verhandlungsraum stehen der Richter und seine Beisitzerin. Sie haben ihr Gespräch unterbrochen und sehen ihm entgegen. Guten Morgen, Kollege. Guten Morgen, sagt Richard lächelnd und schlüpft hinein. Sein Mandant hockt mit eingezogenem Kopf zwischen den Polizisten, Richard nickt ihm nur zu. Der Staatsanwalt sitzt auch schon auf seinem Platz, mit Augen, die zu schlafen scheinen, liest er in seinen Akten. Der Richter erscheint, die Tür geht zu, alle erheben sich, das Schauspiel kann beginnen.

Spät erst ist Richard dran, darf endlich sein Plädoyer halten: verbrecherische, unverantwortliche Taten, aber ich verteidige schließlich auch Diebe und Betrüger, es gibt hier keine Solidaritätsbekundungen mit dem Angeklagten, die Arbeiter und Bauern schätzen die Taten ganz richtig ein, sie lassen sich nicht verhetzen, er hat Geheimnisverrat begangen.

Als der Richter das Urteil verkündet, acht Jahre, sackt der Mann zusammen, er hat wohl auf ein Wunder gehofft, dabei hat Richard noch einen Trumpf in der Hinterhand. Den Genossen schlägt er vor, weist den Verbrecher aus und unser Land erhält Devisen, und dem Mann kann er sagen, er kommt in Freiheit. So schlägt man zwei Fliegen mit einer Klappe.

Warum musst du ausgerechnet solche Leute verteidigen, fragt ihn Horst. Man hat so viel Vertrauen in mich, man hat mir den Fall anvertraut, Vater, sagt Richard stolz. Dabei kennt Horst seinen Sohn, der will es ihm beweisen. Horst weiß natürlich, wie früher kann man es nicht mehr machen, die Feinde einfach beseitigen, wie beim großen Führer in Moskau, der hätte nicht gezögert. Ich bin in meiner Position Mittler, Vater, sagt Richard begütigend. Aber du musst unsere Sache im Auge behalten. Ein Anwalt wird vor Gericht gebraucht, das ist ein schwacher Trost. Horst seufzt, deine Eitelkeit wird dich noch mal in Schwierigkeiten bringen.

Dabei ist Horst hin und her gerissen, er ist stolz auf Richard, er hat einen guten Abschluss gemacht. Aber sein Richard als Anwalt für solche Typen. Horst kennt seine Partei. Wenn es zu bunt wird, dann wird sie zuschlagen. Dass sich der Junge nur nicht zu weit aus dem Fenster lehnt. Du liebst doch auch die Herausforderung, die Gefahr, Vater, du hast dich vor Heiklem nie gefürchtet. Was meinst du? Du warst immer der schlaue Fuchs, du bist doch auch nicht anders, hast mir doch alles beigebracht. Ach, lass uns von etwas anderem reden, lenkt der Vater seufzend ein.

JAKOB

IMMER WACHT ER AUF und sieht sich um, da liegen sie alle in ihren Betten, rekeln sich, es muss gleich das Signal der Sirene kommen, ich zähle immer meine Tage ab, ich bin doch endlich raus, denkt Jakob, aber alle um ihn herum in den Betten lachen, du musst hierbleiben, weiterdienen. Jakob schließt noch einmal die Augen, öffnet sie wieder.

Im dunklen Zimmer von Lea stehen die braunen Schränke mit dem Matzeteller obendrauf, wie er es ewig kennt, in der Ecke ihr Schreibtisch mit dem Lenin darüber, ihr Sofa, auf dem er liegt, beruhige dich, denkt Jakob. Sie ist nicht da, hat einen neuen Job im Ausland. Deshalb habe ich mich in ihrem Zimmer eingenistet, als ich von der Armee wiederkam, denkt Jakob. Er schläft ganz wie früher in Leas tröstlichem Bett. Er tastet nach seinem Davidstern.

Die ganze Zeit hat er sich nach Hause, nach dem Alleinsein gesehnt. Nie mehr mit elf schnarchenden, furzenden Körpern in einem Raum aufwachen, nie mehr von einer Sirene geweckt werden, nie mehr der Blick zur Milchglasscheibe, hinter der das diffuse Neonlicht leuchtet, was ihn herzklopfend erwarten lässt, dass gleich die Stiefel durch den Flur knallen, gleich die Mühle losgeht, in der du rennst. Nun in der Stille, im Alleinsein weiß er aber auf einmal gar nicht mehr, wer er ist, wohin er gehört.

Ich gehe zum Gemeindevorsteher Harry, denkt Jakob. Harry ist schließlich einer von uns. Vorsitzender der jüdischen Gemeinde, das steht auf seinem Schild. Ich übe die Worte, die ich gleich sagen werde. Ich will Mitglied werden, bei unserer Gemeinde, ich will dazugehören, zu einer Gruppe, mit Gleichgesinnten zusammen sein, denkt Jakob.

Er steht vor dem Spiegel, rasiert sich sorgfältig, ist vorsichtig, besonders wenn er mit der Klinge in Richtung Nase kommt, macht sanfte Bewegungen, zieht sich sorgfältig an, sogar ein frisches weißes Hemd nimmt Jakob aus dem Schrank, er schlüpft in seine Schuhe und geht los.

Die Frau im Vorzimmer lächelt ihm zu, ein gutes Zeichen. Herein, sagt Harrys tiefe Stimme. Da sitzt Jakob vor Harrys Schreibtisch, atmet tief ein und redet. Er spricht vom Sinn des Soldatseins, vom Hass der anderen, von den Witzen, die sie erzählten, wie fremd er sich fühlte, dass er sich eine Familie wünsche, wenigstens eine Gruppe.

Doktor Harry stellt ihm nach seinem langen Reden nur eine Frage. Sind Sie beschnitten? Darauf schüttelt Jakob ratlos den Kopf. Doktor Harry zuckt mit den Schultern. Er ist fertig mit ihm. Auf seine Regeln kann er sich verlassen. Da sind so einige gekommen im Laufe der Zeit, aber Doktor Harry entscheidet, wer Gemeindemitglied wird. Vor dem Juden kommt der Funktionär. Als Jakob wieder draußen ist, schiebt sich der Nebel in sein Hirn. Ich werde also kein Mitglied der Gemeinde, denkt er.

Jakob verbündet sich stattdessen mit den jüdischen Toten, er arbeitet auf dem Friedhof, den er kennt, es ist so wunderbar still dort, dazu die Herbstsonne, die schräg und müde durch die Bäume scheint. Das Laub ist überall grün und gelb an den Bäumen, auch schon rot und braun, dazwischen der Efeu, wie er über die Wege kriecht, alles mit seinem ewigen Grün bedeckt.

Vorn, neben dem Büro, hocken Jakobs neue Kollegen, sie gießen sich schon früh was aus der Flasche ein. Die Frau aus dem Büro beugt sich aus dem offenen Fenster, sie ruft zu Jakob, du gehst heute nach Eff Fünfzehn, Reihe Neun, Seeligmann. Er hat die Karre, die Hacke und den Rechen dabei.

Er muss nur das richtige Grab finden, läuft durch die Reihen, fegt mit der Hand Blätter von den Steinen, wo sie Namen verdecken. Seeligmann kann er kaum noch lesen, die Schrift ist ausgebleicht, aber das muss es sein. Von hier bis zum Hauptweg sind es zehn Meter, schätzt er.

Erst das Grab, er hackt, aber die Lianen sind mit dem stumpfen Blatt nicht zu trennen, er reißt mit den Händen, der Efeu gibt geschickt nach. Endlich ist das Grab frei, die Pflanzen auf der Erde. Er fegt sie zusammen, breitet die Arme aus und legt alles auf die Karre, ein schönes Stück Arbeit. Ihm ist warm, immer hat er den Pudel auf dem Kopf, der ist zu dick, ihm läuft schon das Wasser in die Augen, und es brennt. Er schiebt die volle Karre zu einem Pflanzenhaufen und vergrößert ihn, da legt er sich obendrauf, der Haufen unter ihm ist weich und gibt nach. Jakob schaut durch die Blätter der Bäume, die im Wind spielen, die Sonne glitzert dahinter, er hört in seinem Kopf die Schreie des schwarzen Backgroundchors, Jumpin' Jack Flash, it's a gas, gas, gas. Er öffnet seine Hose, holt seinen Unbeschnittenen heraus, lässt ihn tanzen, bis er kommt, dann verpackt er ihn wieder, es wird kühl, und er schläft ein.

Sie haben Jakob zum Studium angenommen. Lea hat es ihm gepredigt, du musst einen Abschluss machen. Er sitzt wieder in einer Bank, stiert auf eine Tafel, wo Noten mit Kreide gemalt werden, die Kreidereste rieseln langsam auf den Boden, wie die Zeit, die nicht vergehen will. Der Junge neben ihm langweilt sich wie er. Sie flüstern sich ihre Träume zu. Jakob hat eine Mappe, die er mit sich trägt. Darin sind Johanns Gedichte. Die Mappe ließ sein Bruder liegen, als er wegging in sein neues Leben.

Jakob liest daraus vor, ich komm nicht hoch, noch einmal umdrehen, die Gedanken sind grau, der Magen ist flau, die Spucke schmeckt bitter, im Arsch ist Gewitter. Der andere spielt seine Akkorde auf der Gitarre. Jakob singt die Worte von

Johann: Über allen Neubauvierteln ist Ruh', in allen Antennen spürest du kaum einen Hauch, die Menschen schweigen beim Fernsehen, aber ich würde dich gern sehen, du auch? Der andere macht seine Gitarre elektrisch, er kann jetzt an dem Knopf drehen, da wird sie immer lauter und fängt an zu fiepen. Jakob schreit, Städte, wie ausgekotzt liegen sie da!

Sie fahren zu ihrem ersten Auftritt. In der Garderobe färbt sich Jakob die Augenlider schwarz, setzt sich eine große Puppe auf die Schulter. Sein Herzklopfen macht, dass er noch undeutlicher wahrnimmt, was um ihn herum passiert. Sie stehen zusammen auf der Bühne, Jakob hat sein Mikrofon vor sich. Vorn ist es schwarz, nur er selbst ist im Licht von oben. Er hört die ersten Takte, sein Einsatz kommt, es braust noch mehr im Kopf. Sein bisheriges Leben, seine Erinnerung fällt von ihm ab, etwas in ihm verwandelt sich. Er weiß keine Worte mehr, sie sind auch nicht wichtig, es ist wie ein einziger Schrei, wütend und zärtlich zugleich.

Als alles vorbei ist, er nass geschwitzt wieder in der Garderobe sitzt, ahnt Jakob, ein Wunder ist geschehen. Ab heute ist sein Leben neu. Eben, auf der Bühne, ist er geschwebt, geflogen, alles Schwere ist abgefallen. Das ist das Wunder. HaSchem hat es an mir getan, denkt Jakob. Er gibt ihm das erste Mal etwas Großes in die Hände, weil er spürt, wie sich fremde Menschen ihm zuwenden. Er fühlt sich ganz frei, ganz bei sich, zufrieden und müde. Von jetzt an kann er nicht mehr ohne sein. Es ist eine Droge.

Anton und Jakob lässt es zu Kollegen werden. Es lässt ihn Geld verdienen. Es ist sein Schutzschild. Es wird gespeist von der Intelligenz, die er von Paul hat. Von Lea ist es die Wut, die so unmittelbar aus ihr kommt, die sich bei ihm in Euphorie verwandelt. Von Johann sind es die Worte, von Lena, der Schauspielerin, sind es die sparsamen Requisiten, die sie ihm an die Hand gibt, die alles leichter machen.

Und des Nachts, als Mondlicht fiel in mein Haus aus Glas, merkte ich, mein Schatten fehlt, und es wuchs der Hass. Ich schlug die gläsernen Wände ein, das Kristall zerbrach. Doch auch ich in Scherben fiel und am Boden lag.

Gläserner Traum, wann wach' ich auf? Singt Anton. Ich wünschte, ich hätte das Lied geschrieben, sagt Jakob zu Anton. Der grinst. Es ist das neueste Lied seiner Band, sie haben es aufgenommen, Jakob darf es als Erster hören. Er steht hier mit ihm, weil er Rat sucht, Jakobs Band hat ihn rausgeschmissen. So gut er auf der Bühne ist, so schlecht ist er, wenn er schwierige Entscheidungen treffen muss. Ich bin ihnen zu unberechenbar, sagt Jakob.

Er steht vor Anton, und sein Mund schafft es nicht zu sagen, ich bin begeistert, ich kenne deinen Traum, ich träume ihn auch jede Nacht, ich bin auch ein gläserner Mensch in einem Haus aus Glas. Ich habe auch Träume, die mich beunruhigen, aber wir sind großartige Musiker, wir sind Männer, wir sind Künstler. Wir werden berühmt sein, aus dem Land in die Welt reisen. Anton, du gehst mir voran, es wird großartig. Jakob sagt es nicht, will sich nicht lächerlich machen, keinen Gefühlsausbruch zeigen. Er bewundert ihn stumm. Anton hebt die schmale Hand, grüßt Jakob mit dem geheimen Gruß, der zwischen Mittel und Ringfinger einen Spalt lässt.

Anton sagt, ich mache es, er nennt es Verantwortung. Er ist nicht nur Chef seiner Band. Er ist auch Pate, Vertreter der Musiker und ihrer Interessen. Er hat ein Büro, da sitzt er und hört zu. Sie kommen zu ihm, mit ihren Problemen. Sie wollen uns in die Armee stecken, da können wir keine Musik mehr machen, kannst du helfen? Anton fragt, habt ihr Kleingeld? Er zählt nach, packt das Bündel Scheine in seine Jackentasche, winkt den Chef der Band zu sich, setzt sich mit ihm ins Auto und fährt in die Stadt. Warte hier, sagt Anton vor dem Haus. Er steigt aus dem Wagen, klingelt an einem Namensschild und verschwindet. Nach einer Weile kommt er wieder aus der Tür, der Offizier hat es genommen, grinst Anton zufrieden. So löst man Probleme.

***

Nicht nachdenken. Ununterbrochen ist Jakob unterwegs. Es ist ein Rausch, der ihn einhüllt, von Bühne zu Bühne, dazwischen das Rollen über graues Straßenband, das bewusstlose Fallen in fremde, weiche, anonyme Betten, daraus hochkommen, jeden Tag genauso schnell wieder vergessen, weil er weiß, es hört doch nie auf.

Manchmal hat er das Gefühl, er löst sich auf, findet seine Zahnbürste, Mundharmonika, Gitarrenplättchen, Perücke, sein Kabel nicht mehr. Alles verschwindet. Aber egal, es geht immer weiter. Es soll nur nicht aufhören, nicht mehr, nie mehr zurück in eine Realität der Langeweile. Sogar einen Pass hat Jakob wegen seines Erfolgs bekommen, der Grenzer, der am Übergang steht, wo die Mauer nur noch ein weißer Strich ist, schaut sich die Seiten an, salutiert und sagt, passieren! Jakob macht den alles entscheidenden Schritt über den weißen Strich hin und her, hin und her, während der Beamte immer dahinter bleibt.

Die Realität lässt sich nicht aushalten, das Gewisper der flüsternden Stimmen um ihn, der ist nicht mehr da, die sind abgehauen, so viele sind weg, für immer, fort. Es ist, als ob Jakob immer schneller werden muss, weil er dann den Verfall um ihn herum nicht bemerkt. Doch manchmal ist es nicht zu überhören. Am Mittag geht er in das Lokal an der Straße, wo der feuchte Dunst der Schnitzel mit Rohkostsalat in der Luft hängt. Jeder Gast schaufelt eilig aus den dreigeteilten Tellern in den Mund, dazwischen balanciert die Kellnerin die nächsten Portionen zu den vollen Tischen. Gleichgültig stopfen und kratzen alle ihr Essen von den Tellern in ihre Münder.

Darüber liegt im Dunst die Stimme des Diktators. Sie kommt anstatt plärrender Musik aus dem großen Radio auf dem Tresen. Sein Kreischen von den neuen Erfolgen ist wie Schleim in Jakobs Ohren, den er nicht wegwischen kann. Niemand achtet auf die Stimme, auf die Beschwörungen, auf das Einpeitschen; das Klappern der Bestecke, das Kratzen der Gabeln auf den Tellern bleibt darunter lautlos.

Die Reise von Jakob scheint endlos von Ort zu Ort zu gehen, es darf nicht aufhören, dann muss Jakob auch nicht nachdenken. Bühne an Bühne, Erfolg an Erfolg, Rausch des Beifalls, weiter, weiter.

MICHAELA

BOB HÖRT DIE GERÄUSCHE seiner Familie unter ihm, hört ihre Schritte, hört die Stimmen von seinen Kindern, dazu die Stimme von Eva, seiner Frau, wie sie den Kindern Ansagen macht, aus dem Wohnzimmer, aus ihrem Schlafzimmer, das er seit Ewigkeiten nicht mehr betreten hat, an dem er aber, auf seinem Weg nach oben, immer wieder vorbeikommt. Ihre Stimme allein erinnert ihn an sein altes Leben, an seine frühere Liebe zu ihr, an seine Hoffnung auf die Familie.

Ihre harte, hohe, disziplinierende Stimme, mit der sie unten Anweisungen gibt, kurz, knapp, schneidend, jede Erklärung vermeidend, während er so gern erklärt, doziert, breit redet, gemütlich, freundlich, manchmal polternd, aber immer logisch seinen Kindern die Weisheit der Partei erklärt, die Beschaffenheit der Welt, darin behütet vom kommunistischen Führer die jüdische Welt, die er gegen alle äußeren Widrigkeiten verteidigt, alles hat seinen Platz.

Doch seine Welt bekam immer mehr Risse, tiefer und tiefer, in dem Maße, wie die Partei von den Zionisten spricht, wie sie hetzt und geifert, wie sie ihn einkreist. Sie haben ihn nicht fertig studieren lassen. Stets ist das Misstrauen gegen ihn geblieben. Er ist in diesem Amt für Irgendwas hängen geblieben, hat brav die Phrasen nachgeplappert. Aber immer wieder kommt ein neuer Wind, dann ist es nicht mehr Noel Field, dann ist es Israel. Wieder hat man ihn verdächtigt.

Er denkt an Eva. Während er sich im Amt zunehmend einsam fühlt, hat sie draußen ihr Kollektiv, als Leiterin ihrer Konsumgaststätte, sie ist hier wohl angekommen, sie kann besser nachplappern, was gefordert ist. Sie ist im Täglichen auch näher an den Kindern dran. Sie will aber, seit sie ihn wegen seiner Eskapaden zur Rede gestellt hat, nichts mehr wissen von dem, was ihn sonst umtreibt. Er hat sie zu oft enttäuscht, sie sind sich innerlich lange fremd geworden.

Bob ruft Lea an, ich werde es tun, sagt er seine Drohung mit Krächzen in die Nacht, in den Hörer, ich werde es tun. Lea hört zu, seinen Worten, dem Knacken und Summen der Leitung, sie schweigt, sie kann ihn aus der Ferne nicht umstimmen, sie versucht es auch nicht. Sie ahnt, dass es ihm ernst ist, das macht sie nüchtern und ruhig, sie hört ihm nur zu, seinem Klagen, seinem ganzen Resümee. Längst hat sie in die Schachtel gegriffen, die Zigarette angezündet, ihr Atmen, ihre Art, wie sie den Rauch manchmal stoßweise herauslässt, nur daran hört er im Hörer ihre Beteiligung, die ihm für den Moment ein wenig Linderung verschafft.

Bob rechnet ab, er rechnet sogar mit den Kommunisten ab, ich habe ihnen immer gedient, aber nie ist es genug. Lea, sie werden uns niemals anerkennen als Gleiche unter Gleichen, es bleibt der Makel. Lea schweigt. Irgendwann ist alles raus, ausgekotzt, er wird langsam wieder still und ruhig, die verschwitzte Stirn wird kalt und trocknet. Er legt auf.

Wie Bob in seinem Arbeitszimmer sitzt, in dem er sich blind auskennt, in dem er nur mit einer Hand hinter sich greifen muss und alles hat, was er wirklich braucht, wird ihm unausweichlich bewusst, dass es nun um alles geht. Er nimmt den leeren, vertrauten, weißen Bogen und legt ihn auf die Ablage vor sich, wie er es immer getan hat, und schreibt, an meine geliebte Familie, ich war oft fort, wenn Ihr mich am meisten gebraucht habt, das weiß ich, ich bereue es, vor allen Dingen bereue ich, dass ich nicht mit Euch gesprochen habe, Euch nicht in alles einweihte, was mich bewegt, ja, das wirklich Wichtige vor Euch verborgen habe. Der Grund war, dass ich Euch schützen wollte vor der Welt da draußen, vor den Lügen, die ich zu oft so leichtfertig gesagt habe. Nun ist es zu spät. Verzeiht mir. Bitte sorgt dafür, dass ich auf unserem Friedhof begraben werde. Ich liebe Euch.

Er setzt sorgsam seinen Namen darunter. Er hat schon oft daran gedacht, es zu tun, hat sich alle möglichen Arten vorgestellt und meist sofort wieder als völlig abwegig abgetan, aber als der Arzt ihm ausgemalt hat, dass er, durch seinen Unfall bedingt, bald nur noch vergessen wird, hatte er das Gespräch abgebrochen und war aus der Sprechstunde gelaufen. Er, dement?

Immer wieder neue Frauen, immer schneller neue Bekanntschaften, immer bereitwillig, immer schnell mit dem Mund, dazu sein Geschwätz bei den geheimen Treffen, diese Worte, diese dreckigen Worte, sinnlos und zu schnell dahergeplaudert, ihre Fragen, wen kanntest du in der Emigration, wer ist der Feind unseres Staates? Plapper, plapper, plapper. Schluss damit.

Bob steht auf, nimmt die Packungen mit den Schlaftabletten, holt sich die Kanne mit Wasser. Mit Eva, seiner Frau, kann er am wenigsten sprechen, dazu ist es auch längst zu spät, jetzt ist keine Zeit mehr zu bereuen, für weitere Grübeleien. Eva soll es bitte zuerst sein, die ihn findet, denkt Bob, aber wie, er stellt sich alle Wege vor, die sie im Haus ablaufen, wer kommt zuerst hier hoch, wird mich suchen, wenn ich nicht antworte? Sinnlos, zu spät. Er schluckt, trinkt, schluckt, trinkt, die Tabletten sind hart, hinten im Hals, schnell wieder einen Schluck.

Bob schaut noch mal alles durch, die Packungen sind leer, die Kanne auch, er geht noch einmal auf die Toilette, spült. Schaut sich im Spiegel an, die Glatze scheint schon lange durch, doch das hat die Frauen nicht abgehalten, ihn zu lieben, das runde Gesicht hat wirksam seine Verzweiflung verborgen, aber es war immer auch seine momentane Euphorie des Moments, jetzt wirkt es leer. Er kämmt die wenigen Haare nach hinten, er ist nicht mehr eitel, nur noch korrekt.

Dann geht er zurück in sein Arbeitszimmer, schließt leise

die Tür hinter sich. Er legt sich mit Bademantel und Pyjama in sein Bett, deckt sich zu und platziert die Arme gerade an seinen Körper, ganz ordentlich, sie sollen ihn nicht unwürdig in Erinnerung behalten, er dreht das Gesicht zur Decke und wartet, bis das Zimmer sich vor seinen Augen zu drehen beginnt, als sich endlich ein Lächeln auf sein Gesicht legt, so schläft er ein.

Am Morgen kommt Marlies mit einem Tablett die Treppe hoch. Mutter hat gesagt, bring Vater ein kleines Frühstück nach oben. Sie klopft höflich an, als ihr niemand antwortet, öffnet sie die Tür. Dann ruft sie mit einer Stimme, die noch nie von ihr vernommen wurde, sodass Michaela und die Mutter schnell heraufgestolpert kommen. Eva dreht sich zu Michaela und hält ihr den Mund zu, die Wände haben Ohren, nur ihr Wimmern ist zwischen Mutters Händen noch zu hören, bis auch sie schweigt, wie alle schweigen und atmen. Endlich übernimmt Mutter, übernimmt die Leitung.

Da liegt er nun friedlich, sein Parteiabzeichen am Revers seines Jacketts gibt die letzten Strahlen der Sonne zurück. Er scheint wie eingeschlafen. Ganz schmal war er geworden in der letzten Zeit. Er wirkt so klein, fast dünn, und der Mund viel weniger voll als noch vor Monaten. Das war die Krankheit, und nun? Vielleicht war es ein Unfall, vielleicht hat Vater in seiner Schusseligkeit die vielen Tabletten geschluckt.

Der Arzt, den sie anruft, ist ein Vertrauter, er schreibt etwas, das niemand hinterfragen wird, auf den Totenschein. Eva ruft in der Gemeinde an, ja, sagt man ihr, bringt ihn, jüdische Tote müssen schnell begraben sein, den Genossen, den Doktor, den Bob, den kennen wir. Er war oft auf dem Friedhof, meist bei dem Gedenkstein für Herbert Baum und seine Gruppe. Das war Bobs Reliquie. Unzählige seiner Vorträge haben Bob und alle, die ihm zuhörten, dorthin geführt. Wir Juden – nur dort hat er das »wir« benutzt –, wir Juden haben gekämpft, uns nicht nur abschlachten lassen.

Nun wird sein Grabstein auch ganz in der Nähe vom verehrten Herbert Baum sein. Doch niemand wird nachfragen, warum er so früh schon ging. Niemand wird sie aufhalten mit dummen Fragen. Als die Mutter und die Mädchen um das Grab herumstehen, frieren ihre Gesichter ein, schweigend geben sie sich ein Versprechen, niemals mehr wollen wir darüber reden. Dafür stehen wir zusammen, dafür sind wir für alle Zeiten eine Familie. Da muss Mutter nichts mehr anordnen.

***

Die ganzen Ferien, nachdem die Schule endgültig zu Ende ist, vergehen mit Lesen. Michaela hat immer schon gern gelesen, am Anfang noch ungezielt, Märchenbücher mit großen bunten Bildern, dann kam die Phase, wo Mädchen und Pferde ihre Helden waren, aus dem Regal von Marlies. Seit der Sache mit Vater ist sie oft Stunden in seinem unangetasteten Reich, streift durch Vaters Regale, die bis hoch unter das Dach reichen, wo alles noch genau so ist wie an dem Tag.

Am Anfang dachte Michaela noch, sie könne gar nicht hineingehen, aber ohne ihn ist das Zimmer auf einmal viel vertrauter und gemütlicher. Keine Stimme mehr, die ihr gleich eine Erklärung, einen Hinweis gibt, siehst du, Michaela, das ist unser Feuchtwanger, unser Meister der historischen Analyse, jüdische Geschichte auf unterhaltsame Weise erzählt, vielleicht wirst du ja mal Schriftstellerin werden, ach bla, bla, bla, was wusste der Vater schon von ihr, über ihre Pferdebücher hat er sich lustig gemacht, denkt Michaela. Aber nun kann sie alles ungestört entdecken, ohne seine langatmigen Kommentare.

Sie geht langsam an den Buchrücken vorbei, neben den Stapeln von Papier, das langsam vergilbt, neben den Akten, die herausstehen, neben den gleichförmigen braunen, endlos erscheinenden Reihen dicker Bände, Marx, Engels, Lenin, Stalin. Vaters Ordnung. Da ist er, der Feuchtwanger, der Flavius Josephus, der Stefan Zweig, sogar ein Buch mit hebräischen Buchstaben, ein Siddur mit feinen, dünnen Seiten. Sie nimmt den staubigen Geruch wahr, der sich besonders in den Haaren des alten Fells eingenistet hat, das auf dem Sessel liegt, dort will sie sich niederlassen. Hier hat auch der Vater immer gesessen, wenn sie nach oben kam. Jetzt wird es ihr Platz.

Feuchtwanger, Band eins, Der jüdische Krieg hat sie sich aus dem Regal geholt. Nach ein paar Seiten, und weil es so warm ist, flattern ihr die Lider, sie macht noch ein paar Schaukelbewegungen, aber dann nickt sie ein, und ihre Haare fallen über die geöffneten Seiten des Buchs, auf ihrer Stirn und auf ihren Oberarmen bildet sich ein schweißiger Film, während sie leise mit offenem Mund atmet.

Am ersten September ist es damit vorbei, Mutter hat verfügt, na, bei deinen Leistungen, Michi, der Satz blieb vielsagend in der Luft, kannst du dir Studieren aus dem Kopf schlagen, aber sie hätte gar nicht gewusst, was sie machen wollte. Die Schule liegt hinter ihr, aber das bedeutet, dass sie den neuen Weg anstatt zur Schule in den Kindergarten antreten muss. Du wirst Erzieherin, hatte Eva entschieden, und Michaela wäre gar nicht auf den Gedanken gekommen, der Mutter zu widersprechen.

Als Michaela das erste Mal im Lärm der Kinder steht, verschwindet auf die gleiche Weise wie in der wunderbaren Welt der Bücher der Druck aus ihrem Kopf, das Bild vom Papa, und Michaela beginnt wieder, richtig zu atmen. Sie sitzt am niedrigen Tisch, die Kleinen um sie herum, sie essen Brei, und Michaela stopft hier einen Mund, dort trocknet sie ein paar Tränen, da wischt sie Essensreste ab.

Die Zeit wird für sie wunderbar langsam, entspannt, alles aus der Perspektive der Kinder, der Gang in die Garderobe, sie zieht Jacken über, steckt Füßchen in Schuhe, atmet glücklich den Geruch von Kot, legt das Kind auf die Ablage, öffnet die Windel, hebt die Beine und wischt mit dem Lappen den schmutzigen Po. Kaum steht das Kind wieder auf dem Boden, strecken sich viele andere Hände nach ihr aus beim Spaziergang in den Park, und das erste Mal spürt Michaela, ich werde gebraucht, ich werde geliebt, und vor Dankbarkeit werden ihr die Augen nass, und sie kann für diesen Moment endlich den Papa gehen lassen, keine Hausschuhe, kein Herumstehen um das Grab, kein Geflüster der Mutter kann sie mehr ängstigen.

Auch das Puppengesicht, das sich ihre Schwester aufschminkt, und deren Gerede über Männer, die Kleider von Marlies, der Geruch nach ihrem Parfüm, all das macht Michaela nichts mehr aus. Ja, sie weiß, sie ist die Hässlichere, die Dümmere, die Jüngere, sie hat es immer wieder gesagt bekommen, aber von nun an hat sie eine Welt, die sie nie wieder hergeben wird. Die Hände der Kinder, die sich ihr entgegenstrecken, die sie, Michaela, brauchen. Papa hat ihr von so vielen jüdischen Helden erzählt, darunter auch vom Korczak, der sich für seine Kinder geopfert hat, das fühlt sich für Michaela gut an. Dafür lohnt es sich zu lernen, sich anzustrengen.

Der einzige Mann unter den Kolleginnen ist Bernd, der Hausmeister. Er trägt altmodische, braune Cordhosen, die unter seinem blauen Kittel hervorragen, Bernd redet nicht viel, nur dass er den Kindern vorliest, wenn er nichts zu tun hat, das finden die Kleinen toll. Aber in Michaelas Nähe beginnt Bernd zu stottern. Ihre neuen Kolleginnen, die wie losgelassen plaudern, wenn am Frauentag noch Eierlikör ins Spiel kommt und das Schnattern in ein hohes Kichern übergeht, machen den armen Bernd zur Zielscheibe, na, die Michaela und der Bernd. Er sieht auch immer nur sie an, lange ehe sie das erste Mal miteinander sprechen.

Bernd fängt stammelnd an zu reden, von seiner Mutti, vom Fußball, von der Arbeit. Bei Bernd spürt Michaela die gleiche Gemütlichkeit wie in Vaters Sessel, seine Worte prasseln wie warmer Regen auf sie, es ist so einfach, so beruhigend. Michaela weiß bei Bernd auch, worauf es hinausläuft, er ist anders als die groben Kerle in der Schule, die ihr immer gleich an die Wäsche wollten. Ach, dicker Bernd, denkt sie zärtlich, hängst an deiner Mutti, aber als er ihr ernst einen Antrag macht, da schaut sie ihn genauso ernst an und sagt Ja in sein fragendes, rotes Gesicht, bis er glücklich zu lächeln beginnt. Weil es sich so gehört, weil es so seine Ordnung hat, weil es sich so leicht und richtig anfühlt, weil sie spürt, dass Bernd ihr niemals verloren gehen kann.

So gehen sie zum Rathaus, ohne viel Aufhebens, ohne Freunde oder Familie setzen sie sich in das Zimmer mit dem verblichenen Charme, hören sich das Kratzen der Schallplatte mit dem Hochzeitsmarsch an und die leiernde Stimme der Beamtin. So sachlich, wie sie mit Bernd aus dem Zimmer kommt, so legt sie sich unter ihn, weil Michaela auch weiß, dass sie ein Eigenes will und weil das zur Ehe gehört, und weil die Männer das so wollen, wie auch der Vater davon nie genug bekommen hat, der stolze, mächtige Vater. Das muss man ihnen geben, sonst laufen sie bald zu andern Weibern, hat sie mal von der Mutter gehört, als die so angewidert über Sex gesprochen hat.

Als der Junge da ist, der Klaus, hat für Michaela die Welt noch bessere Ordnung. Der Bernd schweigt, schaut sie an und arbeitet, wie auch sie schnell wieder arbeitet, denn sie ist bald zur Leiterin der Einrichtung ernannt worden. Eine Wohnung und den Ehekredit haben sie auch, und sonntags schickt sie Bernd mit Kläuschen auf den Spielplatz, dann liest sie den Feuchtwanger wieder, wozu sie sonst nur noch selten kommt.

Spätestens als ihr Kläuschen auch morgens in seinen Kindergarten geht auf seinen wackligen Beinchen, als er sich an der Hand seiner Eltern tapfer durch den Regen schiebt, als er in der Garderobe weint, schreit, sich auf den Boden wirft, als er realisiert, ich muss nun ohne Mama und Papa bleiben, als er nur noch stumpf schaut mit verlorenem Blick, als Michaela beim eiligen Lauf zu ihrer Arbeit sein nun leeres Gesicht hinter der Abschiedsscheibe immer kleiner werden sieht, weiß sie, das ist das Gesetz der Gesellschaft, an das wir uns alle halten müssen. Auch der kleine Klaus.

Hat nicht Vater gepredigt, Disziplin ist die Einsicht in die

Notwendigkeit, aber was hat dieser Lumpenhund gemacht, er hat sich aus seiner Verantwortung gestohlen, sich aus dem Staub gemacht, sein ganzes Geschwafel war innen hohl, seine Weiber, von denen er nicht lassen konnte, da ist sie ganz bei ihrer strengen Mutter, geschenkt, aber den Abgang, den kann sie ihm nicht verzeihen, dass er unsere Familie gesprengt hat, die Lügen, mit denen sie, Mutter und die Schwester für ihr restliches Leben weiterleben müssen, Vater hat sie dazu gezwungen.

Wäre doch Vater mit beiden Beinen auf der Erde geblieben, hätte er ihr doch nicht nur von den Idealen erzählt, sondern auch von den Kompromissen, die alle eingehen müssen, mit Ehrlichkeit gesprochen und nicht von der jüdischen Errettung der Welt, seiner Welt, und er darin der große Held, dieser Hallodri, nur bei dem Gedanken daran bekommt Michaela ganz feuchte Augen, wie bei dem Gedanken, dass sie ihn geliebt hat, ihren Vater.

Schnell denkt sie an Klaus und Bernd und an die Zukunft, die sie greifen und gestalten kann, und bald wird sie vielleicht noch ein Kind bekommen, noch ein Steinchen des glücklichen Mosaiks einer neuen, besseren Familie, ihrer Zukunft für sich, die Vater vergessen machen soll. In allen Eltern steckt ein Verräter, das weiß Michaela genau, auch ohne Vaters Ende. Wenn sie morgens beim Abgeben ihrem Klaus die klammernden Finger von ihrem Mantel löst, wenn sie sich schnell umdreht, seine Schreie hinter sich lässt, die sie noch in den Ohren hat, wenn sie die Tür ihrer Arbeitsstätte aufgeschlossen hat, wo sie nun zusieht, wie die Eltern ihrer Schützlinge, die schreienden, weinenden und schließlich abgestumpften Gesichter der Kinder rasch hinter sich lassend, ihrer Arbeit zustreben, während sie die Kleinen mit eisernem Gesicht tröstet, um sich sammelt und den Tag beginnt. Das ist unser täglicher Verrat, das ist die Normierung, das ist die Anpassung, daran kommt niemand vorbei. Das ist der Verrat an uns selbst, das ist die Einsicht in die Notwendigkeit.

Bald ist aus Klaus der geduldige, unauffällige, immer stille Junge geworden, der so neben ihr läuft, dass Michaela ihn mit derselben Mischung aus freundlicher Herablassung und ein bisschen Verachtung betrachtet, die sie auch für Bernd empfindet, dem der Junge immer mehr zu ähneln scheint, die sie eben für Männer empfindet, die sie niemals ablenken könnten von ihrer Arbeit, von ihren Gedanken an das Große, an das Ziel der Erziehung des Zwerges zum Riesen. Da setzt Michaelas Gefühl für das Große ein, daher bezieht sie ihre Kraft, ihre unerschöpfliche Energie, wie sie die Kinder bezaubert mit ihrer Stimme, mit ihren Geschichten, mit ihrer ständigen Aufmerksamkeit, wie sie, unter den Augen der Kinder, aufblüht und sich nach allen Seiten produziert.

Sie lacht, schaut traurig, sie kann auch drohen und unnachgiebig sein, wenn es um die Regeln geht, sie erhält das Geplapper zu den Kindern immer aufrecht, nur die Namen kann sie sich nicht merken, alle heißen Hase, Baby, Hosenmatz, aber das macht nichts, alle hängen sie an ihr, bis sie nach Stunden erschöpft den Laden hinter sich lässt, das Graue ihr ins Gesicht fährt, bis sie am Abend zu ihrem großen und kleinen Mann zurückkehrt, wo sie endlich schweigen kann.

PETER

JACQUES HASST DAS immer gleiche Ritual. Aber natürlich muss er, wie jedes Jahr, auf der Veranstaltung singen. Am Anfang hat er noch gedacht, es sei eine Verpflichtung, aber dann kam das pompöse Denkmal vor die alten Baracken, die ausgestreckte Hand zum Schwur, dieses hohle Pathos, dieses verdammte Nie wieder!

Die Kommunisten haben gut reden. Sie haben keine Ahnung von dem Nebel, der ihn immer wieder befällt, das Singen ist in Ordnung, in jeder Sprache, sogar die Marseillaise könnte er singen, nur eben keine siegesgewisse Internationale. Mitten aus seiner Kindheit hatten sie ihn und seinen Bruder herausgeholt, ein Finger Gottes, der sie herausangelte. Jahre später, als Jacques realisierte, dass das Arbeitslager, wohin es dann ging, in Sachsen-Anhalt gewesen sein musste, reifte der Plan gegen alle Stimmen in ihm, die Nein schrien.

Er nimmt den Zug in das kleine Städtchen Zeitz, fährt von dort mit dem Bus, bis er das Dorf erreicht, er läuft die Straße entlang, als wäre er nie weg gewesen, hier stehen noch die Häuser der SS, an denen wieder Gardinen sind, warum auch nicht, feste, gut gebaute Häuser, er denkt an den Marsch zum Werk, jeden Morgen daran vorbei, als aus diesem Haus plötzlich ein Mann tritt, auf ihn zugeht, Hallo sagt, als hätten sie einander erkannt, Jacques, dessen zögerndes Hallo auf einmal seinen schützenden Akzent verliert, weil der Mann zu ihm sagt, du warst einer von denen, nicht wahr? Ich habe euch jeden Morgen zugeschaut, wie ihr zur Schicht marschiert seid. Der Mann redet ohne Unterlass, während er Jacques das Gebäude zeigt, die alte Krankenstation, die auch noch an Ort und Stelle ist, in der Jacques die letzten Wochen vor dem Ende vor sich hin gedämmert war in seinem Fieber, bis zur Befreiung.

Der Mann zieht ihn mit sich durch das Dorf bis in seine Wohnung. Jacques nickt der Frau zu, die ihm ein Glas mit durchsichtiger Flüssigkeit hinstellt. Er trinkt, und erst durch die Wirkung des Schnapses wacht er auf, sagt Danke zu den beiden, und der Mann bringt ihn zur Bushaltestelle zurück. Seitdem ist es ihm immer schwerer geworden, der in aller Welt beliebte Jacques soll singen. Die Stimme versagt ihm manchmal, das kannte er früher nie.

RICHARD

WAS LIEGT AN, GISELA? Schwungvoll betritt Richard am Montag sein Büro. Bis zu dieser Frage an seine Sekretärin hat es Richard geschafft, sein Gehirn auszuschalten, oder zumindest sich selbst immer wieder ermahnt, nicht über die Dinge der kommenden Woche nachzudenken. Das hilft ihm, er kann sich auf das Wesentliche konzentrieren. Für das Koordinieren und Gleichzeitig-an-alles-Denken ist Gisela da. Heute musst du die W. aufsuchen, deine neue Mandantin kennenlernen, höhnt Gisela. Ooch, fährt es Richard in den Bauch, er ahnt schon, das wird schwierig. Die Frau ist so eigensinnig, unberechenbar.

Er setzt sich wieder in sein Auto, lässt den Motor an. Der Weg führt ihn aus der Stadt heraus. Bald kommen die endlosen Neubauten in Sicht. Hier muss er abbiegen. Es wechselt noch einmal zu Siedlungen aus freundlichen Einfamilienhäuschen. Plötzlich ist Schluss, dahinter erhebt sich eine hohe Mauer um ein ausgedehntes Viereck, davor Peitschenmasten, Straßenlampen, an den turmartigen Ecken Scheinwerfer und in der Mitte ein großes Tor, davor ein großer, leerer Platz. Da parkt er einsam sein Auto, geht auf den Posten zu.

Der starrt ihm schon entgegen, denn er kennt eigentlich jedes Gesicht, das hier passiert. Guten Morgen, sagt Richard ein wenig zu laut, zu locker, ich möchte zur Gefangenen, er liest den Namen von seinem Notizbuch ab. Der Posten macht wortlos eine Geste mit der Hand. Er nimmt lässig Richards Ausweis, blättert die Seiten langsam durch, schaut ihn prüfend an, lehnt sich nach hinten, angelt sich das Telefon, wählt, wartet, spricht. Dann kommt ein anderer Posten aus dem Inneren, auch er stiert Richard an, dann winkt er ihn mit sich.

Es geht durch Gänge, Türen, jede einzelne muss auf- und hinter den beiden wieder zugeschlossen werden. Endlich stehen sie vor dem Besucherraum, Richard geht forsch hinein, setzt sich auf einen der beiden Stühle und wartet erneut, während hinter ihm abgeschlossen wird. Die Tür geht wieder auf, der Wärter bringt die Gefangene. Sie setzt sich ihm gegenüber auf den Stuhl. Können wir einen Aschenbecher haben, ruft Richard. Die Tür öffnet sich noch einmal, ein staubiger Aschenbecher landet mit dem Knallen von dickem Glas auf Metall zwischen ihnen. Die Tür geht zu, das Geräusch des drehenden Schlüssels, endlich Ruhe.

Sie rauchen doch immer noch, sagt er munter in das Schweigen und nimmt sich selber eine aus der Packung; als sie endlich zulangt, hat er den ersten Erfolg. Brauchen Sie noch etwas, außer einer Zigarette? Was zu schreiben, etwas Papier, eine Zeitung, sagt sie mit brüchiger Stimme. Das kriege ich hin, lächelt er, ich will mal sehen. Das ist also die gefürchtete Westermeyer, die Gründerin der sogenannten Opposition.

Ich soll Sie von Ihrem Mann grüßen und sagen, es geht ihm und den Mädchen gut, improvisiert Richard. Sie schaut ihn verblüfft an. Sie kämpft mit den Tränen, die sie auf keinen Fall zeigen wollte, sie schaut schnell wieder nach unten. Ich muss sowieso mit ihrem Mann sprechen, später, denkt er. Ich wurde Ihnen zugeteilt, bin Ihr Anwalt, also noch einmal, was wollen Sie? Papier zum Schreiben, erinnert sie ihn wieder. Na, das sollte kein Problem sein. Hören Sie, fährt er fort, man kommt Ihnen entgegen und wird Sie nicht anklagen. Es kann sein, dass man Sie sogar ausreisen lässt. Das ist doch sehr großzügig. Aber wir müssen zusammenarbeiten. Sie haben gegen Gesetze unseres Landes verstoßen, das muss Ihnen klar sein. Ich will einen Pass, mit dem ich wieder einreisen darf, sagt sie ohne Zögern. Aber Sie wissen schon, dass Sie hier drin versauern können, wenn Sie nicht kooperieren, kontert er. Wo bin ich eigentlich?

Diese Frage verwirrt Richard nun doch, na, in Untersuchungshaft natürlich. Sie sind im »U-Boot«, sagt er vertraulich hinterher. Sie wird bleicher um den Mund. Von dieser Haftanstalt hat sie gehört. Wir müssen zusammenarbeiten, sagt er wieder mit warmer Stimme, dazu gehört, dass Sie aussagen. Mit dem Pass werden wir sehen, setzt er unbestimmt nach. Das Gespräch ist beendet. Der Posten kommt und führt ihn umgekehrt durch die Prozedur.

Dabei hat er schon ganz oben vorgeschlagen, dass man sie vorher loswird, ohne Prozess, der nur im Ausland Gegenwind erzeugt, stattdessen stillschweigend rausschmeißen. Man hat es doch schon mal so gemacht, bei vielen, wie auch bei seinem Mandanten, damals. Aber diese dumme, naive Person sagt, sie will wieder einreisen. Nein, sie ist nicht naiv, sie ist wahnsinnig, verbohrt in ihrem komischen Idealismus, sonst hätte sie ihn nicht nach der Rückkehrmöglichkeit gefragt. Die meisten wollen doch nur weg, aus dem Knast, aus dem Land, endlich raus. Diese idiotische Sturheit.

Aber jetzt fängt er wieder zu lachen an, solche schwierigen Jobs machen Richard gerade Spaß. Jetzt ist er gefragt. Er muss vermitteln, ihr werdet sie wieder reinlassen müssen, sagt er, sie läuft sonst im Ausland zur Presse und redet schlecht über euch, denkt er schadenfroh. Er redet sich manchmal den Mund fusselig, aber keiner hinter den Schreibtischen will entscheiden. So viel läuft schon schief in diesen Tagen, und in Moskau stehen die Zeichen auf Schwäche. Man will die Kolonie nicht mehr, zu teuer. Es brechen neue Zeiten an, Richard fühlt sich gut und immer stärker. Denn ihn hat man zum Chef der Anwaltskammer gemacht.

EIKE

WIR HÄTTEN GERN Sie und Ihren Sohn dabei. Also, sagt Harry zu Eike, zieh dir einen Anzug an. Harry steht vor dem Spiegel, probiert den neuen, noch blinkenden Orden, den man ihm erst gestern verliehen hat, aber dann zögert er, er macht ihn wieder ab. Er belässt es für beide ganz dezent, also keinen Orden. Es war ein regelrechtes Bombardement, alles nur Orden für Juden. Harry war stolz, so viele Jahre hat er nun den Vorsitz der Gemeinde, immer ist er gut mit der Obrigkeit ausgekommen, seine Leute haben noch nie ein Wort des Dankes an ihn gerichtet. Der Diktator hat wohl eine neue Marschrichtung befohlen, jedenfalls hat auch Harry ein Blech von ihm angeheftet bekommen.

Ich muss dir was sagen, Eike, der Klang seiner Stimme, sie bebt, nie hat Harry so angefangen, wie der Vater nach Worten ringt, es ist gar nicht seine Art. Eike erwartet eine Abhandlung über jüdische Geschichte, wie er sie schon sein ganzes Leben geduldig über sich ergehen lässt, aber diesmal kommt nichts dergleichen. Eike steht auch vor dem Spiegel, schaut zu, wie der Vater nun an ihm herumpusselt, seinen Anzug zurechtrückt, an der Krawatte zieht, weil sie ihm zu kurz erscheint, sogar am Hosenschlitz von Eike macht sich der Vater zu schaffen, Eike ist doch kein Baby mehr, dabei atmet Eike kaum, weil er es nicht mehr aushält.

Harry holt aus, Mutter und du, ihr wart mir, neben der Gemeinde, immer das Wichtigste, für euch habe ich mich so ins Zeug gelegt, dann folgt das bebende Wort Nachfolger, ob Eike Harrys Nachfolger werden könnte, später. Was lässt den

Alten so reden, macht den Vater nur so nervös, fragt sich Eike. Mutter steht auch schon an der Tür und macht Eike Zeichen mit den Augen. Als Harry wieder dicht vor Eike hochkommt, geschieht etwas Merkwürdiges. Er hört Vaters Worte noch, doch sie werden immer langsamer und tiefer, sodass er nicht mehr verstehen kann, was der Vater sagt. Als er im Spiegel zum Mund des Vaters schaut, ist der nicht mehr da, vom Kinn zur Nase und wieder zurück zum Kinn, da ist nichts, alles glatt, bis auf die zarten Bartstoppeln, die sich trotz der Rasur schon wieder andeuten. Nur das dumpfe, tiefe Brabbeln, wo ist der Mund, die Lippen, wo kommen die Worte raus, denkt Eike verzweifelt und sucht mit den Augen.

Harry ist froh, er hat sich endlich dem Sohn erklärt, alles hat er gesagt, es ist ihm wichtig, wenn sie heute beide dem Allerhöchsten, dem Diktator selber gegenüberstehen werden. Das erste Mal ist sein Eike beim Allerhöchsten mit dabei. Es scheint, als ob sein ferner Traum, sein Lebenswerk nun doch Entsprechung findet. Arzt ist auch sein Sohn geworden, ganz wie er, aber die Gemeinde, nein, mehr als das, die ganze jüdische Frage, die des Überlebens, davon weiß der Junge wenig. Es war nicht immer so leicht. Gehör finden für unsere Sache, dass ich einen Orden bekommen habe, ein Jude bekommt einen Orden, wer wüsste das besser als ich, wer hat seine Pflicht getan, wer hat die Gemeinde vor allen Anfeindungen gerettet, wer hat standgehalten in stürmischer See.

Die Straße durch den Friedhof ist nicht gebaut worden, die große Synagoge wird als unser Platz wieder aufgebaut, mitsamt goldener Kuppel, wurde ihm versprochen, wenn Eike heute mit dabei sein wird, dann wird auch dieser Traum in Erfüllung gehen. Eike wird mein Nachfolger, denkt Harry.

Es ist ein großes Hotel, zu dem Harry und Eike gehen. Der Sonntagvormittag mitten in der Stadt wirkt trostlos, kein Mensch auf der Straße. Sie werden am Eingang von Männern in schwarzen Anzügen kontrolliert. Man will sie nicht durchlassen, er buchstabiert seinen Namen, dann kommt das entscheidende Kopfnicken. Drinnen ist ebenfalls alles merkwürdig still. Keine Gäste, auch hier. Die endlosen Gänge, leer. Sie sollen in den ersten Stock, ins Traumzimmer, hat man ihnen im Foyer gesagt. Dort ist eine Runde vorbereitet, das Meißener Porzellan, Kaffeegedeck.

Doch beim Kuchen ist Harry skeptisch. Ich weiß nicht, ob der Herr vom Jüdischen Weltkongress koscher einhält, sagt er zu einem weiteren Mann in Schwarz. Aber wir haben extra einen Wagen von West-Berlin kommen lassen, alles koscher, sagt der Mann ihm lächelnd ins Gesicht. Nur der Kaffee ist aus dem Osten, grinst er. Natürlich gibt es Tischkärtchen. Sie gehen um die Tafel herum und lesen die Namen. Es sind noch zwei weitere Herrschaften aus der Gemeinde geladen, man nickt sich vorsichtig zu. Der Besuch, um den es geht, der reiche Amerikaner und sein Sekretär, sitzt auch schon da, sagt man Guten Morgen, Schalom oder Bokatov, fragt sich Harry. Es bleibt beim Nicken, darf ich vorstellen, mein Sohn Eike.

Gestern sind sie sich das erste Mal begegnet, im großen Haus der Partei, der reiche Amerikaner und er, jeder bekam einen Orden, eine merkwürdige Stimmung, lauter Juden, gewissermaßen in der Höhle des Löwen, wie in einem Traum. Heute nun geht der Traum weiter. Alle erheben sich.

Der Diktator kommt herein, begleitet von einem Haufen seiner Leute. Er lächelt und geht die Runde um den Tisch, bleiben Sie doch sitzen, schon vom Kuchen probiert? Wie gefällt Ihnen das Wetter bei uns? Did you try the cake already, how do you like the weather, übersetzt eine Stimme von hinten, bis der Amerikaner unterbricht, Herr Vorsitzender, ich spreche doch Deutsch, meine Eltern stammen aus Deutschland. Ja, umso besser, Herr … umso besser. Es ist so wunderbar, mit einem Vertreter der Welt, ääh, Judenheit persönlich zu sprechen, sagt er, als wäre Harry gar nicht anwesend. Dann setzt er sich in die Mitte.

Sie möchten sicher wissen, weshalb ich Sie gebeten habe,

Gast der Regierung unserer Republik zu sein. Wir sind ja gewissermaßen in einem Boot, was unseren Kampf gegen Faschismus und Krieg, gegen Rassismus angeht, da bin ich sicher. Nun, ich wollte Sie fragen, ob wir zu einer Kreditübereinkunft kommen können. Der Amerikaner legt den Kopf schräg, ich bin nicht sicher, ob ich Sie verstanden habe. Das ist das Signal für den Übersetzer, der lange nichts mehr gesagt hat. Er schaltet sich ein, übersetzt, was der Diktator vorgeschlagen hat, der mit seinem Lächeln hängen geblieben ist, mit dem er sein Gegenüber anschaut.

Der Amerikaner legt den Kopf noch schräger und sagt, ich hatte eigentlich gehofft, wir kommen wegen der Wiedergutmachung zu einer Übereinkunft, Herr Vorsitzender. Hier stockt er, weil sich das Gesicht des Diktators verfärbt und er den Amerikaner unterbricht. Unsere Republik ist nicht und war nie der Nachfolger des faschistischen Regimes, der Redefluss ergießt sich nun schon auf alle Anwesenden, die gebeugt dastehen und warten, während der Kaffee kalt wird, der Kuchen eintrocknet.

Der Übersetzer versucht anfangs, den Wortstrom ins Englische zu übertragen, aber das Kopfschütteln des Amerikaners zeigt an, dass er genug von dem versteht, was der Diktator sagen will. Harry sieht verschämt aus dem Fenster, das ist alles so peinlich. So lange hat er auf gute Beziehungen gehofft, nach vielen Jahren hat es sich positiv entwickelt, und nun? Das fällt alles auf uns zurück, es wird uns treffen. Der reiche Amerikaner fährt wieder nach Hause, aber wir haben den Salat hier, denkt er. Jetzt wird sich für uns alles wieder rückwärtsdrehen.

Eine ganz normale jüdische Familie wollen sie haben, wie der Regisseur am Telefon sagte, wie der Mann das Wort »jüdisch« ausgesprochen hat, mit einem langen I. Eine jiiidische Familie, ganz normal, verstehen Sie, ganz normal, eine Familie besucht auf dem Friedhof ihre Angehörigen, Räuspern am Telefon, sind Sie noch da? Sie haben sich am Eingang verabredet.

Dieser ganze Haufen von Männern mit ihren Gerätschaften. Der Regisseur redet immer wieder auf Harry ein. Harry unterbricht, die Herren setzen sich bitte Kopfbedeckungen auf. Aber keiner hat im Sommer eine Mütze dabei. Da zuckt Harry angewidert mit den Schultern, und nun stolpern sie alle über die Gräber. Gehen Sie hier lang, nein, nicht so, sagt der Regisseur, der neben der Kamera steht. Die drei halten sich an den Händen, wie auf der Flucht, Mutter, Vater und Eike, dann stehen sie endlich, wie sie sollen, vor dem Grabstein, schauen verstohlen auf die winkende Hand des Regisseurs.

Laufen Sie los! Harrys Blick ist eisig, Mutter lächelt, Eike atmet und lächelt auch. Sie müssen trauriger schauen, achten Sie nicht auf uns, sagt der Mann, machen Sie das einfach noch einmal. Also gehen sie wieder zurück, Vater, Mutter und Eike, Arm in Arm, bis sie wieder vor dem Grab stehen, immer verfolgt von der Kamera, immer umgeben von den eiligen Tapsern, den vielen fleißigen Technikern, wie der Frau, die ihnen mit dem feuchten Schwamm über das Gesicht fährt, braunen Brei verschmiert.

Angst, das ist es, was Harry fühlt, in ihrer Gegend war ja noch nichts los, aber je näher sie der Stadt kommen, je näher dem Zentrum, umso lauter wird es. Sie sind umgedreht, an der Schönhauser Allee kamen sie nicht mehr weiter, überall diese großen Fahrzeuge mit dem Schild vor der Fahrerfront, nebeneinander, niemand kommt mehr durch, dazu Polizei und Menschen, die durcheinanderlaufen. Was wollen die alle bloß, fragt Harry im Auto, aber weder seine Frau noch sein Sohn geben Antwort, nur stummes Starren, als sie eine weitere Straße probieren, ist es dasselbe, kein Weg in die Synagoge. Dieses Mal muss es eine Ausnahme sein, sie drehen um und fahren zurück, sie werden nicht zum Gottesdienst erscheinen.

Am Abend sehen sie die Bilder im Fernsehen, es muss ein Aufstand sein, sagt eine Station. Harrys Stimmung verdüstert sich, was wird es für uns bringen, wir sind doch die Ersten, die sie hängen sehen wollen, wir sollten die nächsten Tage unbedingt zu Hause bleiben, gibt er die Anweisung, bis sich die Lage beruhigt hat. Aber die Lage beruhigt sich nicht. Harrys Stimmung wird immer düsterer.

RICHARD

VATER, REG DICH NICHT SO AUF, sagt Richard. Sie geben die Macht aus den Händen, sie verspielen alles, diese Idioten, vielleicht wird es Zeit für Veränderungen, sagt Richard, dann ist alles aus, sagt Horst, nein, unsere Idee, die Sache kann nicht sterben, sagt Richard ein bisschen zu schnell. Vater winkt ab. Wir werden später Verbündete brauchen, Geld, sagt Horst nachdenklich. Er hat die Zeiten noch erlebt, wo die Partei klein und machtlos war.

Der Kronprinz hat Richard rufen lassen. Im großen Haus der Partei wartet er auf Richard. Der Kronprinz hofft, bald die Macht zu übernehmen, und Richard soll ihm helfen. Das erste Mal seit Kindertagen betritt Richard, diesmal ohne Vater, die Machtzentrale. Er hat ein schlechtes Gewissen, war ich zu frech, will er mir an den Kragen, komme ich hier wieder raus? Ach Quatsch, der Kronprinz hat nicht den Schneid.

Man führt ihn stumm in das Zimmer. Da sitzt der Kronprinz hinter seinem Schreibtisch und grübelt, er war in Moskau, wollte Hilfe, eine radikale Lösung, aber dort war man kalt zu ihm. Er träumt, ich müsste mir nur ein paar Männer nehmen und den Diktator kaltstellen. Er sieht zu Richard, der vor ihm sitzt, stattdessen hole ich mir diesen komischen Vogel. Er ist frech, aber schlau, schließlich sagt er, du hast doch Kontakte zu diesen … er weiß nicht, wie er sie nennen soll, diesen Aufrührern. Du kennst doch die Oppositionellen, Richard ist erleichtert. Sie plaudern unbestimmt, aber freundlich.

Ein paar Wochen später ist der Prinz der neue Chef. Die

Partei hat ihn an die Spitze gestellt. Er soll das sinkende Schiff retten, doch das Volk murrt immer lauter. Aber der Neue hat keinen Mumm, seine großen Zähne sind stumpf, und Moskau will keine Soldaten mehr schicken. Das weiß auch der Neue, das macht ihn so ängstlich und ohnmächtig. Der Sommer ist mit Nachrichten über die unzähligen Geflüchteten vergangen, die immer und immer wieder über die Grenze gehen. Nun erhebt sich auch der Rest, die, die so viele Jahre stillgehalten haben, überall braust und gärt es.

Auf dem größten Platz der Hauptstadt ist es schwarz vor Menschen, sie warten. Vorn gibt es eine Tribüne, wo Persönlichkeiten zum Volk sprechen. Richard, der Anwalt, nutzt die Gunst der Stunde, er steht in der Reihe der Redner, er hat seinen Zettel mit Notizen, er sieht das Bild vom neuen Mann an der Spitze seiner Partei schon als freche Karikatur in den Händen der Demonstranten, er ahnt schon, dass es zu Ende geht, mit dem Neuen als Ersten. Vor dem Pult breitet sich über den Platz der Ameisenhaufen aus, diese ungeheure Masse Unkontrollierbarer, die aber fröhlich und nicht zornig sind, weil sie spüren, dass heute etwas Neues anbricht.

Richard muss sich konzentrieren, es geht gleich auf die Tribüne. Da ist er wieder der kleine Richard, der Junge mit dem Stück Besenstiel im Hosengürtel, mit dem langen Umhang der Mutter, mit ihren Handschuhen, über die er den großen, herrschaftlichen Ring gezogen hat. Doch vor ihm hat das Volk schon entschieden, sie wissen es nur noch nicht, und Richard wird kein Kostüm mehr benötigen, keine noch so lächerliche Requisite, es ist der Moment der Geschichte, der seine Metamorphose vor aller Augen vollzieht. Aus der braven Puppe, aus dem kleinen Richard wird der Schmetterling, dieser Schmetterling hat Flügel aus Worten bekommen, sie sind ihm gewachsen, weil in seinem Kopf alle Bedenken, alle Angst wie weggeblasen ist, so steigt er empor, niemals zuvor hat er vor einer solchen Masse gesprochen, wie sie ihn jetzt alle anschauen, wie diese Masse Menschen sich vor ihm in einen einzigen großen Körper verwandelt. Er sieht kein einzelnes Gesicht mehr, er hat nun Worte für alle, seine Flügel sind voll entfaltet.

So schwebt Richard vor dem Mikrofon und haucht das unerhörte Wort Freiheit aus. Dieses Wort, zögerlich übertragen durch die Lautsprecher, wirkt in den Ohren wie ein erster Wassertropfen im trockenen Sand, sie warten, dass ihm weitere folgen, es ist der erste Tropfen, ein Gefühl von Frische, von duftender Feuchtigkeit, dem aber eine Flut folgen wird, die allen so unendlich lange gefehlt hat.

Ich möchte Sie beglückwünschen, Sie, das Volk, Sie, die Polizisten, zu unserem ersten freien Zusammentreffen, auf dem Rechtsweg beantragt und genehmigt. Dieser Jubel ist für Richard. Die Polizei soll uns, friedliche Bürger, schützen, als wirkliche Volkspolizei. Wie ein Orkan braust der Beifall in seine Ohren. Wie süß es tönt. Ach, Richard braucht kein Manuskript mehr, die Worte strömen auch so. Wir brauchen den Staat, den wirklichen Rechtsstaat. Richard sagt es auch für Vater, es müssen Unschuldige rehabilitiert werden. So viele sind zu Unrecht verurteilt worden. Ab jetzt nur noch unter unserer Kontrolle, der Kontrolle des Volkes.

Richard ist, als müsse er weinen von dem, was aus ihm strömt. So viele Hände strecken sich nach ihm nach oben, sogar die kritischeren Frauen, die ihm sonst im Leben Angst machen, weil sie jede Falte in seinem Gesicht bemerken, jeden ungeschickten Fleck auf seinem Anzug sehen, das Spuckebläschen in seinem Mundwinkel, das unvorteilhafte Lecken über seine Lippen, das gelegentliche Zittern seiner Hände, wo er doch gar kein Manuskript mehr braucht, all jene unerbittlichen weiblichen Blicke, die auch Magdas Blicke sind und all der Frauen, die nicht bei ihm geblieben sind, haben sich vor diesem Schmetterling, aus dessen Flügel diese Worte strömen, umgewandelt in Liebe und Verlangen. Wie sich in diesen Tagen alles und alle umwandeln werden, denn die kommende Flut wird keinen Stein mehr auf dem anderen lassen.

Richard, sagen die Getreuen, du musst übernehmen, die

Partei, den ganzen Laden. Das Volk liebt dich. Richard lächelt bescheiden. Nun wird es ernst. Er hört sich sagen, ab sofort hat keiner mehr Zutritt zur Zentrale.

Genossen, lasst mich rein, sagt der Mann mit den großen Zähnen, aber die Wachen schauen schon leer durch ihn durch. Richard ist der Neue an der Spitze, er bestimmt von nun an. Die Flut reißt alle mit.

JAKOB

ER GEHT DIE STRASSE ENTLANG und bleibt vor einem großen Schaufenster stehen. Eine Menge Menschen haben sich schon versammelt. Sie spüren, dass die Bilder dahinter für alle vor dem Fenster Neues bedeuten. Früher kamen die Herolde ins Dorf, tröteten in ihre Hörner und verkündeten dem erstaunten Volk die Neuigkeiten. Dann gab es die Zeit der öffentlichen Anschläge, in der jeder herauskam, um an der Schautafel zu lesen, was sich verändert hatte. Nun steht die Menge und Jakob darin vor dem Schaufenster. Etwas Gewaltiges wird geschehen.

Sie schauen auf eine Wand von Fernsehern, in denen in jedem einzelnen dasselbe Gesicht zu sehen ist. Das Gesicht spricht lautlos, aber in unzähliger, genauer Vielzahl, dasselbe. Aus der langweiligen, routinierten Normalität dieses Gesichts, dieses modernen Herolds, wird in seiner unzähligen Vervielfachung des immer gleichen Ausdrucks plötzlich der dumme August, ein staunender, blöde grinsender, offener Mund eines überraschten Menschen.

Das ist das Zeichen, denn das ist niemals zuvor passiert. Es dringt gerade durch die Vervielfachung tief in jeden Zuschauer ein. Deshalb sind sie vor der Schaufensterscheibe so im Bann, so überrascht, warten, bis sich in dem überraschten Ausdruck endlich eine Gefasstheit zeigt und der Mann auch für alle da draußen nun vervielfältigt lautlos die Worte, ab sofort, meines Wissens, ab sofort, sagt, die jeder, obwohl lautlos, hinter der Schaufensterscheibe, genau versteht.

Niemanden wundert es, dass in diesem Moment alle einzelnen, gleichen Bilder dieses Gesichts farbig werden, wie alles und alle. Die Menschen und auch Jakob spritzen eilig vor dem Schaufenster auseinander. Ein neues Zeitalter ist eingeläutet.

Lange Zeit hatte Jakob nicht mehr nachgedacht, war immer nur unterwegs gewesen, immer nur in Gesellschaft, hatte sich im Lärm der anderen betäubt. An Gott im Rausch des Erfolgs nicht mehr gedacht. Aber jetzt bricht diese Welt zusammen. Die Mauer ist gefallen, den weißen Strich gibt es nicht mehr. Jakobs Zuhause versinkt rasend schnell. Da, wo er jetzt ist, wird bald Wasser sein. Er muss sich bewegen.

Alles steht zur Disposition, jeder Anker, jedes Halteseil, jedes Rettungsboot. Seine Angst ist so allgegenwärtig, dass er sie nicht spürt. Sie ist ein fester Bestandteil dieser Tage. Jakob entledigt sich von allem. Die Dinge, die er mitnehmen will in sein neues Leben, sind nur das von ihm beschriebene Papier und sein Auto. Aber auch das wird er bald entsorgen, es ist nichts mehr wert.

Lea und Paul, Jakobs Eltern, rücken das erste Mal in weite Ferne. Dabei kennen sie solch eine Flut der existenziellen Veränderungen. Sie könnten ihm mit ihrem Wissen helfen. Aber sie sind noch paralysierter von allem.

Jakob hat noch eine Frau und ein Kind, er lässt sie auf seiner Flucht zurück. Die Frau habe ich nicht geliebt, das erkenne ich jetzt. Meinen Sohn liebe ich und verlasse ihn doch, verantwortungslos, wie ich bin, denkt Jakob. Verlassene, leere Wohnungen gibt es genug. In eine geht er hinein und vergräbt sich. Der Orkan soll nur vorbeiziehen, so hofft er. Dann komme ich heraus, wenn es sich beruhigt hat, dann kenne ich mich wieder aus, hofft er. Aber das ist eine Illusion.

Sein Tagebuch und seine Liedertexte bilden seine Erinnerungen, die ihm im Moment aber nicht zu nützen scheinen. Die Mauer ist fortgerissen, und nichts kann die Gewalt der Veränderung mehr aufhalten. Die zerbrochenen Überreste, die Mauerteile stapeln sich draußen vor dem Fenster seiner neuen Wohnung. Überall wird eine neue Welt errichtet, sein altes Spiel, seine alte Rolle ist vorüber. Sein bisheriges Leben, das sich nicht bewegte, ist auf einmal von einer gewaltigen Welle überrollt worden, und er taucht unter. Der Stillstand, die Langeweile, die er immer spürte, hat einer rasenden Bewegung Platz gemacht, die über ihm, unter und neben ihm rollt und nie wieder aufhören wird.

Eine Abwechslung im Grau um ihn hat er sich immer gewünscht, dass sie ihn, wenn sie kommt, selbst betrifft, hat er nur geahnt. Draußen dreht sich die Welt. Er sitzt in seinem Zimmer und hält sich fest, wie bei einer Überdosis, aber es nützt ihm nichts. Er hat es kommen sehen, tröstet er sich, ich hatte Gelegenheit durch meinen früheren Blick durch die Mauer, denkt Jakob. Aber die Angst, die mich immer in die Diktatur, in mein altes Leben zurückkriechen ließ, sie ist mir nachgekommen. Nun ist es zu spät.

RICHARD

DER GENOSSE BEDRICH ist der Hausmeister. Er hält den Schlüsselbund, das Siegel, und er hat die Zahlenkombination im Kopf. Er kennt den Kleinen, wie er ihn noch im Stillen nennt, denn er kam schon an der Hand des Vaters in das nun leere Haus. Genosse Bedrich hat alle Diktatoren erlebt, und er hat ausgehalten, selbst in diesen Tagen, ist immer noch da, wo der Mob draußen auf den Straßen brüllt, aber diese Idioten haben sich selbst davon abgehalten, das Haus zu stürmen. Sie hatten ihre Männer mit Armbinden davor, die Wache standen, damit die Massen nicht hereinkommen. Dafür hat Genosse Bedrich nur das Lächeln der Verachtung. Jetzt also der Lange, der seinem alten Herrn wie aus dem Gesicht geschnitten ist.

Richard hat die Worte des Vaters im Ohr. Du musst als Erstes sichern, was der Partei gehört, alles Bare, alle Liegenschaften. Du musst die Führung übernehmen, summt er. Sie gehen durch das riesige, menschenleere Gebäude. Richard läuft ein Schauer über den Rücken, aber Vaters Worte setzen ihm zu, lass dich nicht ablenken, für heute am wichtigsten: der Tresor. Dem Genossen Bedrich huscht ein Lächeln über das Gesicht, als er hört, wohin der Kleine will. Ja, klar, dahin wollten sie alle, alle Vorgänger und jetzt der Spacke, alle wollen zuerst in den Tresorraum.

Er geht zu Richard, der auf dem Stuhl in der Mitte sitzt im großen Sitzungssaal, auf ihm haben schon alle Vorgänger ihre Befehle erteilt. Richard schaut auf die leere, große Stuhlrunde vor sich. Dann steigen sie in den Keller, wo es jetzt zu retten gilt, was zu retten ist. Türen, immer wieder Türen, Schlüssel, große, kleine. Der Vorraum zum Tresor ist von außen zusätzlich mit einem Siegel gesichert, Bedrich löst bedächtig, wie immer, die Schnur aus dem Wachs. Das Siegel trägt er immer bei sich, trotz der sechzehnstelligen elektronischen Kombination, welche die Tür verschließt. Richard steht hinter ihm, während Bedrich die Tasten drückt, bis das Schloss endlich nachgibt und sich mit einem metallischen Rumpeln öffnet.

Der Raum, der sich dahinter zeigt, ist trüb beleuchtet. Die Scheine sind auf Paletten gestapelt, das Gold auch. Der Geruch nach neuem Papier, Druckerschwärze und Staub liegt in der Luft. Der Alte, sagt der Bedrich vertraulich, hat alles hier gelagert, nichts rüber in die Bank gegeben. Gut, sagt Richard trocken, ab jetzt bist du mir persönlich verantwortlich, dass hier keiner rangeht, außer ich sage es dir, jetzt zeig mir die Akten über die Liegenschaften. Dafür müssen wir ganz nach oben, antwortet Bedrich.

ANTON

ALS ANTON IN SEIN HAUS TRITT, sieht er einen Zettel auf dem Küchentisch. Essen ist im Kühlschrank. Ich bin weg. Antons Frau hat ihre Sachen gepackt. Sie hat die Jahre geduldig gewartet, hat längst ihren Beruf aufgegeben, das Haus besorgt, die Tochter großgezogen. Jetzt will sie noch mal von vorn anfangen.

Einsamkeit kann Anton nicht aushalten, also ruft er an. Ich will die Kleine mit den braunen Haaren, ist die da?, fragt Anton. Wer will denn das wissen, fragt die Stimme des Zuhälters zurück. Dabei schaut Anton auf ihre vertraute Schrift, ihr Zettel, auf dem steht, ich bin weg, liegt immer noch neben dem Telefon, Anton schiebt ihn unter die anderen Papiere, dass er ihn nicht sehen muss. Du kannst die Blonde haben, sagt die Stimme in das Schweigen. Anton kann sich nicht an die Blonde erinnern, ich nehme sie, sagt er und legt auf, er legt sich Scheine oben auf die ungeöffneten Briefe, unter denen der Zettel seiner Frau ist. Schon fast vergessen. Er macht den Fernseher und das Radio an, lässt den Wasserhahn laufen, setzt Teewasser auf, sogar das Pfeifen des Kessels beruhigt ihn, bis es endlich klingelt.

Anton ist müde. Rechtschaffen müde. Jetzt muss er Vater, den er für ein paar Stunden nach Hause geholt hatte, noch ins Heim fahren. Lutz ist nach Mutters Tod schnell verfallen, sie haben ihn ins Pflegeheim verfrachtet, aber er tut Anton leid. Also holt er ihn stundenweise wieder ab, der alte Sessel aus Lutz' Wohnung steht nun bei Anton im Haus, darin parkt er den Vater, darin ist Lutz zu Hause.

Aber Anton hat den Vater dann wegen der vielen Leute, die auf Antons Gartenparty waren, vergessen. Nun ist es kühl geworden, seine sonnengewöhnten Augen können im dunklen Haus kaum noch etwas erkennen. Hat Vater was gesagt? Ja, es ist seine Stimme. Bist du böse, weil keiner bei dir war, Vater? Lutz schweigt, so kennt Anton das vom Vater. Seit Mutter tot ist, ist es viel schlimmer geworden, deshalb hat Anton ihn ja zur Fete geholt. Vielleicht tut es ihm gut, hat er sich gedacht. Aber dann waren alle draußen im Garten, da stand das Essen und vor allen Dingen das Trinken.

Ihr habt die Büchse der Pandora geöffnet, sogar deine Frau hat dich verlassen, das wäre mit der Mauer nicht passiert, poltert Lutz im Halbdunkel. Damit hat er Anton, obwohl der weiß, dass Diskutieren mit dem Alten absolut nichts bringt. Doch der sitzt im alten Ohrensessel, muss noch in den Rollstuhl gehoben werden, was beide unsicher macht, weil sie sich so nahe kommen. Dieselben eingesunkenen Schultern, dieselbe Glatze, die Anton inzwischen auch hat. Er sieht den Vater an, die Asche liegt überall, deutlich zu sehen, auf Brust und Bauch und in seinem Schoß, den stört es nicht, hat ihn nie gestört. Er schaut aus dem Fenster. Laut ist es nie zwischen ihnen geworden, dafür lieben sich beide zu sehr, aber wenn der Alte so persönlich wird wie mit Antons Ex, dann ist es ein Schlag ins Gesicht, was Anton kränkt.

Durch euch ist die Mauer aufgegangen, und das war das Ende für uns alle, auch für deine Ehe. Wumm, das sitzt noch tiefer. Anton nimmt sich eine Zigarette, der Alte hebt den Arm, und der Junge legt dem Vater auch eine in die Hand. Anton lehnt an der weißen Wand, das Zimmer ist leer geräumt, die Möbel stehen noch im Garten. Beide atmen auf die gleiche Weise den Rauch aus und starren vor sich hin.

Dem Alten fehlt seine Frau, und das hat er erst richtig nach ihrem Tod bemerkt, und auch Anton fehlt seine. Er hat sich mit allerlei Frauen betäubt, den käuflichen und solchen, die er versucht hat zu kaufen. Aber der wortlose Aufbruch seiner Frau hat ihn getroffen, ihr Brief ihn nie getröstet. Sie hat nicht nur seine Eitelkeit gekränkt, es hat ihn getroffen, dass er glaubte, sie zu kennen, nie hätte er gedacht, sie könnte ihn verlassen, sie hätte ein Verhältnis haben können, das irgendwann vorbeigegangen wäre, aber dass sie ihn wegen so eines Kerls verlässt, hat ihn verunsichert, wegen eines Habenichts, eines versoffenen Späthippies, der nichts auf die Reihe kriegt. Na komm, Vater, sagt Anton, zieht den Alten aus dem Sessel, schleppt ihn bis zum Auto und lässt ihn auf den Sitz plumpsen.

Der Anruf kommt aus dem Heim. Lutz ist tot. Die Öffnung der Mauer war nichts, aber Mutters Tod konnte der Alte nicht wegstecken. Anton weiß, er ist ihm Loyalität für sein Einspringen, für seine Verteidigung schuldig. Nun will die Partei, der der Alte treu bis zum Tod geblieben ist, seine Leiche. Anton ist es recht, es hätte ihn nur belastet, es selber zu erledigen, wohin auch mit ihm? Lutz bekommt ein Begräbnis mit allen Ehren, nach der langen Strafzeit im Archiv machen sie ihn wieder zum vollwertigen Helden, das hat man Anton versprochen.

Er steht mit der Schwester auf dem Friedhof. Da draußen verendet die Diktatur, geht alles zu Bruch, aber hier drinnen in der heiligen Stätte, in ihrem Schrein, wo ihre toten, besten Männer und Frauen liegen, wo sie jedes Jahr zu Karl und Rosa pilgern bei Kälte und Wetter, ist alles noch beim Alten. Sogar die Männer in den Uniformen haben sie zusammengekriegt, die mit den weißen Handschuhen. Voller Stolz tragen sie, wie sie es immer getan haben, einen der Ihrigen im Sarg. Sie haben sich nicht lumpen lassen, ihre Männer werden als Helden begraben, und Lutz ist ein Held, jetzt wieder, ihr Held. Auch die Kapelle spielt Unsterbliche Helden. Eine Handvoll Leute gehen hinter der Prozession.

Antons Handy klingelt fröhlich dazwischen, immer wieder, bis er es auf stumm schaltet. Diese Inszenierung ist nach Antons Geschmack. Vater bekommt den Platz, der ihm zusteht. Würdig muss es aussehen, wie Anton von hinten die Gesellschaft mustert. Vorn die Kapelle, dahinter die vier uniformierten Kerle mit ihren weißen Handschuhen, die den Sarg auf den Schultern tragen, dahinter Männer mit Kränzen und Blumen. Als sie an der Grube stehen, der Sarg schon abgelassen ist, kann er sich auf einmal nicht mehr konzentrieren, hört er der Rede über die großen Verdienste von Lutz nicht mehr zu, es hat zu regnen angefangen, und Anton ist kalt, ich hasse Beerdigungen, sagt Anton auf einmal, zertritt seine Zigarette, wirft Erde, schüttelt Hände, umarmt seine Schwester und setzt sich in sein Auto.

Wer an Gott denkt, muss verrückt sein, wie Mutter es gewesen ist, plötzlich kann Anton es vor sich aussprechen, verrückt, Mutter, ich habe dich so geliebt. Der Gedanke an Mutter macht ihn weich und melancholisch. Wie viele Jahre werden mir wohl noch bleiben? Gleich wenn er wieder zu Hause ist, muss er sich einen Schluck aus der Flasche genehmigen, ein Tütchen aus der Schublade hervorholen, bis der Trübsinn abfällt.

JAKOB

ER STECKT SICH EINE PILLE in den Mund, mit der werde ich fliegen, immer, wenn ich will, denkt Jakob. Das ist auch die neue Zeit. Ich brauche nichts und niemanden. Ich werde nachts in den Klub gehen. Dort treffe ich viele andere, die auch leuchtende Augen haben, weil auch sie sich losgelöst haben. Es geht rund um die Uhr. Tag für Tag. Keiner bleibt daheim, wir haben es alle erlebt, es gibt so viel Neues, so viel zu reden, denkt Jakob.

Anton ist ab sofort Scout. Er handelt jetzt für den Musikkonzern. Er ist Einkäufer, sitzt im Büro, stellt Telefone auf. Anton sagt, irgendeinem musst du dich immer unterordnen. Willst du mein Künstler sein? Als Lohn bekommst du meine Nichte, das ist natürlich ein Scherz, ergänzt Anton. Keine Ahnung, ob es ihre blonde, lange Gestalt oder Jakobs Traum von der jüdischen Frau ist, die ihm Lea verordnet hat, von der er durch Leas Bild bis eben noch angenommen hat, alle jüdischen Frauen wären schwarzhaarig und bebrillt. Sie ist die Tochter meiner Schwester, sagt Anton, ziemlich prüde, grinst er ihm zu.

Aber Jakob ist ihr vom ersten Moment an verfallen, ihrem verlegenen Lächeln, hinter dem ihr bitterer Humor hervorkommt, ihrer Trauer in den Augen, wie sie sich die Zigarette anzündet, mit ihren schmalen Händen, an denen Silberreifen hin und her fliegen. Er muss sie wiedersehen. Sie hat gesagt, ich gehe weg, ich fahre rüber über den Großen Teich, ich habe einen Job angenommen, und streicht ihm müde über den Kopf.

Sie erinnert sich an ihre Ehe, ich habe rote Spaghetti an die Wand geworfen. Dann bin ich im Krankenhaus wieder zu mir gekommen. Mein Mann muss mich ins Krankenhaus gefahren haben. Wir sind erst vor ein paar Monaten über die Grenze gegangen, er ist jetzt Zuhälter von ein paar Mädchen, die er noch von früher kennt. Ich habe ihn verlassen. Nun wohne ich bei Freunden, und in ein paar Tagen fahre ich nach Amerika, und sie schüttelt ihre Erinnerung ab. Ich werde drüben auf ein Balg aufpassen, das wird mein Job. Ihnen bleiben weniger als Tage, nur Stunden.

Doch jedes Hindernis lässt seine Liebe zu Judith nur noch mehr wachsen. Er telefoniert ihr nach, will ihr Zögern über den Großen Teich hören, das Rauschen und das Kratzen in der Leitung in den Pausen zwischen ihren Worten. Er muss ihr nachfahren. Da drüben lauern andere Männer.

Er sitzt im Flugzeug. Sie holt ihn in ihrem Auto ab. Sie fahren in ein Motelzimmer, liegen im fremden Bett. Aber sie ist unruhig, ich kann nicht bleiben, ich muss auf das Balg aufpassen. Sie sagt, ich habe die ersten Tage bei einem Mann auf dem Boot gewohnt, mit ihm geschlafen. Er hat mir geholfen. Sie lächelt schon wieder so müde. Immer streiten sie sich, er kann ihre Geschichten von den anderen Männern nicht aushalten. Er kann ihre Unentschiedenheit seinetwegen nicht aushalten. Vielleicht kann er sie mit Sex überzeugen.

Sie liegen in der Menge der Ausflügler, die von der Wiese auf dem Berg über das Wasser zur Stadt rüberstarren, die am Horizont die Kulisse bildet. Sie haben die Decke über sich ausgebreitet, er lässt seine Hand zwischen ihren Beinen bis ganz nach oben wandern, bis sich ihre Lider zu Schlitzen verengen und flattern, ihr Stöhnen in ihren Augen zu erkennen ist, überall sind andere Menschen. Er bekommt nicht zu hören, was er mit den Fingern erreichen will, kein Liebesgeständnis. Es ist Zeit, er muss heute noch zurück.

Sie stehen auf, klopfen sich gegenseitig ab und fahren mit dem Auto wieder in die Stadt, schauen runter auf das endlose

Wasser oben von der Golden Gate Bridge, die rot über ihnen leuchtet. Sie lehnt den Kopf zur Seite aus dem Fenster raus. Ich fliege zurück, sagt er in den Fahrtwind, in das Motorgeräusch ihres Autos. Sie sagt, ich kann mich nicht entscheiden. Ich liebe dich, sagt er zum Abschied auf dem Flughafen. Ihm laufen die Tränen herunter.

Anton scherzt wieder mit Jakob, wenn du heute deine Arbeit gut machst, habe ich noch eine Überraschung für dich. Da steht sie vor Jakob, dieses Mal mit all ihren Taschen. Sie hat sich entschieden, ich ziehe bei dir ein, das wolltest du doch. Ja, das wollte er immer, eine schöne, jüdische Frau. So hat es sich auch Lea für ihn vorgestellt, von ihr ist der Traum, schwarzhaarig mit Baskenmütze und eine gute Kameradin. Zwar hat es Lea nie so gesagt, aber das musste hinter ihrer Verachtung stecken, die sie allen anderen zeigte, die er ihr vorstellte, zu alt, zu blond, zu doof, sie ist eben nicht jüdisch.

Er ist so glücklich. Judith aber will von seinem jüdischen Traum nichts hören. Schon streiten sie sich wieder. Wen interessiert dein Judenscheiß. Opa war ein Schwein, Oma habe ich geliebt. Mama hat sich scheiden lassen, als ich siebzehn war. Ich bin so weit weggegangen, wie ich konnte, habe gehofft, alles hinter mir zu lassen. Aber mit dir holt mich alles wieder ein, mit deinem Gequatsche über früher. Ich will nichts mehr hören, kein Gerede über Kommunismus, über Juden, damit habe ich nichts zu tun. Ich hasse alle, alle Männer, und Judith hasst ihr vergangenes Leben gleich mit. Immer lacht Jakob, wenn sie ihn verletzt, es ist einfach in seinem Kopf, dieses Lachen.

Er vervollkommnet ihr gemeinsames neues Heim. Wenn es fertig ist, wird Judith mich endlich ganz lieben, wird sie auch mein früheres Leben einschließen, mich, wie ich bin, annehmen, einschließlich des Juden, denkt Jakob. Er schleift alte Dielen ab. Die Maschine surrt ihm in der Hand. Er schiebt die schwere Maschine schräg über die alten, rotbraunen, zerkratzten Dielen. Die Ecken sind das Problem, da muss er mit der schweren Maschine rein. Sie hat ein rasendes rundes Blatt, was sich bis unter die Seitenbegrenzung schiebt. Aber wehe, wenn sich das Blatt festdreht, dann macht sie ruckartige Bewegungen und schleudert ihn weg. Der Staub frisst sich in seine Poren. Aber am Ende soll seine Judith, seine Prinzessin, über das neue leuchtende Gold der Dielen schweben. Er wird Judith mit der neuen Wohnung beeindrucken.

Am Tag des Einzugs ist der Putz unter den Fliesen noch weich. Ich habe uns ein Heim geschaffen, denkt Jakob. Doch auch damit kann er ihre Beziehung nicht retten. Unser Geld ist alle, weint Judith, du schaffst es nicht. Geh als Postbote, geh arbeiten, wie andere auch. Du bist doch nichts Besonderes. Lass diesen Judenscheiß. Ich will keine verdammten Geschichten von der alten Familie hören, darüber nachdenken, die alte Zeit ist vorbei, dann kommst du und fängst wieder damit an.

Jakob will nicht wahrhaben, dass seine Judith meint, was sie sagt. Es kann nur ein Scherz von ihr sein. Immer lacht er, wenn sie etwas sagt, wenn sie versucht, ihre Beziehung zu klären: Punkt eins, der Chef hat immer recht, Punkt zwei, hat der Chef einmal nicht recht, tritt Paragraf eins in Kraft. Auch als die Chefin seine Gitarre nimmt, vorsichtig auf die goldenen Dielen legt, Maß nimmt, oben, auf dem Sofa, wo sie steht, einatmet und mit beiden Füßen gleichzeitig in die Luft springt, mit den Füßen, die in ihren Hausschuhen stecken, in der Mitte des Korpus seiner Gitarre landet, wo das berstende Holz auf Holz einen krachenden Klang ergibt, die reißenden Saiten durch die Resonanz der Dielen, verstärkt, ein hohes, metallisches, langes Peeeng machen.

Er sieht, vom Geräusch aufgeschreckt, wie ihr langer Körper seitlich wegrutscht, weil sie sich mit den Füßen eingeklemmt hat, sie das Gleichgewicht verliert und mit einem weiteren dumpfen Schlag auf den Boden fällt, wo sie weint und schreit und strampelt vor Wut, und Jakob lacht und lacht.

Ich mache ihr ein Kind. Unser Kind, das muss uns retten. Judith wird schwanger, alles wird gut. Sie wird weich werden, freundlich und eine jüdische Mame und Hausfrau, wir eine Familie, die sich wöchentlich an den Tisch mit den zwei Kerzen setzt, die duftenden Challot daneben und den Becher Rotwein, eine Familie, die regelmäßig, von den anderen Betern begrüßt, in der Synagoge erscheint, die ihren Kindern genau diese Traditionen vermittelt, eine Geschichte aus dem jüdischen Bilderbuch, denkt Jakob. Ich blute aus, schreit Judith schwanger in der Nacht neben ihm, mit dir wird mein Leben niemals normal. Ich verlasse dich.

An dem Tag kann Jakob nicht herumsitzen, kann nicht sehen, wie sie für immer fortgeht, er muss auf die Straße, spazieren. Judith nimmt ihre Schränke und ihr gemeinsames Kind, das in ihr wächst, mit.

Mit dem großen Bauch steht sie in ihrer neuen Wohnung, schaut aus dem Fenster, damit sie ihn nicht ansehen muss. Lass uns die Beziehung zu unserem Kind regeln, sagt er verzweifelt. Da sagt sie endlich den Satz, der ihn in die Realität katapultiert, der ihn nie mehr über sie lachen lässt, du wirst dieses Kind niemals zu Gesicht bekommen. Jetzt, endlich ist er der, der versteht, der nun zu Boden fällt, wie die Scherben ihrer Liebe liegt er vor ihr in der Ecke, er ist ganz weich, ganz ohne Atem, ganz zerstört. Jetzt ist sie zufrieden, sie hat die Macht.

Er schleppt sich zurück, sieht die goldenen Dielen, die ihm nichts nützen, er schleppt sich zum Bett und verlässt es nicht mehr. Er wollte die Realität nicht sehen, er wollte sie erziehen zum Glück, dabei machte er sich unglücklich. Vor dem Juden kommt das klägliche Häuflein Mensch, der es nicht schafft, dazustehen ohne weiche Knie, ohne Zittern, ohne bohrendes Gefühl im Bauch. Was mache ich jetzt, denkt Jakob? HaSchem, schick mir ein Zeichen. Sie hat die beste Waffe in der Hand, sie hat unser Kind, das Band unserer Liebe, unser gemeinsames Stück Zukunft, zerschnitten.

RICHARD

IN LETZTER ZEIT IST HORST immer stummer geworden, doch er sitzt wie üblich in seinem Stuhl, schmal und wächsern im Gesicht, empfängt seine Gäste, mit seinem wuchtigen Siegelring an der rechten Hand, der aber viel zu groß an dem dünner werdenden Körper wirkt. Das rote Einstecktuch ist nach wie vor in seiner Brusttasche, in seinem blauen Anzug. Horst mustert kaum seinen Sohn, alles erledigt, fragt er, ja, sagt Richard stolz.

Sie haben lange überlegt, detaillierte Gespräche geführt, aber nur Horst entscheidet, wie in alten Zeiten bleibt er der Meister, da kann der Junge inzwischen Parteiführer sein, zu Hause bleibt er der Kleine, obwohl er längst schon den Vater überragt.

Die Partei will ihn gern auf ihrem Altar, wenn er mal stirbt. Alle haben auf Richard eingeredet. Ein großes Ding wollen sie daraus machen, den teuren Genossen, die Fahnen auf halbmast, am liebsten würden sie wie früher noch ein paar Offiziere im Stechschritt aufmarschieren lassen, ein Staatsbegräbnis, aber der schlaue Fuchs hat längst vorgesorgt. Er hat einen anderen Plan. Der Bürgermeister von damals hat Horst persönlich in die Hand versprochen, dass er das Verlangte auch bekommt. Im vornehmen Außenbezirk hat sich Horst einen Platz reserviert, dort ist es beschaulich und verschwiegen, schließlich schulden sie dem alten Fuchs noch etwas.

Hau schon ab, sagt Horst, ganz wie in alten Zeiten, vertraulich zu seinem Sohn, der noch was sagen will, dem die

Augen feucht sind. Aber der Vater bleibt ironisch wie immer. Er hat nicht einen Augenblick wegen seiner Krebserkrankung gejammert. Er weiß genau, was er will, im Leben wie im Tod, die vollkommene Kontrolle.

Als Richard leise die Tür hinter sich schließt, nimmt Horst mit ruhiger Hand sein Gebiss aus dem Mund und lässt es mit einem leisen Plumpsgeräusch in das bereitgestellte Wasserglas fallen. Horst nimmt die Kapsel in seine zierliche Hand, öffnet lächelnd den zahnlosen Mund, die Kapsel verschwindet, und er hat nur ein wenig Mühe beim Schlucken. Er ist in Gedanken wieder der junge Mann mit der Kapsel in der Hand, der Läufer um den See, der Spieler. Für willenlose Opfer hatte er immer nur Verachtung übrig. So hält er es auch jetzt, er überlässt nichts dem Zufall, die ganz großen Schmerzen am Ende, das Nicht-mehr-kontrollieren-Können, das kommt für Horst nicht infrage. Er setzt den Punkt, weil er der Schlusspunkt ist und nicht die unvorhersehbare Natur. So hat er es sein ganzes Leben gehalten, so stirbt er auch.

Ein letztes Lächeln gräbt sich in seine Falten, dann ist es vorüber. Nun sinkt sein Kopf immer tiefer auf die Brust, kommt zur Ruhe, seine glasigen Augen, die inzwischen starr sind, bleiben offen, wie auch sein Lächeln anhält.

Richard hat von Horst eine Liste mit Namen bekommen. Es ist so, wie Horst es bestimmt hat, eine kleine, aber exquisite Gesellschaft. Ein Kammertrio spielt Schubert, nur unterbrochen vom Vogelzwitschern und dem Rauschen des Windes. Es gibt das Sektglas schon am Grab. Alles vollzieht sich in Stille, keine dummen Worte, nur die zarte Musik, das Geräusch der Erde, die mit dumpfem Klackern auf den Sarg fällt. Dann gehen sie langsam zum Ausgang.

Hinter der Friedhofsmauer lauern ein paar von den Gaffern, Leute mit Fotoapparaten, aber von dort ist nichts zu machen, zu hoch, zu weit weg vom Geschehen. Richard atmet erleichtert auf, alles war so, wie vom alten Herrn gewollt. Wer weiß, vielleicht wird sich sein Leben nun ein bisschen unbeschwerter anfühlen.

Seit Richard für seine Fraktion im Parlament sitzt und Reden hält, greift man ihn erst richtig an. Ungerecht, die Welt ist ungerecht. Immer wieder greifen sie ihn an, wegen des Geldes, dabei hat er nichts für sich behalten, wegen der alten Zeiten, er hätte Verrat an seinen Mandanten begangen. Wie Wespenstiche schmerzen ihn die Worte in den Zeitungen, hört es denn nie auf? Das ist der Preis, dafür hätte Horst nur sein verächtliches Lachen gehabt. Ihr mit eurer sogenannten Demokratie, das hast du nun davon.

Richard sitzt schon wieder im Flugzeug zu einer Dienstreise. Das Brummen der Triebwerke hüllt ihn ein. Als er seitlich aus dem Fenster schaut, in das Weiß, da zieht er plötzlich die Luft ein. Horst ist da draußen, das Gesicht des Vaters im Fenster. Er reibt den schwitzenden Nebel von der Scheibe, aber Horst lässt sich nicht abschütteln, er schimpft schon wieder mit ihm. Immer nur du, du denkst nur an dich, du bist ein eitler Fatzke, es geht um unsere heilige Sache, du siehst immer nur dich. Vater, will Richard sagen. Aber er kann nicht sprechen, was ist bloß mit seinem Mund, während Vater ihm mitten ins klopfende, blutende Herz sehen kann, unbeirrt weiterredet. Richard bekommt keine Luft mehr, er ringt nach Atem, gleich wird er sterben, ihm wird schwarz vor den Augen.

Als er die Augen öffnet, sagt man ihm, Sie sind im Krankenhaus, Sie hatten einen Schlaganfall. Doch Richard hört nicht zu, er steckt noch in seinem Traum. Vater kann ihm gestohlen bleiben, Richard ist der Mann an der Spitze, ein Faktor des neuen, großen Deutschlands. Besser hätte es für ihn nicht laufen können, wenn nicht immer wieder die Angriffe wären, die ihn müde und krank machen, und Vaters Gesicht.

JAKOB

RICHARDS PARTEI HAT JAKOB eine Einladung zum Empfang geschickt. Kann er es sich leisten, nicht zu erscheinen? Er hängt frei in der Luft, ist abhängig von Beziehungen, vom Geflecht, das ihn unterstützen könnte. Also zieht er sich den guten Anzug an. Es ist ein Auftritt. Er will die Einladung vorzeigen, aber der Mann an der Tür nennt ihn schon beim Namen. Er will sich gefallen lassen, dass man ihn kennt, aber der Mann hat das Gesicht, das damals für Kontrolle stand. Deshalb versetzt er Jakob in Unruhe.

Lea hat einmal über Richard gesagt, er sei ein frecher Hund. Sie waren in der Vergangenheit Kollegen. Aber was nützt Jakob dieses Signal heute?

Jakob wird Richard das erste Mal persönlich gegenüberstehen. Deshalb ist er gekommen, ist er neugierig. Der Kerl vom Eingang instruiert ihn vertraulich ins Ohr, bleiben Sie ganz ruhig, Sie werden gleich dem Vorsitzenden gegenüberstehen. Richard begrüßt persönlich alle Gäste.

Jakob geht das breite Portal nach oben. Dort warten schon zahlreiche andere Menschen. Sie stehen in einer langen Reihe und rücken langsam vor. An das Ende stellt sich Jakob und wartet. Am anderen Ende steht Richard, noch ganz klein, er schüttelt Hände. Jakob sieht ihn im Profil, langsam rückt er näher, Jakob hat immer sein halbes Lächeln vor Augen, seinen halben Blick, seinen halben Mund, der sich öffnet und schließt, gefolgt von Richards schnellen Worten. Es muss ein Scherz sein, dann Richards Abwarten, das breite Lächeln, dann der neutrale Ausdruck, der Nächste bitte.

Was wird er zu Jakob sagen? Soll er ihm schöne Grüße von Lea ausrichten? Wie soll Jakob das Gespräch beginnen, er würde ihm gern etwas Persönliches sagen. Aber was? Richard richtet seinen Blick auf Jakob. Irgendetwas wird mir einfallen, denkt Jakob, öffnet seinen Mund ohne Plan, als Jakob in Richards beide Augen schaut, sehen die durchscheinend durch Jakobs Pupillen hindurch, durch Jakobs Kopf bis an die Wand hinter ihm, oder noch weiter, Richards Gesicht, sein Ausdruck ist leer, Jakob drückt seine warme, weiche Hand, die er schnell zurückzieht. Richard dreht den Kopf, hat sein Lächeln aufgegeben, ist bereits beim Nächsten, um dort weiterzumachen, für das Protokoll.

Michaela muss Jakob ablenken, von seinem Schmerz wegen Judith, nun, da er allein lebt, sie sitzen zusammen im Auto und fahren und fahren, nur weit fort. Sie klettern in der Hitze der Sonne in die Berge, reden wenig und nicht über ihre Gegenwart. Nur niemals mehr an Judith denken, niemals mehr den Schmerz fühlen, denkt Jakob für sich, stattdessen schwärmt er begeistert von der Landschaft, Michaela spricht auch nicht aus, was sie fühlt. Abends sitzen sie zusammen, gute alte Freunde eben. Sie kriechen jeder in sein kleines Zelt, wo jeder seine Albträume für sich träumt.

MICHAELA

VIEL SCHEINT SICH NICHT geändert zu haben, Bernd ist auf seine stille, unauffällige Weise ausgezogen. Das war fällig, sie hat ihn rausgeekelt, mit ihrem ewigen Spott, mit ihrer sexuellen Unlust, sie, die Chefin. Bei ihm blieb immer alles gleich, Hausmeister, uaah, entlassen hat man ihn, angefangen zu trinken hat er, und dieses ewige Rumsitzen vor dem Fernseher.

Nun ist er endlich fort, ein bisschen schlechtes Gewissen hat sie, das macht sie ihm gegenüber aber noch grummeliger, wenn er Klaus sonnabends abholt, um mit ihm zum Fußball zu gehen, oder sonst wohin, wenn er dann seine Hundeaugen wieder auf sie richtet, wenn er mehr als Nötiges an der Tür spricht, wenn er sie gar fragt, wie es ihr geht, wenn er über sich redet, nur dass sie dankbar seufzt, wenn sich die Tür hinter beiden schließt, Ruhe in der Wohnung ist, Ruhe zum Nachdenken, zum Lesen, zum Träumen.

Aber an einem Morgen ist etwas anders. Sie geht in Klaus' verlassenes Zimmer und schnuppert, dass der Junge raucht, heimlich, das weiß sie schon lange, dazu hat sie nie etwas gesagt, aber es riecht nach diesem komischen Zeug, von dem so viel die Rede ist. Er muss irgendwo dieses Rauschgift haben, Klaus, der Junge, ihr Kind, mit den langen ungekämmten Haaren, mit den verblichenen T-Shirts, mit den löchrigen Turnschuhen. Das also ist die Freiheit, von der jetzt so viel die Rede ist. Die Grenzöffnung war fern, zu Hause scheint alles beim Alten. Aber der Geruch im Zimmer des Jungen ist eine Warnung.

Er ist lange schon maulig, wenn sie mal den Versuch macht, mit ihm zu sprechen. Sie hat es auf seine Pubertät geschoben, das Bier und die Zigaretten hätte sie ihm durchgehen lassen, aber dieser neue Geruch, dabei kennt der Junge ihre Regeln. Auf Bernd braucht sie nicht zu hoffen, das weiß sie. Da fasst sie einen Beschluss, setzt sich auf ihre gewohnte praktische Weise in Bewegung, schnell hat sie ihm eine kleine Wohnung besorgt, so viele dieser Hinterhofbuden sind frei geworden, die Wanderung von Ost nach West ist immer noch im Gange.

Sie drückt dem verdutzten Klaus die Schlüssel in die Hand, stellt einen Eimer mit Farbe hin. So, übernimm Verantwortung für dein Leben, knurrt sie, lässt ihn in seinem neuen Zuhause stehen. Auch das hat sie schon lange gelernt, Regeln muss man durchsetzen, sonst passiert gar nichts.

Als sie nach zwei Wochen seine Wohnungstür mit ihrem zweiten Schlüssel öffnet, sitzt er auf den Dielen, der Eimer Farbe steht noch genauso da. Er sieht wie ein alter Indianer aus, denkt Michaela, er hat neben sich ein Glasgefäß mit Schlauch, aus dem er Rauch zieht, aber meist hat er den Kopf unten, auf den Knien, macht schaukelnde Bewegungen, steh auf, schreit sie Klaus an, aber daraus wird nichts, er sitzt und stiert vor sich hin, bis sie es nicht mehr aushält, die Tür hinter sich ins Schloss zieht, wieder zurück in ihre Wohnung geht.

Erst als Klaus nach ein paar Tagen bei ihr klingelt, sie ihn über die Sprechanlage fragt, was willst du, als sie seine heisere Stimme hört, die sagt, Mama, ich bin nicht mehr in mir, da trifft sie plötzlich ein Gedanke, als könnte sie im selben Moment ihre Vergangenheit und Zukunft auf einen Schlag erkennen, und was sie da sieht, ist schwarz. Ich komme, sagt sie, geht zu ihm auf die Straße, wo er mit gesenktem Blick vor ihr steht. Sie nimmt ihn bei der Hand, steigt mit ihm in die Straßenbahn und fährt, ohne ihm zu sagen, wohin es geht.

Am Eingang wird sie nach seinem Namen, Alter, Krankheiten gefragt, während er neben ihr hockt. Als die beiden

Männer in Weiß kommen, ihm auf die Schulter klopfen, mit aufgeräumter Stimme sagen, nun, komm mal mit uns, Junge, als sie ihn hochziehen, er zu schreien beginnt, nach ihr ruft, sie sich umdreht und zur Tür läuft, seine heisere Stimme hinter ihr leiser wird, erst draußen, wo der Wind rauschend durch die Krankenhausbäume fährt, erst da dreht sie sich um, an Vater muss Michaela denken, an Vater. Michaela hat trockene Augen, kalte Hände, der Straßenlärm hüllt sie ein auf dem Weg nach Hause.

Mutter, der Junge ist krank. Quatsch, du lässt ihm alles durchgehen, kontert die Mutter. Michaela steht in der alten Wohnung von früher, die Mutter die ganzen Jahre nie verlassen hat, sie räumt die Lebensmittel ein, die sie für Mutter wöchentlich einkauft, seit die so schlecht zu Fuß ist, während die Alte ihr misstrauisch nachstarrt, sie hat genaue Vorstellungen, was wohin gehört.

Dann erzählt Michaela stockend und mit dunkler, belegter Stimme, ich habe mit der Ärztin gesprochen, sie sagt, Klaus hat Schizophrenie. Paah, schnaubt die Mutter verächtlich, früher haben wir Arbeitsscheue in den Jugendwerkhof gebracht. Das bringt die auf andere Gedanken. Michaela weiß, da entlang hat es keinen Zweck, sich Mitleid zu holen. Mutter, wieso hat Papa sich umgebracht? Wie kommst du denn jetzt da drauf? Ich habe die letzten Tage wieder an ihn denken müssen. Du hättest ihn niemals so sehen dürfen, du warst viel zu jung dazu, aber es war zu spät, es ging alles zu schnell, ich war mit euch allein. Meinst du, Papa war krank? Die Ärztin hat mir gesagt, so was kann auch in den Genen liegen. Ach, der hat doch genau gewusst, was er tut, was er uns allen angetan hat, er hat es mit Absicht gemacht, genau vor unser aller Augen.

Michaela weiß, diese Art Gespräch ist für Mutter beendet. Brauchst du Geld?, fragt sie Michaela, wie sie immer fragt, Michaela schüttelt den Kopf. Machst du mir den Fernseher an, wenn du gehst?, fragt sie noch, das ist Mutters Form der Zärtlichkeit, der Intimität. Während es drinnen nun auf unablässige Weise vor sich hin lärmt, schließt sie leise die Wohnungstür hinter ihrer Mutter, der Einkauf ist verstaut, sie flieht in das Helle, den Tag, auf die belebte Straße.

PETER

PETER LÄSST DIE TÜR vom Institut hinter sich zufallen. Er hat einen Pappkasten in den Händen, darin sind seine Habseligkeiten. Er hat alles ausgeräumt, den Schreibtisch von innen und auch obendrauf, sein ganzes Büro. Nun, draußen in der Sonne, ist ihm alles plötzlich klar. Er hatte eine ganze lange Zeit, sich auf den Tag vorzubereiten. Er hat es trotzdem immer wieder hinausgezögert, so lange er konnte.

Er schaut auf die Reste seiner Vergangenheit vor sich im Kasten. Er steht oben auf der Brücke, die im Herzen Berlins über die Spree geht. Träge fließt das Wasser da unten, wie das Leben, unmerklich, immer gleich, die ganzen Jahre, die Peter immer wieder hierherführten, dem Fluss ist die Öffnung der Mauer, nur ein paar Meter weiter, völlig egal, was ist das schon? Für Peter war es sein Leben, das Peter von damals bis zur Abwicklung des Instituts hier verbracht hat, dieser Forschungsauftrag, bei dem es ihm mit der Zeit selber immer nebelhafter wurde, wonach er forschte, was er wollte, am Ende stand nur der Titel, Doktor, dieses Ziel hatte sich irgendwann selbstständig gemacht. Aber all das spielt jetzt keine Rolle mehr.

Den Kasten stellt er oben auf das Geländer, er löst vorsichtig die Hände von den Griffen, und das Ganze scheint für einen Moment zu schweben, ehe sich die Bestandteile auf die Wasserfläche zubewegen. Der metallene Locher zuerst, dann die schwereren Pappordner, ein paar Bücher hinterher und schließlich die losen Blätter und der Pappkasten, der mit einem gedämpften Platsch auf die Oberfläche trifft. Peter schaut hinterher, der Anblick ist ihm peinlich, es soll schnell versinken, er will nichts davon mehr sehen, aber es dauert, ein Schiff hat sich genähert, eine Stadtrundfahrt, und die Touristen oben auf dem Deck schauen wie Peter den verschwindenden Sachen nach, manche lächeln, manche sind bestürzt und sehen zu Peter nach oben, doch der hat sich umgedreht und läuft immer schneller werdend davon.

Gut, dass er lange gepaukt hat im Studium, auch alte Sprachen, das Hebräisch braucht er nun, er hat die kleine Annonce gefunden und sich ausgerechnet in Israel um eine Stelle beworben.

Mama, ich muss los. Was heißt los? Du siehst doch, es ist so viel zu machen, das Haus, ich weiß nicht, wo mir der Kopf steht. Mama, ich kann dir nicht helfen, ich sitze in zwei Stunden im Flieger. Aber wo willst du hin? Vor dieser Frage hat sich Peter gefürchtet, wie er sich vor dem Haus fürchtet, vor dem Staub, vor der Unordnung, vor der Mutter, wie sie da vor ihm herumläuft. Immer und immer wieder hat er nachgegeben. Vater hat ihr sowieso nie widersprochen. Er ekelt sich vor Mutter, vor ihrem Gebrabbel, vor ihrem Peterlein.

Er kann nicht sprechen. Was soll er sagen? Soll er von seiner Angst reden, wie es immer schwerer wird, Geld zu verdienen, soll er von seinen privaten Problemen erzählen? Wo soll er anfangen? Immer und immer hat er Rücksicht genommen, aus Feigheit, aus Sentimentalität, aus Bequemlichkeit. Ich fliege nach Tel Aviv, Mama, rutscht es ihm heraus. Sie hat nicht verstanden. Italien? Nein, Mama, nach Israel. Er weiß, dass schon dieser Name bei ihr den alten Beißreflex auslöst.

Sie sitzt, wo sie immer sitzt, in ihrem Korbstuhl neben dem Flügel. Du fliegst zu unserem Feind, flüstert sie. Es ist eine Chance, ein neuer Job, Mama. Wir gehen zusammen, Petra und ich. Peter hat mechanisch begonnen, aufzuräumen, seine Finger bewegen sich von allein, er kann nichts dagegen machen. Er trägt Gläser in die Küche, stapelt Bücher aufeinander. So bewegt er sich von der Mutter weg und wieder hin im Halbdunkel des Hauses. Die Jalousien müssen seit Jahren nicht mehr bewegt worden sein. Das Gras vor dem Haus ist hoch gewachsen, Äste sind abgebrochen, nur der alte Steinplattenweg bildet die Lücke, durch die man sich von der Straße zur Haustür schlagen kann.

Ich habe einen Job als Lehrer dort, sagt er. Mama starrt vor sich hin. Es dämmert ihr, was der Sohn zu erklären versucht. Was hast du denn mit den Zionisten zu schaffen, will sie höhnisch fragen, aber sie stellt die Frage nicht, sie bleibt ihr im Hals stecken, nur noch ein heiseres Geräusch entfährt ihr. Lass die Flasche stehen, sagt sie mit Nachdruck stattdessen. Aber er hört nicht auf sie, statt einer Antwort räumt er die halb volle Flasche weg.

Ihr Peterlein verlässt sie also auch noch. Sie hat alles gegeben, hat die Familie zusammengehalten, ihren Mann angebetet, alles hat sie getan, und nun verlässt die Ratte das sinkende Schiff, so wie das ganze Land zusammengebrochen ist. Was wirst du Vater sagen? Er räumt auf als Antwort. Sie sprechen schon lange nicht mehr miteinander. Unten am Fuß des Flügels steht noch eine Flasche, die hat er übersehen, sie lacht in seine Richtung, schüttet den Inhalt in ihr Glas, es passt genau bis zum Rand, prost, sagt sie und schlürft vorsichtig die oberen Millimeter, nichts umkommen lassen.

Peter flieht, wirft die Haustür hinter sich zu, hüpft die Schritte auf dem Weg zur Gartentür. Er weiß, wo die losen Stellen sind, wo er aufpassen muss. Er sieht sich nicht um. Es ist nicht nur die Stelle, es wird ein neues Leben.

Oh, diese Hitze, dieser Staub, aber damit werde ich auch fertig, ich bin bis hierher gekommen, und ich werde weitergehen. Peter sitzt in seiner Bude, so nennt er sein winziges Arbeitszimmer, da hat er bis unter die Decke die alten Bücher, die ihm nachgeschickt wurden, den Schreibtisch, den er gefunden hat. Den Ventilator, der dieses brummende Geräusch macht, die Jalousie vor dem Fenster, die er je nach Sonne hoch- und runterbewegt.

Draußen ist Israel, draußen ist Wüste, draußen ist Lärm, Staub, Hitze, die aber leider zu ihm, bis in seinen Kopf eindringt, die ihn abhält vom Arbeiten, Raschis Kommentar, Heine könnte er noch mal durchgehen für sein Seminar, alles besser als dieses Eindringen des täglichen Israels in seinen Kopf in Form von Hitze, Staub, Ameisen, die sich erbarmungslos in die Küche ihre Straße bauen, jeden Krümel Zucker oder Brot mit sich schleppen.

Er hat für sich und seine kleine Familie so gekämpft, hierherzukommen, die Einreise, die Aufenthaltserlaubnis, der Job, die Eheanerkennung. Er musste Vaters Jüdischkeit nachweisen, über die Vaterseite ist es eine Ausnahme, haben ihm die Behörden gesagt. Petra, seine Frau, ist übergetreten, geheiratet hatten sie noch in Westdeutschland. Er sagt immer noch Westdeutschland, obwohl es Ostdeutschland nicht mehr gibt. Obwohl der Wechsel nach hier in die Wüste erst der Endpunkt der langen Reise oder Flucht war und aus dieser Entfernung Deutschland Ost oder West nur noch marginal ist und sowieso keinen interessiert.

Jetzt steht er jeden Tag bei seiner Arbeit als Dozent vor diesen halben Kindern, die keine Ahnung, keinen blassen Schimmer von dem haben, was ihn sein ganzes voriges Leben begleitet hat, und soll ihnen was über deutsche jüdische Literatur, Geschichte, über das Leben auf dem Mars beibringen, wo er selber auf dem Jupiter gelandet ist. Niemand interessiert sich hier für das ferne Deutschland, für sein altes Leben, die Tage vergehen, wie das dämmerige Dösen der arabischen Männer, die draußen auf der Straße, auf ihren kaputten Stühlen vor ihren Lädchen auf Kundschaft warten.

Nur manchmal durchbricht der Lärm der Sirene die Trägheit, weil von drüben Männer mal wieder versuchten, ein paar Raketen zu schicken. Sie sind hier nur ein paar Meter vom Grenzzaun nach Gaza entfernt. Manchmal müssen sie sogar in einen der Shelter kriechen, die hier an jeder Ecke stehen, aber danach ist Peter immer so gelähmt und deprimiert, vom Hautan-Haut-Sitzen mit den anderen, fremden Menschen, dass er sich inzwischen weigert.

Petra scheint sich besser als er mit ihrer Rolle abgefunden zu haben. Sie hat die Kinder bekommen, sie trägt sogar inzwischen Scheitel auf ihren Haaren, wo es darunter noch viel heißer sein muss, sie geht regelmäßig in die Mikwe, eine gute, jüdische Frau, sie kommt mit den Leuten besser klar als er, dabei sprach er doch Hebräisch, sie parliert in Iwrit oder Arabisch oder Englisch, lächelt, macht Scherze, dabei hat sie eigentlich einen viel längeren Weg hinter sich, die stramme FDJ-Sekretärin aus dem Studium.

Manchmal denkt er an seine ersten Gefühle ihr gegenüber zurück, wie er sie begehrte, gerade wegen ihrer blauen Uniformbluse, wie er in sie eindrang, in das deutsche Mädchen. Aber während er ihr vom Judentum predigte, wie er es damals verstand, wurde aus ihr immer mehr die Praktikerin, die Frau, die immer eine Lösung für seine unrealistischen Träume wusste, die Frau, die ihm aufhalf, die durch sein Haar strich, wenn er verzweifelt war, wie soll das alles gehen. Dieser Traum von einem Leben in Israel. In Deutschland war es kühl, es gab klare Regeln auf der Straße, es gab keine Sirene, es gab keine lächelnden Araber, die jedes Mal einen anderen Preis sagen, es gab Preisschilder in jedem Laden, keinen Staub, keine Hitze. Aber in Deutschland kannst du kein Jude sein, es gibt kein Zurück. Nun sind die Kinder da, sein Bart ist grau geworden, seine Kippa setzt er inzwischen nie mehr ab.

Da kommt wieder ein Brief ins Haus geflattert. Gisela, Mutters Schwester, hat geschrieben, sie haben die letzten Jahre Kontakt gehalten, weil er mit den Eltern kein Wort mehr sprechen wollte. Sie hat ihm immer in ihrer steilen Handschrift das Nötigste von zu Hause mitgeteilt, Peter soll kommen. Er soll die Rede auf einer Feier halten, die der Wohnort für Vater ausrichtet. Mutter könne ja nicht, sie ist krank und lange schon im Pflegeheim.

Vater war überraschend verstorben, das hatte sie ihm schon vor einigen Wochen mitgeteilt, er konnte sich nicht durchringen, zum Begräbnis zu fahren. Nie mehr wollte er einen Fuß dorthin setzen. Welcher Teufel reitet ihn, es sich nun anders zu überlegen, er hatte durch die Nachricht wieder viel über den Vater nachgedacht, über ihr Verhältnis, über sein Verhältnis zu seiner alten Heimat, und jetzt findet er sein altes Verhalten auf einmal kindisch.

***

Was für ein schöner Morgen. Jacques schnuppert die frische Luft, als er aus dem Flugzeug steigt. Er hat sich schon vorher beim Blick aus dem Fenster gefreut. Nur kalt ist ihm, als er die Treppe der Reling heruntergeht, aber er ist auch die ganze Nacht geflogen von Argentinien. Die letzten Tage sind schon vergessen, im Nachhinein ist es nur ein Rausch, der verschwindet. So ist es ihm stets vorgekommen, wenn er wieder nach Hause kam von seinen Dreharbeiten oder von Konzerten, die Nüchternheit kam immer schneller, besonders seit Gudrun nicht mehr mit ihm ist, er niemanden mehr zum Erzählen hat.

Sie haben ihm in Argentinien eine Band an die Seite gestellt, Fiedeln und Gitarren, er hat gar nicht richtig darauf geachtet, die Gesichter der Musiker? Nur die Tonart durchgegeben, das Tempo, hoppa, hoppa, eben wie ein Rausch. Der Wind in Berlin vertreibt alle Reste der Erinnerung aus seinem Kopf. Berlin bedeutet Realismus, nach vorn schauen. Gudrun im Heim besuchen und Peter? Das Haus ist so leer.

Auf dem Parkplatz steht sein Auto, wie immer. Komisch, der Flugplatz wirkt heruntergekommen, das war früher anders, aber seit der Maueröffnung kommen ihm der gewohnte Anblick, alle die vertrauten Wege so schmutzig und abgerissen vor. Deshalb ist er froh, dass er in seinem Auto sitzt mit dem vertrauten Geruch, als er den Stadtrand erreicht, hellt sich sein Gesicht wieder ganz auf. Natur ohne störende Menschen, die

Felder, das zarte Grün der Bäume, am Rand von Berlin, das ist so freundlich, dass es ihn warm stimmt.

Nun das gerade Stück Straße, er erhöht die Geschwindigkeit, der Volvo, auf den er so stolz war, den er gern fährt, schafft die Schnelligkeit spielend, die er sich wünscht, die ihn noch heiterer macht. Jetzt fliegt die Landschaft vorbei. Weit ist es nicht mehr bis nach Hause, als er vorn vor der Kurve den kleinen See ganz wie immer auftauchen sieht, der silbern glitzert, noch schneller sein, denkt er, drückt das Gaspedal bis zum Boden durch.

Ich liebe dich, Gudrun, ich liebe dich, Peter, sagt er ein bisschen heiser, tritt nicht auf die Bremse vor der Kurve, sondern lässt den Wagen gerade von der Straße weiter auf den Sandweg fahren, der auf den See zuführt, das Steuerrad wackelt jetzt von den Unebenheiten des neuen Untergrunds, als ihm noch klar wird, dass er schon so viele Male, wenn er den Weg nach Hause gefahren ist, an das gedacht hat, was er nun wirklich tut. Er lächelt, ja, er lacht sogar, endlich mal konsequent sein.

Als das Auto auf die Wasseroberfläche trifft, der harte Ruck, den er erwartet hat, weil er sogar die Fenster vorher ein wenig geöffnet hat, wird er schon vom Aufprall ohnmächtig, das Auto rutscht blubbernd ins Wasser, bis es schließlich unter der Oberfläche verschwindet. Jacques schwimmt nun leicht schaukelnd mit offenen Augen unter dem Dach des Autos. Sein Gesichtsausdruck ist erhalten, sein Lächeln. Das ewige Zweifeln hat ein Ende.

Zu gut für diese Welt, zu weich, die vorstehenden Zähne, die schwarz geworden sind von den ewigen Zigaretten, darum der volle Mund, aus dem dieser herrliche französische Akzent direkt ins Mikrofon floss, diese raue, aber zärtliche Stimme, dafür haben ihn die Frauen geliebt, er hat zurückgeliebt von fern, in seiner Fantasie, Gudrun tausendmal in jedem Auge, diese deutschen, blonden, starken Frauen um ihn, aber nur in Gedanken, niemals ist er Gudrun untreu geworden, der jüdische Junge aus Antwerpen, weggefangen von Gottes unerbittlicher riesiger Hand, der immer noch auf der Straße mit dem Bruder läuft, der an seinem Arm hing bis zum Schuss. Die Erinnerung endlich auslöschen, wie sich die leblosen Hände lösen von seinem Arm, wie er allein weitergeht, immer weiter, immer weiter, damit ist Schluss.

***

Peter macht sich klopfenden Herzens auf den Weg. Die Kippa wird er auch in Deutschland nicht mehr absetzen, den Bart hat er ebenfalls nicht rasiert für die Reise. Der Anzug, der im Schrank schon Staub angesetzt hatte, gibt ihm Festigkeit. Er steht in der Menge. Der Bürgermeister ist gekommen und schüttelt Peter die Hand. Fotografen stehen herum, Blumensträuße liegen schon bereit. Es gibt eine Büste mit Jacques' Gesicht, eine Tafel für Jacques haben sie daneben angebracht, mit einem Lebenslauf. Alles ist noch für den großen Moment mit einem Tuch verhüllt.

Gerüchte gab es wegen des Autos im See, nun ist von einem Unfall die Rede. Als kurz in den Zeitungen über die Todesursache spekuliert wurde, haben die Leute aus dem Ort, die alten Fans von Jacques, über die Presse geschimpft, wie die wieder alles schlechtmacht, was früher aus dem Osten kam. Dann war davon bald keine Rede mehr. Peter spricht das El Male Rachamim und erklärt leise verlegen, dass Blumen nicht nötig und eigentlich auch unpassend wären, aber es ist ja kein Begräbnis für Vater, tröstet er sich.

Ein paar Jugendliche von der jungen Gemeinde sind auch dabei. Das Mädchen liest hölzern über die Leiden des Verstorbenen im Lager, nun ziehen sie das Tuch unter Beifall der Umstehenden herunter. Peter bedankt sich, bevor er sich wieder aufmacht. Er fühlt sich erwachsen und kann zurück nach Hause, in sein Leben, kann aber nun auch wiederkommen, vielleicht um Vorträge zu halten, wie man ihm angeboten hat. Es ist, als ob ihm Vater mit seinem Tod den Weg zurück geebnet hätte.

MICHAELA

EIN BITTERER GANG steht Michaela bevor. Aber es gibt keine Alternative, es ist so gekommen, ohne dass sie nur das Geringste hätte anders machen können. Er war über das Dach der Psychiatrie ausgebrochen. Sie haben Klaus ohne Hosen eingefangen. Sie haben ihm die Medikamente gespritzt. Aber er konnte, auch als er entlassen wurde, nirgends länger wohnen bleiben. Er hat überall sämtliche Regeln verletzt, immer und immer wieder. Bis er zuletzt ausschließlich auf der Straße war, nur ab und zu ein Zimmer für eine Übernachtung für Obdachlose bewohnte. Sein Gesicht ist immer mehr vernarbt, er stank aus allen Poren, er hat Ticks, die ihn gefangen halten. Am Ende war Michaela froh, als sie ihn mit dem Krankenwagen weit weggefahren haben, wo die Gesetze so sind, dass er nicht mehr rauskommt, es ist zu seinem eigenen Schutz, beruhigt sich Michaela.

Michaela hat sich also eine Fahrkarte gekauft, sie sitzt im Zug nach Nürnberg. Es ist ein altmodisches Abteil, in dem man sich gegenübersitzt, aus dem Fenster schaut, höflich zunickt. So viele Jahre hat sie sich an ihre Arbeit geklammert, an den Ethos, für die Kinder, für die Zukunft, ihr Klaus ist ihr dabei über die Klinge gesprungen, und sie hat es lange, zu lange nicht mal bemerkt.

Sie sieht die lächelnden Gesichter der Eltern ihrer Kita vor sich, wenn sie sich hinter der Scheibe von ihren Kindern verabschieden, wenn sie nach dem Hauchen einen Mond, ein Auto, ein Herz mit dem Finger malen, während sie drinnen das weinende Kind auf dem Arm trägt, was ihr immer schwerer wird, wie sie sich gleich mit ihm umdrehen wird und zur Tagesordnung schreiten, das Kind absetzen. Zusammenhalt, das Ganze, die Gruppe im Auge behalten, wir sind auch eine Familie, bei diesem täglichen Kampf ist ihr Klaus abhandengekommen, nun ist er für immer fort.

Michaela nimmt eine zurückgelassene Illustrierte, um sich abzulenken, während sie blättert, stößt sie auf einen Artikel, sie liest, wie in der alten Zeit der Geheimdienst die Menschen verführt und erpresst habe, dass man nun die Akten einsehen kann, aber sie will nichts wissen von diesen verdammten Lügen über das damalige Leben, die nun modern sind. Sie hat Angst, ihr Bild von Vaters Zimmer zu verlieren, den vertrauten Geruch nie mehr zu riechen. Es ist, als ob alles kaputt ist, die Vergangenheit und die Zukunft. Während sie so resümiert, lächelt sie und schaut aus dem Fenster des Abteils.

In Nürnberg steigt sie in einen langsamen Zug um, bis sie in der kleinen Stadt ankommt, wo sie vom Bahnhof aus läuft, die Klinik ist da, wo der Wald beginnt, am äußersten Ende. Ein großes, gelbes Gebäude in Kastenform. Vor den Fenstern sind Gitter angebracht.

Auf seinem Gang lässt sie sich durchschließen, bis sie endlich in seinem Zimmer angelangt ist. Hallo, sagt sie verlegen. Mutti, hast du mir Zigaretten mitgebracht, fragt Klaus, als hätten sie sich nie getrennt. Gehorsam zieht sie die Schachtel aus der Tasche, schaut sich um, um sich zu setzen. Im Raum gibt es aber nur zwei Betten, auf dem einen liegt ein fremder älterer Mann und schläft. Sie schaut zu Klaus hinüber, der auf dem anderen sitzt, die Schachtel mit zitternden Händen öffnet, die Zigarette in die Hosentasche verschwinden lässt und dann sagt, komm, wir gehen in den Garten.

Michaela ist erleichtert. Den Garten darf er also nutzen. Unten, auf dem Gang ins Freie, raunen die Stimmen der anderen Patienten, Klaus, gib mal eine ab, aber Klaus geht mit unbewegtem Gesicht voran, zieht sie hinter sich her, weil sie langsamer wird, bis sie in einer Ecke des Gartens auf einer Bank zusammensitzen, er sich endlich die Zigarette anzündet, tief inhaliert und nach vorn sieht.

Es ist Frühling geworden, sagt Michaela, schau nur, wie schön frisch alles aussieht. Klaus schweigt und zieht an seiner Zigarette. Ich will zurück nach Berlin, sagt er nun, hier gibt es nur Idioten. Frau Knapenbusch muss mich hier rausholen, aber sie meldet sich nicht. Frau Knapenbusch ist Klaus' Betreuerin. Michaela hat längst aufgegeben, und als der Richter gefragt hat, hat sie einer Betreuung zugestimmt. So bekommt sie Klaus' Wut nicht ab, ja, ich werde sie anrufen, verspricht sie ihm, aber sie hat ja unzählige Male mit der Dame gesprochen, mit all diesen Menschen, die Klaus verbraucht hat auf seinem Weg, aber er spielt nicht mit, er wird sich nie an Regeln halten, und so ist der gelbe, vergitterte Kasten hier immer noch besser als die Straßen von Berlin, wo er sich Drogen besorgt und keine Übernachtung findet.

Sie nickt nur, wenn er von draußen spricht, von Freiheit, es hat keine Bedeutung. Klaus ist aufgestanden, dreht sich einfach um, geht in sein Zimmer zurück ohne Abschied, als sie an der Tür steht und ihm nachruft, ich komme wieder, um sich durchschließen zu lassen.

ANTON

ANTON IST ANGESTELLTER des Konzerns, er will Gewinne einfahren für das große Ganze. Er hat ein Büro, er verfasst Geschäftsberichte. Es gibt über ihm noch den großen Boss, das weiß Anton, einen großen Boss gibt es immer. Im Büro empfängt Anton Befehle, aber zu Hause, in seinem kleinen Reich, herrscht er, da sitzt er im Ohrensessel, kratzt sich die Glatze und denkt, wie geht es weiter. Jeden Tag ist es dasselbe, morgens ins Büro, abends durch den elenden Stadtverkehr, bis das Auto wieder in seiner stillen Straße steht.

Heute hat Anton Glück, die Putze ist noch da, die Milena, er mag ihre stille Art, vor allen Dingen hört er sie gern sprechen, ihren Akzent, wenn sie ihn mit Herr Anton anspricht, wenn er sie dazu überhaupt provozieren kann. Sein Essen hat sie längst gekocht. Er sieht die Gemütlichkeit verströmenden Töpfe auf dem Herd. Es wartet alles schon auf ihn. Sie hat noch im Bad zu tun.

Hey, Milena, ruft er ihr zu, sie antwortet nicht, also geht er zu ihr, sieht ihr dabei zu, wie sie den Lappen schwingt. Plötzlich sieht er die Tränen in ihrem Gesicht, sie wollen mich rausschmeißen, sagt sie mit ihrem niedlichen polnischen Akzent, ich habe keine Arbeitserlaubnis. Es ist das erste Mal, dass er sie so aufgelöst sieht. Er brummt, es ist ihm peinlich, aber er kann nicht anders, stellt sich hinter sie, legt ihr seine Hand auf die Schulter, riecht ihr Haar, da ist es auch schon geschehen, sie liegt in seinem Arm.

Die Arbeitserlaubnis zu beschaffen ist gar nicht so schwer.

Er kennt die Leute im Amt, und man kennt ihn. Weil ihr Platz im Wohnheim eng und muffig war, zieht sie ganz schnell bei ihm ein. Ich bin schwanger, sagt sie ihm, lächelt ihn vage an. Anton ist froh, jetzt werden Nägel mit Köpfen gemacht, es wird geheiratet. Du musst bei meinen Eltern um meine Hand anhalten, sagt sie und nimmt seinen Kopf, dass er ganz schwach wird.

Es geht die lange Fahrt bis in das stille Dorf. Es ist dunkel geworden, aber sie hat neben ihm, ohne zu schauen, die ganze Zeit über nur müde ab und zu ein Links, Rechts gemurmelt, bis sie endlich aussteigen können. Die Treppe hoch, die Tür geht auf, ein großer Mann steht in der Tür und mustert ihn, Milena ist plötzlich lebendig geworden und spricht in ihrer Sprache, so hat er ihre Stimme noch nie gehört, sie kommt ihm fremd vor.

Als sie am nächsten Morgen aus ihrem Zimmer herunterkommen, ist das Haus voll. Er kennt die Leute nicht, ihm schwirrt schon der Kopf von all dem Lachen und Zunicken, dann stupst ihn Milena sanft in Richtung ihres Vaters, der in der Mitte im Sessel sitzt, ihn anschaut, wie die anderen nun auch. Milena hat ihn vorbereitet, darf ich um die Hand Ihrer Tochter anhalten, sagt er stolz auf Polnisch, er hat den Satz zu Hause lange geübt. Sie lachen alle. Die Antwort kann er nicht verstehen, aber das kopfnickende Lachen scheint der richtige Weg zu sein. Die Verlobung wird mit Wodka begossen, damit kennt er sich aus, nastrowje, und noch einen, und noch einen.

Die Worte verschwimmen, bis er im Nebel das gute alte Jewre-Wort wieder hört, das der Vater zu den anderen lachend in seine Richtung sagt, und schlagartig ist Anton wieder der kleine Junge im Moskauer Heim, sogar der Geruch steht ihm in der Nase. Der Schweiß bricht Anton aus, er wird schwach in den Knien, mir ist schlecht, sagt Anton zu Milena, woraufhin ihr Vater noch mehr lacht und noch mehr auf die Schulter klopft. Sie führt ihn langsam nach oben, er muss sich hinlegen.

Als sie wieder zurück, zu Hause sind, räumt er Mutters alten Leuchter weg, der seit einer Ewigkeit auf dem Fensterbrett verstaubt, der hat ihn schon lange gestört. Der Jewre muss endgültig verschwinden. Geheiratet wird zu Hause im Rathaus, das sagt er Milena, und sie ist einverstanden.

JAKOB

JAKOB SUCHT UND SUCHT, bis er endlich auf einer Couch liegt, auf der er monoton vor sich hin murmelt. Die grauen Haare der Dame flößen ihm Vertrauen ein. Warum musste ich mir dieses zerstörerische Wesen suchen? Warum liebe ich, was mich kaputt macht? Was stimmt nicht mit mir?, fragt Jakob auf dem Sofa liegend, in ihr Ohr spricht er all seine Geheimnisse über die Unmöglichkeit der Liebe, über seine Sehnsucht, bis sie sagt, halt, darüber, dass Sie Jude sind, oder gar, wenn Sie über HaSchem und seinen Plan sprechen wollen, darüber müssen Sie mit jemand anderem reden.

Wieder beginnt er mit der Suche. Am Türrahmen sieht er die Mesusa, sein Zeichen von Vertrauen. Als er sich hinlegt, ist er ruhiger geworden, als er es noch auf der Straße war. Er redet mit ruhiger Stimme, wartet auf eine Reaktion. Endlich ein Geräusch, ein Atmen. Schlafen Sie, fragt er seinen neuen Therapeuten. Was glauben Sie, fragt der schläfrig zurück. Eines Tages, sagt der Therapeut, sollten Sie in die Gruppe gehen, vielleicht hilft Ihnen das. Jetzt soll Jakob sogar vor anderen Geheimes aussprechen, noch dazu vor Deutschen? Aber er ist bis hierher gegangen, da geht er noch einen Schritt.

Er sitzt in der therapeutischen Gruppe, hat ein schreckliches Misstrauen, ist aber auch neugierig, und was hat er für eine Wahl. Wenn er zurückschaut, dann ist da nur Grau, Nebel. Er muss sich verändern. Er wird mit anderen reden, worüber er vorher nur mit dem Therapeuten allein gesprochen hat.

Der Raum ist umgebaut zu einer Runde mit Stühlen. Sofort spürt Jakob seine Wut auf eine blonde Frau, die von ihrer unglücklichen Liebe zu einem Juden erzählt. Wie sie ihm nachgefahren ist, wie sie mit ihm in Israel gelebt hat, wie sie keinen Job, keine Freunde hatte, wie die Liebe zu ihm erkaltet ist, wie sie allein zurück nach Deutschland fuhr. Jakob ist wütend auf ihr Interesse an Juden. Was ist schlimmer als die Deutschen? Deutsche, die an Juden interessiert sind. Dann weiß er nicht mehr, warum er wütend auf sie war. Sie tut ihm leid.

Dann ist es ein Israeli, der seine Wut anstachelt. Er protokolliert in der Gruppe, was gesagt wird, auf Hebräisch. Er schreibt von rechts nach links. Das verletzt Jakob doppelt, er schreibt in der Sprache, die Jakob nicht mal sprechen kann, er leistet Jakobs Worten keinen Widerstand. Je mehr Jakob ihn angreift, desto mehr bezeichnet er ihn als seinen Bruder. Er sagt, er sähe seiner Mischpoche ähnlich. Er sagt, seine Mutter rede nur über Auschwitz, seit er denken kann. Jakobs Wut auf den Mann ist Jakobs Heilung. Erst die Frau, die Juden liebt, dann der Israeli. Jakobs Konstanten im Kopf verschwimmen.

Die Wut verraucht, und stattdessen nimmt Traurigkeit ihren Platz ein. Es ist eben nicht nur ein jüdisches Problem. Es macht, dass er sich in der Synagoge nicht mehr ärgert über das schlechte Hebräisch der anderen Beter, sondern sie bewundert für ihren Mut, sie sprechen aus, was Jakob nicht wagt.

Jakob wird sich mit Judith über ihren Sohn verständigen, ob sie will oder nicht. Er geht in dasselbe Gerichtsgebäude, in dem er schon Leas Ermahnungen über sich ergehen ließ, wenn er sie bei der Arbeit besuchte, die hallenden Kreuzgänge entlang, wo am Ende der Türen früher ihr Büro war. Es ist dieselbe Tür, vor der er nun mit Judith wartet, hinter der Lea damals hinter ihrem Schreibtisch hervorschoss, wenn er den dunklen Raum betrat, mit dem hohen Fenster, dahinter das kleine Stück Berliner Himmel. Hat dich jemand gesehen, schrie Lea, nahm den Kamm aus dem Schrank an der Seite, in dem auch ihre schwarze Robe hing, Jakob musste sich zu ihr beugen, sie kämmte ihm energisch die störrischen, gleichen Locken, die auch sie hatte, und dabei in sein Ohr vor ihrem Mund murmelnd, du kaufst einhundert Gramm Jagdwurst, Butter, ein Glas Herzragout, eine Packung Makkaroni, soll ich es dir aufschreiben?

HaSchem, was willst du mir sagen?, denkt Jakob jetzt, während er neben Judith sitzt, sie sieht ihn nicht an und wollte auch nie mehr mit ihm reden, sie starrt vor sich hin. Statt Lea sitzt die Richterin hinter dem Schreibtisch. Sie sieht zu Judith, hört sich ihre Worte an, die sie weinend ausspricht. Er hat das Kind in eine Schere fallen lassen, das stimmt nicht, ruft Jakob ungefragt dazwischen. Die Richterin bricht ab, verfügt, angewidert von dem Streit, alle vierzehn Tage, für drei Stunden bekommt der Vater Umgangsrecht für das Kind.

Judith windelt den Kleinen, zieht ihm das Höschen darüber, hebt ihn in die Luft und streckt ihn Jakob mit angewidertem Gesicht entgegen, in drei Stunden bist du mit ihm zurück. Er setzt sich den Kleinen auf die Schultern, der lässt es sich gefallen, weint nicht, sagt da und zeigt mit seinem ausgestreckten Arm auf das Flugzeug am Himmel, da. Ja, ja, ja, antwortet Jakob glücklich, er hat sich den Weg zu seinem Sohn gebahnt.

EIKE

HARRY KENNT SICH DORT NICHT AUS, er muss da rüber, in den anderen Teil der Stadt, dort ist das Gemeindehaus, in dem er noch nie war. Er hasst den Lärm, der hinter der Mauer einsetzt, die es nun nicht mehr gibt. Dieses grelle Bunt, dieser Geruch, diese lauten Stimmen, das unablässige Brausen der Autos.

Er hat sich einen Plan gemacht, wie er es gewohnt ist, alles detailliert aufgeschrieben, den Weg, welche Bahn, wo aussteigen, er hat den Anzug aus dem Schrank genommen, hat sich mit einem letzten Blick kontrolliert. Am Bahnhof Zoo ist er ausgestiegen, hat sich orientiert, ist durch das Gewimmel von Menschen hindurchmarschiert, bis er in der stilleren Straße draußen am Zaun steht, sogar die Polizisten machen ihn nervös, die ihn mustern, alles ist so anders hier, der bewachte Eingang auch im Innern.

Er geht langsam die Treppen hoch, so viele Menschen selbst hier drin, die sich um ihn drängeln, der schwere, süßliche Geruch, das laute Russisch, Harry fühlt sich auch wie ein Einwanderer, der die Regeln nicht beherrscht, wie die russischen Neuankömmlinge, die mit ihm die Treppen entlanghasten. Da ist das Schild Gemeindevorsteher, wie seins drüben, in seinem Reich. Die Tür steht offen, da sitzt die Sekretärin, sie lächelt ihm zu, schto wui, ich bin der Herr, beginnt Harry nun sich zu erklären, da wird sie verlegen, ja, wir hätten Sie anrufen sollen, Sie hätten sich nicht herbemühen müssen, hier geht gerade so viel durcheinander. Sie haben die Neuankömmlinge doch selber auf dem Flur gesehen, der Chef ist auch nicht da, er hat Ihnen aber einen Brief geschrieben, möchten Sie vielleicht einen Kaffee, kann ich Ihnen einen neuen Termin anbieten, ja, sagt Harry und notiert, aber er hört nicht mehr zu, das muss er auch nicht mehr, er ahnt ja, was der Brief bedeutet.

Er wimmelt mit Gemurmel die vielen Worte der guten Frau ab, dreht sich um und geht, fährt den ganzen Weg wie betäubt zurück, bis er in seiner stillen Straße vor seinem stillen Haus steht, wo er müde die Schlüssel aus der Tasche klaubt, sich ins Halbdunkel seines Wohnzimmers in seinen großen Sessel setzt, den Brief aus der Jacketttasche hervorholt, den Umschlag mit zittrigen Fingern öffnet, die Worte liest, Sie waren stets bemüht, die Gemeinde dankt Ihnen für Ihre langjährige, aufopferungsvolle Tätigkeit als Vorsitzender … im Zuge der Umstrukturierung war es nötig, neu zu regeln. Harry lässt das Papier auf die Knie sinken.

Er ist zur Neueinweihung der jüdischen Schule gekommen, man hat ihm schon oft Einladungen dieser Art geschickt. Aber er war lange krank, hat sich gesagt, ich will nichts mehr mit denen zu tun haben, ich habe ja noch meine Familie.

Nun ist er doch da. Er steht im Treppenhaus, schaut aus dem Fenster, aber unter dem frischen Geruch der Farbe lauert ein anderer Geruch, dass es ihm den Atem nimmt. Dieser Geruch, den er plötzlich erkennt, macht etwas mit ihm, er kann sich nicht bewegen, er will weitergehen, aber seine Beine sind auf den Stufen festgewurzelt, als wären sie aus demselben Stein wie die Treppe. Er sieht an sich herunter, sie sehen ganz normal aus, die Hosen wie immer, die Falte korrekt, die Schuhe geputzt, sogar die Schnürsenkel sind gut verschlossen, mit Doppelknoten, alles in Ordnung. Lauf doch! Was stimmt nicht mit mir?

So viele Jahre hat er nicht mehr daran gedacht, heute ist es wieder da, er hat immer gehofft, die Erinnerung loszuwerden, deshalb hat er studiert, nach der Chirurgie auch die Psychiatrie, die Neurologie, er muss es in den Griff bekommen.

Mutter und er teilen sich das Bett in dem Klassenraum,

aber nur für ein paar Tage, dann ist Mutter schon wieder fort, sie haben die jüdische Schule zu einem Durchgangslager gemacht, ein Kommen und Gehen, morgens bringt die SS die Lastwagen, voll mit Menschen, abends gehen die Lastwagen, voll mit Menschen. Wenn sie wegfahren, bedeutet es, sie kommen nie mehr zurück. Das weiß Harry. Er darf noch ein paar Tage bleiben. Das Reinigen der Räume ist ihm übertragen worden, der Besen ist sein Freund.

Er steht (an derselben Stelle) im Treppenhaus und schaut durch das Fenster auf die Straße, was für ein Gekrabbel vor dem Haus, die Masse Mensch, dazwischen die schwarzen Uniformen der SS. Da sieht er auf der anderen Straßenseite ein Gesicht, das ihn stutzen lässt, denn das Gesicht schaut zu ihm, es schaut ihn direkt an. Es ist der Vater, wo kommst du denn her, denkt er. Der Vater macht mit den Augen eine kleine Bewegung, sie bedeutet, komm zu mir heraus. Gleich wird er den Besen in die Ecke stellen und zum Vater rennen, aber seine Beine, er starrt wieder rüber zum Vater, der wieder und wieder mit den Augen rollt, der Junge schaut stumm zurück. Ihm rinnen schon Tränen über das Gesicht, als der donnernde Schlag auf seine Schultern erfolgt, das Klatschen der Hand des Wachmanns, dieser fröhliche Ruf, Judenbengel, mach Platz, das holt ihn zurück.

Dankbar dreht er sich um, plötzlich laufen seine Füße wieder, sodass er die Treppen bedächtig nach unten gehen kann, den Besen in den Händen, langsam vorbei an den Menschen, an den Hunden, immer den Blick zu Boden gerichtet, er ist doch zum Fegen eingeteilt, niemand schaut nach dem Jungen, der durch die Menge über die Straße geht, bis er beim Vater vor dem Tor steht, der ihm den Besen aus der Hand nimmt, an die Hauswand stellt, seine Hand ergreift, mit dem Jungen zum Bahnhof Alexanderplatz hinüberläuft, im Zugabteil die falschen Papiere für seinen Sohn so selbstverständlich vorzeigt, bis sie in dem Dorf ankommen, wo der Junge von nun an wohnen wird.

Er ist schweißgebadet. Von ferne klingt die Stimme des Redners, sein Fuß hat sich bewegt, er kann wieder gehen, aber jetzt sind seine Beine weich. Ich muss nach Hause. In letzter Zeit fühlt er sein Alter viel stärker.

JAKOB

SCHAU DICH NICHT UM, dein Buckel ist krumm, sagt sich Jakob, hinter Judiths Verachtung steht Leas Verachtung. Lea droht Jakob mit Auschwitz. Dagegen ist er machtlos, das ist die höchste Grenze. Hinter dieses Wort darf er niemals schauen, hinter dieses Verbot niemals treten. Alles, was Lea mit dem Wort belegt, ist tabu.

Es ist der Berg von Leichen aus dem Lehrfilm, den er vor sich sieht, die Leichen könnten alle Johanna, Leas Mutter, seine Großmutter sein, da die Leichen aber kein Gesicht haben, weiß er es nicht, weil sie mit dem Bagger in die Erde geschoben wurden in dem Lehrfilm, das macht es noch schlimmer. Also darf Jakob niemals lachen. Man sieht in dem Haufen Körper nur noch ein paar Zähne, ein paar tote Augen, Brüste, die schlauchartig herunter an einem Torso hängen, woran Jakob sieht, es ist eine Frau, also vielleicht seine Oma. Dahinter darf er nicht, dann ist er selber tot. Also akzeptiert er Leas harsche Verbote. Also sagt er nicht Nein. Erst als ihm in der Therapie aus dem Märchen Gänsehirtin am Brunnen von der alten Hexe erzählt wird, die den jungen Mann, der vorbeikommt, bittet, er möchte ihre Last tragen, und dann, als er schon darunter stöhnt, ihm auch noch selbst auf den Rücken springt und er sie nicht wieder abschütteln kann, erst dann kann Jakob Lea besser widersprechen.

Sie sagt, bring mir die Zeitung, in der dein Text drinsteht, ich will sie lesen. Na gut, sagt Jakob skeptisch und legt den Hörer auf. Er steckt die Zeitung mit seinem Text ein und fährt zu ihr. Sie öffnet ihm mit schmutzigen Händen, komm rein, sagt sie kurz und dreht sich wieder um, sie topft frische Blumenerde und frische Pflanzen in alte Kübel. Er schaut ihr zu, wie sie mit den Händen in der weichen Erde aus dem Baumarkt wühlt, es nach Frühling duftet, während die Sonne warm und freundlich auf sie scheint, bis sein Blick nach unten, den fallenden Krumen nachgeht, wo der Boden ausgelegt ist mit Zeitungen, wo er sein Gesicht und seinen Text unter den Erdkrümeln sieht, die überall auf dem Boden liegen. Warum hast du das getan, sagt er schwitzend, denn das alte Weib aus dem Märchen hat wieder auf seinem Rücken Platz genommen und drückt ihn schwer. Warum hast du das getan, fragt Jakob Lea unter Tränen, sie gibt ihm keine Antwort, aber sie lächelt, weil sie es wieder mal geschafft hat. Ich habe deinen Text gekauft und gelesen, er ist Quatsch, sagt Lea. Du alte Hexe, stammelt Jakob.

Aber er grollt der Welt durch die Augen von Lea. Denn erst dahinter sind seine Augen, die er lernen muss zu benutzen. Durch Leas Augen sieht er sich und verachtet sich, blickt in die Welt, und auch sie verachtet er. Er verachtet sich für sein Aussehen, für sein Tun, wie Lea ihn verachtet. Er kann nicht froh werden, solange er nicht Leas Augen loswird.

Jakob muss wieder hinfahren. Der Therapeut ist umgezogen, aber nach ein paarmal wird alles wie früher sein. Sozusagen blind wird Jakob dann den Weg finden. Es wird wieder zweimal die Woche, am Abend sein. Wieder durch die ganze Stadt mit der S-Bahn. Jakob wird ihm wieder gegenübersitzen oder sich klassisch auf die Couch legen. Auf dem Weg zu ihm oder dann nach Hause wird Jakob nachdenken, was immer noch besser ist als das, was frühmorgens, nachts, wenn Jakob aus dem Schlaf kommt, passiert, wenn er alles infrage stellt. Er ist gescheitert, obwohl er es nicht zugeben will, gescheitert auch in seiner Hoffnung auf endgültige Heilung, denn er weiß, dass sich hinter ihm Lea verbirgt. Leas Hoffnung auf Gemeinschaft, die Jakob nicht loswird.

Der Therapeut ist Jude, und Jakob sagt, ich will mit Ihnen über den Juden in mir sprechen. Der Therapeut sagt, Sie denken, ich wäre Ihnen noch etwas schuldig. Jakob nickt. Doch was soll das sein? Am ehesten kann Jakob über die Vergangenheit sprechen, über seine oder Leas, da ist er sich noch sicher, aber die Gegenwart oder die Zukunft? Auf dem Weg vom Damals ins Heute hat sich die Spur verloren, wenn sie jemals da gewesen ist, er sie nicht nur konstruiert hat mit Leas Augen. Die Konstruktion liegt in der Behauptung des Jüdischen. Nur wenn man das Jüdische weglässt, wird alles überschaubarer und einfacher. Ob er den jüdischen Anteil wie eine Monstranz vor sich herträgt oder ihn verschweigt, wo immer es geht, ob er ihn als Waffe einsetzt oder er wie ein toter Stein auf dem Grund der Seele ruht. Oh, diese blöden, jüdischen, unüberschaubaren Regeln, immer bleibt der Makel an Jakob hängen. Nur wenn ich ein Jude unter vielen bin, dann wird es leichter, denkt Jakob.

Der Therapeut macht Gott sei Dank das Übliche, nachdem er Jakob eine Weile hat zappeln lassen. Er gibt ihm die Papiere, dann braucht Jakob noch einen Stempel vom allgemeinen Arzt, muss einen Lebenslauf ausfüllen, dann muss er noch auf das Okay der Krankenkasse warten.

Lea flattert ein Fensterbrief ins Haus. Sie ist vorgeladen zu einem Gespräch. Lea muss sich verantworten. Lea hat Menschen ins Gefängnis gebracht, damals in der alten Zeit. Nun kommt es zur Anklage gegen sie wegen Rechtsbeugung, wie es im Brief heißt. Lea kennt die Sprache, früher hat sie selber solche Briefe geschrieben. Sie muss als Nächstes telefonieren, sich einen Anwalt nehmen, sich vorbereiten, Notizen machen. Manchmal klopft ihr Herz, aber Angst kennt sie ihr ganzes Leben.

Als der Verhandlungstermin ansteht, telefoniert sie mit der gesamten Familie, sogar mit Paul. Zum Gericht kommen sie alle mit. Sie treffen sich vor dem Saal, in dem gegen Lea verhandelt wird. Sie trägt eine große schwarze Sonnenbrille, kaut aufgeregt einen Kaugummi und hört ihrer Anwältin zu. Auf keinen Fall sprichst du, wenn du nicht gefragt wirst, halte dich zurück, sagt die. Trotz der dunklen Gläser kann Jakob das Funkeln in Leas Augen sehen, sie lässt sich von niemandem den Mund verbieten, obwohl es klüger wäre. Johann macht Scherze, Lena und Jakob lachen, Paul ermahnt sie, diszipliniert zu sein, nicht durch Provokationen aufzufallen. Der Beamte in Uniform, der die Eingangstür bewacht, hat sie schon im Blick.

Das Zeichen ertönt, sie reihen sich auf eine Zuschauerbank. Dort sitzen sie nebeneinander, und Jakob ist, seit er kein Kind mehr ist, das erste Mal mit seiner nun vollständigen Familie in einem Raum. Lea sitzt schon vorn an der Seite ihrer Anwältin, die flüstert ihr weiter pausenlos ins Ohr. Es gibt ein Signal, der Richter erscheint mit seiner Sekretärin. Auf der anderen Seite hat der Staatsanwalt Platz genommen. Der Richter murmelt, während er den Blick in den Akten hat, was er Lea vorwirft, Sie sind angeklagt wegen Rechtsbeugung.

Er ruft seine Zeugin auf, die in Leas Alter ist. Sie nimmt in der Mitte des Raums auf einem einsamen Stuhl, mit dem Rücken zu den Zuschauern, Platz. Wie war es im Zuchthaus?, fragt der Richter. Ich hatte endlich genug zu essen, es war warm. Wie ist es zu Ihrer Verhaftung gekommen? Ich fuhr von Hennigsdorf, im Osten, wo ich wohnte, nach West-Berlin. Da bin ich rumgelaufen, habe Flugblätter gefunden und eingesteckt. Was stand darauf? Freiheit für unsere Soldaten, die noch in Russland festgehalten werden, in Gefangenschaft. Mein Vater war dort auch Kriegsgefangener. Dann haben Sie die Flugblätter in Ihre Handtasche gepackt und sind weitergegangen. Ja, dann bin ich an den Kiosk, habe ein Bier im Stehen getrunken, habe nicht drauf geachtet, dass ich schon im Osten bin. Dann ist dieser Polizist gekommen, hat die Flugblätter gesehen und mich verhaftet.

Der Richter liest laut aus den Akten, Sie wurden verurteilt wegen faschistischer Hetze zu drei Jahren Zuchthaus. Er wendet sich an Lea. Wie sind Sie ins Spiel gekommen? Leas Anwältin springt auf, meine Mandantin hat den Fall kurzfristig in die Hand bekommen. Sie kommt morgens ins Büro, ihr Vorgesetzter sagt, der Kollege ist krank, du übernimmst den Fall. Sie hatte keine Zeit, ist mit der Akte gleich in die Verhandlung. Sie kannten also die Sachlage überhaupt nicht, und die drei Jahre waren doch beschlossene Sache, mischt sich der Staatsanwalt von der Seite ein.

Da erhebt sich Lea, die bisher noch nichts gesagt hat. Sie wendet sich zur Zeugin, die immer noch nach vorn auf den Richter schaut, und sagt leise zu ihr, Entschuldigung. Lea setzt sich wieder. Die Frau dreht sich zur Seite, zu Lea, ihr wird bewusst, dass es Lea war, der sie ihre Zeit im Zuchthaus verdankt, während gleichzeitig Leas Anwältin weiß im Gesicht wird. Sie ist versteinert, was hat Lea nun durch ihr Geständnis zu erwarten?

Lea wird freigesprochen, sie laufen alle zusammen, in einer Reihe nebeneinander, den langen Flur im Gericht herunter. Paul, Lena, Johann und Jakob und Lea mit ihrer Sonnenbrille in der Mitte, als ein Mann, der vor ihnen läuft, sich umdreht, ein Familienfoto macht. Lena greift nach seinem Apparat, gib den Film raus, du Arsch, brüllt sie, aber der Pressefotograf rennt mit eiligen Schritten fort, sie erreicht nur noch seinen Hintern mit ihrer Schuhspitze.

Lea gibt eine Flasche Sekt aus, die sie gemeinsam in der Kneipe gegenüber trinken. An einem anderen Tisch sitzt die Zeugin aus dem Prozess, die auch erleichtert ist. Die Aufregung ist für sie überstanden, sie hat an diesem Tag die lange Reise nur für ihre Aussage gemacht und kann nun wieder nach Hause.

Noch einmal läuft Jakob mit Lea die Straßen entlang, sie will unbedingt in eine Ausstellung gehen, er hat ein ungutes Gefühl, sie gehen in die frühere Ruine, die nun ein Zentrum für Juden ist. Oben ist ein Raum hergerichtet, in dem sie allein herumstehen. Viel ist nicht zu sehen, eine alte Filmaufnahme des ersten Diktators, es ist keine Frage des Alten Testaments, Genossen, sagt er immer wieder in einer Schleife, ein altes Plakat, auf dem ein hakennasiger Mann grinst und auf dem steht, hinter dem Carepaket wartet der gute Onkel aus Amerika, und die Bücherrücken, die Jakob aus Leas altem Schrank kennt, wo sie versteckt in der hinteren Reihe standen. Lea geht durch den Raum und keucht und schreit, das hat es bei uns nicht gegeben.

Wieder draußen hängt sie immer schwerer werdend an Jakobs Arm. Glucksend lässt sie ein paar Bemerkungen fallen. Mit Bob war es nicht nur einmal. Du meinst, ich könnte Bob's Sohn sein? Jakob schaut in ihr vages Lächeln von der Seite. Es ist Leas letztes Rätsel für ihn. Noch nie hat sie diese neue Version ihrer Geschichte erzählt. Du kommst da nicht raus, ich bin dein Vater, damit musst du leben, lacht Paul am Telefon wie Lea. Ob sich Lea an Jakob rächen will, weil sie hasst, was sie in der Ausstellung über ihr altes Leben sah? Ihr Lächeln, als sie sagte, es wäre doch mit Bob noch länger gegangen, was soll jetzt dieses späte Geständnis? Sein Vater ist nicht sein Vater, seine Geschwister nur halbe Geschwister? Jakob denkt an die Tabelle, wann bist du Arier? Die er im Museum in Israel betrachtete. Weißer Kreis, schwarzer Kreis, Mutter, Vater, Arier, Jude. Jeder Mensch muss wissen, wer er ist.

Johann, Lena und Jakob stehen im Krankenhaus um ihr Bett, es ist Leas letzte Station. Sie ist schon fort, aber Leas Motor will nicht aufhören zu arbeiten. Er hebt und senkt ihre kleine Gestalt unter der weißen Decke. Ihre Lippen sind so trocken gekräuselt, dass Jakob sie gern benetzen würde, aber Johann lenkt ihn ab. Willst du was trinken, einen Apfelsaft vielleicht? Er schiebt Jakob ein Glas mit der grünlichen Flüssigkeit hin, aus der ein roter Plastikhalm schaut, er sollte statt ihrer trinken. Jakob kann den Klang von Johanns Stimme, das Muntere darin nicht aushalten. Lena schaut zur Wand. Er muss nach draußen.

Es ist so heiß, dass die Luft um ihn, im Park um das Krankenhaus, beim Laufen wie ein Föhn an ihm vorbeiströmt, er dreht eine Runde um den Block. Er möchte nicht wieder zurück, aber etwas zwingt ihn. Als er das Zimmer wieder betritt, atmet Lea noch einmal tief, dann verlässt ihr letzter Atemzug mit einem Rasseln ihren Mund, mit einem Ton, als wolle sie noch etwas sagen. Doch ihr Motor ist endgültig stehen geblieben. Die Schwester kommt herein mit einer brennenden Kerze, schiebt alle Lebenden aus dem Raum. Ab jetzt übernimmt sie. Es ist Schabbat, aber niemand denkt daran.

Zu Jakobs Überraschung – Lea hat nie mit ihm darüber gesprochen – treffen sie sich auf dem Friedhof, den er sein ganzes Leben lang kennt. Außer Johann und Lena sind auch Harry gekommen und Paul. Die Kette vor dem Gang hängt nun zur Seite, den Gang und den Raum für Beerdigungen hat Jakob noch nie betreten. Die vier Russisch sprechenden Männer mit den unrasierten, harten Gesichtern, mit den schlechten Zähnen, den zu kleinen Uniformen, den groben Händen warten schon mit verlegenem Grinsen an der Tür. Sie gehen an ihnen vorbei, hinein. Da drinnen ist Leas Sarg und ein paar Stühle.

Der argentinische Kantor spricht mit Akzent. Er weiß nichts von Lea, aber er kann die Gebete sprechen. Johann hält seine Rede. Jakob steht auf, um zu singen, hängt sich die Gitarre um. Lea mochte nur, wenn Jakob auf Englisch singt, er tut ihr einen letzten Gefallen, Summertime and the living is easy, fish are jumping and the cotton is high. Sie gehen hinter den Männern mit den Uniformen, die den Sarg auf den Schultern tragen.

Es ist ein weiter Weg bis zu ihrem Grab, sie muss es sich schon lange ausgesucht haben. Es liegt direkt neben dem Stein, den sie für ihre Eltern setzen ließ, auf dem nun auch ihr Name dazugraviert wird.

EIKE

HARRY WARTET AUF DIE FAMILIE, er friert in seinem Sessel. Immer bin ich zuerst fertig, er ist jetzt schon schlecht gelaunt. Es gibt eine Neuigkeit, sagt seine Frau ihm, sie liest immer die Zeitungsannoncen. Lea ist tot. Nicht, dass sie in all den Jahren viel miteinander zu tun gehabt hätten. Sie war selten in der Synagoge, sie war nie Mitglied in seiner Gemeinde, als es noch seine Gemeinde war. Doch Harry hat nie ihren Auftritt damals bei der Denkmaleinweihung vergessen, wie sie dem Minister an den Hals wollte, du bist doch auch einer von uns!

Vielleicht war er später zu ihrem Jungen ein bisschen brüsk, als der zu ihm ins Büro kam, sagte, er wolle Mitglied der Gemeinde werden, so viele Ehemalige haben große Worte geschwungen und sind dann doch abgehauen, haben die Gemeinde im Stich gelassen und ihn, aber dieser grüne Bengel spricht von Antisemitismus, den Soldaten seiner Einheit, wie sie Hitlers Geburtstag feierten. Was für ein dummes Gerede, was weiß der schon! Ich bin dem Tod von der Schippe gesprungen, als ich so alt war wie der Bengel. Er hat seinen Redestrom gestoppt, mit einer einfachen Frage, sind Sie beschnitten? Er wird sich doch keine Laus in den Pelz setzen. Da war Lea, die Mutter, von anderem Kaliber. Die Frau hatte Stolz. Unsere Generation hat ausgehalten, hat zur Stange gehalten, hat gekämpft.

Alle fertig?, ruft er noch einmal. Sie fahren rüber zum Friedhof. Wer ist der Mann mit der roten Nelke, fragt er seine Frau, die stets alle kennt, als sie auf die Wartenden zulaufen, das ist

Leas früherer Mann, flüstert sie ihm zu. Die Gesellschaft ist überschaubar, nach dem Kantor spricht Johann, ihr ältester Sohn, endlos, dabei duselt Harry ein bisschen ein auf seinem Stuhl. Endlich geht es raus.

Der Weg zu ihrem Grab ist weit, sein Leib brennt inzwischen, aber er verbeißt sich die Schmerzen. So steht er in der Gruppe, murmelt das Kaddisch, wie er es sein ganzes Leben getan hat, sieht über die Nelke hinweg, die Lea von ihrem Ex-Mann ins Grab nachgeworfen wird, wirft seine Handvoll Erde hinterher. Lass die Leute vorangehen, zischt er seine Frau auf dem Rückweg an, seine Beine wollen nicht mehr, die anderen entschwinden in Richtung Ausgang. Eike muss ihn in den Griff nehmen, Harry lässt sich schleppen, hier lächelt er das erste Mal, weil er hört, wie sein Junge schwer atmet unter seinem Gewicht. Dieser Prachtkerl!

Es ist ein weiter Weg bis zum Tor, wo auf dem Vorplatz das Auto wartet. Der Junge schwitzt unter ihm. Setz mich hier ab, geht schon vor, ordnet Harry an, Eike lässt den Vater vorsichtig auf einen umgestürzten Grabstein gleiten. Harry fühlt sich krank und schwach wie lange nicht mehr. Aber er hat etwas im Kopf, das er nicht teilen will. Er sieht seine Frau und den Jungen in der Ferne verschwinden, sie haben immer zu ihm gestanden, sie haben ihn nie verlassen, das ist meine Gemeinde, aber die andere, neue Welt kann Harry nicht mehr verstehen.

Lea hat es geschafft, denkt Harry neidisch. Ihm fallen Tabletten ein, die er nehmen könnte, so leicht würde es gehen, er wüsste, wo er in der Klinik bei einem Besuch der alten Kollegen zufassen müsste. Dieser Gedanke lähmt ihn mehr als seine Schmerzen. Harry schaut sich um, das hier ist mein Platz. Harry schließt die Augen, als er sie wieder öffnet, steht Eike vor ihm, er hat ihn nicht bemerkt, komm Papa, sagt Eike, jetzt geht's nach Hause.

JAKOB

JAKOB STEHT IN LEAS ehemaliger Wohnung, sie wird leer geräumt und bald weitervermietet. Noch sieht alles wie gewohnt aus, nur ein paar Säcke stehen schon herum, und die nüchterne Frage, was willst du davon haben, die ihm Lena stellt. Nichts, sagt er zu schnell, geht er in Leas Arbeitszimmer, an ihren braunen Schreibschrank, öffnet ihn. Da sind ihre Papiere. Es gibt einen Stapel mit alten Briefen, er lässt sich auf ihren Arbeitsstuhl fallen, sie sind von Johanna, seiner Großmutter, die er nie kennengelernt hat.

Er schlägt eine Seite auf, Johanna beginnt zu sprechen. Er hört ihre Stimme in seinem Kopf, das erste Mal. Lea hat ihm nie die Briefe gezeigt. Gehst du auch schön in den Tempel, dort in der Fremde? Hast du deine Strümpfe gut gestopft? Wenn ich erst drüben in London bin, dann zeigst du mir alles, Leachen, ja? Lea hat die Briefe von London nach Berlin, von Wohnung zu Wohnung, von Schreibtisch zu Schreibtisch geschleppt, hat das Bündel durch ihr ganzes weiteres Leben als Erinnerung behalten.

Jakob hört im Klang der Stimme im Brief den Klang HaSchems, wie süß, wie warm, wie vertraut, mit dem schönsten Berliner Akzent. Endlich kann er Johanna sehen, weil er hört, wie sie spricht. Nach so langer Zeit, erst nach Leas Tod, bekommt er das erste Mal im Leben ein lebendiges Bild von ihr, ist sie nicht mehr die Unvorstellbare seiner Kindheit, sondern einfach seine Großmutter, die ihm guttut, weil sie Leas Hass bricht, Leas hartes, ach Quatsch, alles unsagbar Traurige, das sich von Lea auf ihn wälzte, durch ihre Worte im Brief in Wärme verwandelt. Endlich ist sie da. Er kann sie sehen.

Sie sitzt in ihrer letzten Wohnung in Berlin an diesem Morgen. Sie nimmt ihre olle, abgewetzte Tasche. Sie geht langsam das letzte Mal die Treppen hinunter, die abgetretenen Stufen. Als sie aus dem Haus kommt, wird sie von den groben Händen nach oben auf den Laster gestoßen, in dem sie mit den anderen sitzt, hin und her durch Berlin fährt. Sie steht frierend am Bahnhof Grunewald inmitten der murmelnden Menge, die angeschwollen ist, inmitten der Masse Menschen. Schließlich besteigt sie wie die anderen, schon müde, den Güterwaggon, stolpernd und bereits erlöschend. Im Waggon, der sich irgendwann rumpelnd in Bewegung setzt, steht sie, gedrängt und gewärmt, geduldig in der Menge. Mit einem Lächeln verlässt sie ihren Körper und fährt zu ihm nach oben, denn er ist barmherzig, während drinnen sich immer mehr der Geruch nach Schweiß, Urin, Kot und Angst ausbreitet. Als man bemerkt, dass sie sich nicht mehr hält, sondern schwankt, mit eingeknickten Beinen, jeden Umstehenden berührt, wird ihr Körper, mühselig zwar, aber doch Anteil nehmend, aus dem Weg bis an den Rand des Waggons geräumt. Denn lang, stickig, kalt und durstig, dunkel und voller banger Erwartung ist die Reise. Jakobs Großmutter Johanna liegt an der Seite, manchmal tritt ihr jemand, infolge der ungeheuren Enge, auf die Hand, die vom Körper weggerollt ist, sagt Entschuldigung, merkt nicht, dass sie es schon lange nicht mehr spürt. Nur ihr Lächeln, das man im Dunklen aber nicht sehen kann, das bleibt. Es ärgert den Posten auf der Rampe von Auschwitz, der, als alle ausgestiegen sind, ihre Leiche findet und schreit, macht das weg, sodass eilig ein Kommando von Häftlingen heraneilt, ihren Körper zu den anderen Körpern legt, die es nicht lebend bis hierher geschafft haben. Lange Zeit später, als er ein ganz anderes Leben führt, erinnert er sich noch an ihr Lächeln, das vergällt ihm sein ganzes weiteres Leben, weil er es nie vergessen kann.

Jakob vermisst sie das erste Mal so sehr, dass er es im Bauch spürt. Nun hat er endlich eine Geschichte, die er sich selbst erzählen kann. Immer wieder gibt es Stimmen da draußen, die so leichtfertig das Wort Auschwitz aussprechen, die ihm seine Geschichte entreißen wollen, aber nun kann er widerstehen, sich seine Geschichte nie mehr nehmen lassen.

ANTON

ANTON UND JAKOB haben sich lange nicht gesehen. Er sagt, Jakob solle ein Lied schreiben. Es soll eine Geste des Zusammenstehens, des Zueinandergehörens ausdrücken. Damit meint Anton einige Künstler, die in der Diktatur berühmt waren und die noch auftreten. Anton weiß gut, was Zuschauer hören wollen. Als sie das Lied das erste Mal proben, sitzen sie alle zusammen, jeder hat seine Gitarre, jeder sucht sich einen Platz im Raum. Der Star fehlt noch, er kommt später, sie warten auf ihn.

Als er den Raum betritt, stehen sie alle auf, sein großer Körper überragt sie. Er geht zu Anton, nimmt ihn in den Arm, streicht ihm von oben über die Glatze, na, mein Lieber, sagt der Star zu Anton. Anton weiß, was sich gehört. Er wechselt seinen Platz, damit der Star sitzen kann. Sie spielen das Lied zusammen an, Jakob beginnt mit der ersten Strophe, Äpfel und Birnen, was uns verbindet. Anton übernimmt die zweite und der Star die dritte Strophe.

Dann versammeln sie sich hinter der großen Bühne, man hört auf der anderen Seite das Toben der Zuschauer, die ungeduldig warten. Anton sieht zu Jakob rüber, der hat lange überlegt und sich heute Abend seine Kippa aufgesetzt. Er hat es nicht nur seinetwegen gemacht. Er kann die alten Fahnen nicht ausstehen, die gern geschwenkt werden. Warum musst du es dir immer so schwer machen?, fragt Anton Jakob, der zuckt mit den Schultern.

***

Anton ist gereist, viel gereist. Beruflich und privat. Er hat gesucht. Überall auf der Welt hat er nach einem Platz für sein neues Haus gesucht. Ja, er hat eins, zu Hause in Berlin. Sein Vorstadthaus, in dem er schon sein halbes Leben lang wohnt. Aber Anton hat all die Jahre immer an die Zeit danach gedacht, wenn die Arbeit getan ist. Auf jeder Wiese, jedem Berg, unter jeder Palme, im Schnee hat er gesucht, in jeder Landschaft gestanden, mit den Augen geschaut und zwei Fingern Maß genommen, wie wird mein Haus dazwischenpassen, wenn ich mal nicht mehr arbeite. Mit keiner seiner Frauen hat er darüber gesprochen, immer wieder ist er vom Weg abgegangen, nur ein paar Minuten für sich allein, um Maß zu nehmen.

Endlich ist er fündig geworden. Er steht auf der Insel, oben am Berg am Ende des Dorfes, atmet den Geruch nach Pinien, und nach etwas Unangenehmem, Johannisbrot, aber das macht nichts. Er weiß auf einmal, er ist richtig, hier wird es sein. In der Ferne sieht er das Meer von hier oben, und dahinter liegt das Land, das er dann nicht weit von sich weiß. So hat es Vater auch immer erzählt. Das ist Zypern, die Wartestation, hat Vater ihm erzählt, von dort aus gingen unsere Boote bis Haifa, das hätte auch eine Option sein können, wenn es mit England nicht geklappt hätte, hat Anton immer noch Lutz' Stimme im Ohr.

Die Arbeiten gehen schnell, als er das erste Mal im Rohbau steht, schweift sein Blick umher, oben ist das große Fenster, genauso wie er es sich vorgestellt hat. Hier, im neuen Haus auf dem Berg wird er sitzen, wenn alles in Berlin erledigt ist, dann für immer, bis ans Ende seiner Tage. Sein Plan für sein Leben ist vollbracht, bis auf eines, er muss das Land dahinter einmal selber anschauen.

Für seinen Ausflug hat er sich und seiner Nichte Judith, die ihn gern besucht, ein Ticket gekauft. Es sind mit dem Schiff nur ein paar Stunden rüber. Sie stehen an der Reling, und so setzt er fort, was er mit den Augen von seinem Balkon schon abgefahren ist. Drüben erwartet sie die Frau mit dem Regenschirm, die die Touristengruppe führt. Sie wechseln vom Schiff in den Bus. Sie fahren ein paar Stunden, bis sie anlangen, mitten im Gewühl.

Anton ist schon beim Aussteigen missmutig, wie seine Nichte auch, die ihr schreiendes Baby in der Trage mit dabeihat. Die Hitze, das Gebrüll, die Menschenmenge, in die sie eingeklemmt werden, das Schieben, mühselig ist es, der Frau mit dem winkenden Regenschirm zu folgen und ihrem ununterbrochenen Geplapper über das Werden des großartigen Staates Israel. Dann sind sie in der Altstadt, stehen sie vor der Mauer, die er sich schon so lange vorgestellt hat. Überall sind Polizisten mit Maschinengewehren, überall Massen von Touristen und vorn die nickenden Gestalten, das Murmeln.

Sie trennen sich, die Frau mit dem Regenschirm nickt ihm aufmunternd zu, und nun schiebt sich Anton auf der Männerseite allein hindurch, nur weil er es sich vorgenommen hat, weil er weiß, das ist das Ziel, dahin wollte er so lange schon. Er schiebt sich durch die Menschen, direkt bis vor die großen Quader, bis sie über ihm in den blauen Himmel ragen. Er sieht vor sich zwischen den Steinblöcken die unzähligen in die Fugen geschobenen Röllchen aus Papier, er hört eine wispernde Stimme, die ihm von der Seite anbietet, soll ich für dich beten, nickt, verzieht den Mund zu einem Grinsen, drückt dem Mann ein paar von den getauschten Schekel in die Hand.

Er wartet, schaut in den Himmel, schaut zur Mauer vor ihm, das soll es nun sein. Das ist es also, darauf hoffen alle Juden der Welt, da wollen alle Juden hin, deshalb gab es den großen Plan, deshalb gibt es das neue, alte Land. Es ist nichts als ein riesiger Schwindel, das Gerede der Mutter, ihr verrücktes Murmeln, das Gerede vom Vater über den Aufbau des Kommunismus, seine ganze verdammte Geschichte, alles Schwindel. Dieses Getue der Mutter mit Gott. Sogar die Schatten der Großeltern, die er niemals kennenlernte.

Anton fühlt sich in der Masse so allein wie noch nie in seinem Leben. Er hat hier nichts verloren, ist er sich sicher. Er wird drüben in seinem Haus sitzen, er wird herüberschauen und wissen, da muss ich nun nicht mehr hin. Mir reicht mein Blick vom Berg, denkt Anton. So hofft Anton auf seinen Frieden.

RICHARD

DER JUDE SÜSS WURDE GEHÄNGT, aber in einem großen Käfig zum Gaudi und zur Anschauung für das Volk. Dann haben in der Nacht andere Juden seine Leiche gestohlen und nach jüdischer Sitte begraben, ewig ist der Gott Israel. Mit dem Gerede über das Buch hatte Horst damals Richards Neugier entfacht, dazu die Luftpostbriefe mit den gestreiften Rändern, den bunten Briefmarken darauf und den durchscheinenden Blättern darin, vom Meister Feuchtwanger an Vater geschickt.

Als Vater sagte, dieser antifaschistische Schriftsteller lebt in den USA und unsere Republik wird sein Buch Jud Süß drucken, konnte Richard nicht anders, er musste es lesen. Den Geruch der frischen Seiten hat Richard nie vergessen. Der im Buch beschriebene Käfig auf dem Stuttgarter Galgenplatz und das Gebet der Juden haben ihn nie losgelassen. So muss ihm dieser abwegige Gedanke in den Kopf gekommen sein. Er schüttelt sich und damit die Erinnerung ab.

Er hat einen seiner unzähligen Auftritte. Er wartet schon im Saal. Vorn, auf der Bühne, ist ein Käfig aufgebaut. Aber Richard hat keine Angst. Außerdem ist die Kulisse aus Pappe, und es ist Aachen und nicht Stuttgart. Als er in den Saal reingekommen ist, muss ihn dieses Ding auf der Bühne für einen Moment nervös gemacht haben. Aber er weiß natürlich, er wird nur für diesen einen Moment im Käfig stehen und nur um zu sprechen. Er setzt sich für seinen Auftritt die Narrenkappe auf den Kopf, dann geht er damit die Treppe hoch, betritt die Bühne und schaut nach unten auf das Publikum.

Da ist er wieder, der warme Applaus, wie wunderbarer Regen, das herzliche, aufmunternde Lachen, das er schon hört, ehe er Luft holt. Das ist Balsam gegen den Schmerz, gegen all die Demütigungen in den Zeitungen, die falschen Anschuldigungen, die er aushalten musste, die falsche Freundlichkeit, die er sich selber auferlegte, wo er vor Wut tausendmal hätte töten können, wenn er an den Vater erinnert wurde, den er immer wieder verteidigte, wie er sich selbst immer und immer wieder verteidigt, genau wie der Mann im Käfig, damals, der Jud Süß. Das hier ist aber kein Prozess, keine Hinrichtung, kein bösartiges Johlen. Hier und heute gehört er dazu. Richard ist sogar der Star. Heute lieben sie ihn wie noch nie. Und Richard ist so persönlich, wie er es nie zuvor war, als er an das Mikrofon hinter die Gitter tritt.

Mein Vater sagte mir vor langer Zeit, den Beruf des Juristen kannst du in der Welt nicht gebrauchen, wie gut, dass du erst Rinderzüchter gelernt hast, das kannst du in jedem Land machen, falls du mal Asyl brauchst, wenn du mal fliehen musst. Schon wird Richard unterbrochen vom ersten Tata tata tataa der Kapelle, dabei weiß das Publikum doch, wann es lachen muss. Auch der nächste Satz ist für Vater. Als Cowboy musst du ausmisten können, das solltest du als Politiker auch können. Als Rinderzüchter muss man besamen können, sagt Richard an die Damen im Saal. Tata tata tataa. In der Politik hat man es mit Hornochsen zu tun. Tata tata tataa.

Richard wird immer schneller, seine Euphorie überschwemmt ihn, wie er sie schon lange nicht mehr gefühlt hat, dieses Getragenwerden von der Masse, wieder hat er so viel Glück, so viel Wärme fühlt er in rotem, milchigem Licht, ihm ist, als wäre er wieder in Magdas Bauch. Er kann es kaum aushalten, es schüttelt ihn, die Worte auf seinem Manuskript sind lange schon vergessen, aber das ist kein Problem, im Improvisieren ist er sowieso viel besser. Er sprüht Pointe auf Pointe, er gleitet durch seine Rede wie durch sein Leben, wie er durch die Welt gleitet, und er gibt der Welt die größte Wärme zurück, er flutet alle mit Worten, Worten, Worten, bis er, wie nach dem schönsten Beischlaf ausgelaufen, zur Ruhe gekommen ist und lächelnd, erschöpft, zufrieden in den Saal, in die Kameras, in die Welt schaut und leise und im wärmsten, samtweichen Ton ins Mikrofon haucht, Danke.

JAKOB

PAUL IST JAHRELANG schon geschlichen, sein niemals vorhandenes Rückgrat hat sich buchstäblich immer mehr gebeugt, sodass er der Hilfe eines Rollators bedurfte, an dem er sich, krummer und krummer werdend, durch die Räume seiner Wohnung schob. Jakob konnte auch ihm gegenüber niemals deutlicher werden, manchmal hat er es versucht.

Bei einem seiner spärlichen Besuche forderte er ihn auf, komm mit mir herunter auf die Straße, zum Reden. Im rumpelnden Fahrstuhl fuhren sie bis nach unten. Jakob überlegte, wie er das Gespräch beginnen sollte. Aber Paul überraschte ihn, stellte sich ihm gegenüber auf der Straße auf, hob die Arme in Boxposition vor sein Gesicht und fragte Jakob, was willst du wissen. Er hatte schon gewonnen, bevor es losging, wie immer. Als Jakob ihn endlich fragte, wieso hast du dich damit abgefunden, nach deiner Scheidung zur Strafe in die Produktion versetzt zu werden, wo sich ohne Strafe, zur gleichen Zeit, auch der neue Diktator scheiden ließ, sagte Paul nur achselzuckend, das war eben so, das verstehst du nicht.

Er ist tot, sagt man Jakob am Telefon. Er geht noch einmal in das Heim, wo Paul die letzten Jahre verbracht hat. Seine Frau lebt ein paar Zimmer weiter. Sie setzt sich mühsam in ihren Rollstuhl, dann gehen sie gemeinsam zu Paul hinüber. Niemand muss mehr anklopfen, Jakob schiebt sie hinein und schaut sich um. Alles in Pauls Zimmer ist noch wie immer, die Fotos an der Wand, die Bücher im Nachttisch. Auch sein Bett sieht genauso aus. Er liegt wie schlafend darin, das Gesicht abgewandt, die eine Hand unter dem Kissen, die Augen geschlossen, der Mund grämlich, schmal, leicht geöffnet, die andere Hand auf seinen Beinen, friedlich, auf der Decke.

Jakob starrt von oben auf ihn, weiß nicht, was zu tun ist, während seine Frau sich zitternd aus dem Rollstuhl erhebt. Ihre wirren Haare hängen ihr ins Gesicht. Sie lässt sich nach vorn auf ihn plumpsen und beginnt heiser schluchzend auszurufen, er war doch ein guter Mann. Durch den Ton in ihrer Stimme wacht auch Jakob auf, bekommt Verbindung mit seinem Inneren, und so verschwindet die Taubheit. Jakob hat sich entschieden, Paul war sein Vater.

Paul hat seine Grabrede vorher selbst geschrieben, wovon Jakob noch nichts weiß. Er bekommt sie nach Haus geschickt, neun lange Seiten. Als er darin über die Geschichte von Pauls Familie liest, sieht er Paul vor sich, wie immer am Mikrofon, hört ihm zu, wie er seine üblichen öffentlichen Reden in die Welt hält, hört ihn, wie er in diesem nasalen Tonfall des Funktionärs sagt, ich möchte mich bei meinem Sohn Jakob entschuldigen.

In diesem Moment ist Jakob so, als würde Paul immer noch über ihn verfügen, ihn hin und her schubsen, ihn demütigen, wie er es wollte und immer getan hat. Diesem Gefühl, das sich auf das Haar mit Jakobs Depression deckt, muss er unbedingt entgehen. Das Gute daran ist, er ist nun vorbereitet auf den Moment. Leicht ist es, Lena am Telefon zu sagen, nein, ich werde nicht zu seiner Beisetzung singen, kein Arbeiterkampflied werde ich singen, gar nichts. Sie nimmt es entgegen.

Doch dann zieht sich Jakob zu Pauls letzter Vorstellung seinen schwarzen Anzug an. Auf diesem Friedhof war er noch nie. Es gibt verschiedene Eingänge. In der Ferne entdeckt er eine Menschengruppe und geht in die Richtung. Er nickt denen zu, die er kennt. Dann geht Jakob in den Raum, in dem das Foto von Paul und das Gefäß mit seiner Asche nebeneinanderstehen, setzt sich in die Reihe. Pauls Rede hält der Ortsvorsitzende seiner Partei, aus der er nie ausgetreten ist. Als die

Stelle kommt, wo er sich bei Jakob entschuldigt, hält Jakob für einen Moment die Luft an. Schnell wechselt die Gemeinde ins Restaurant, essen, trinken mit den anderen Trauergästen.

Jakob steht in Pauls alter Wohnung, die aufgelöst wird. Was willst du haben, wird er auch hier gefragt. Jakob löst die vergilbte Urkunde vom Küchenschrank, die Paul gebastelt hatte, Auszeichnung für die guten Dienste seiner lieben Frau, das war Pauls Art, seine Liebe zu zeigen, wenigstens seiner Frau gegenüber. Jakob nimmt aus den Tiefen eines Schranks ein altes Foto. Darauf sitzt der Diktator am langen Kaffeetisch mit Staatsgästen, dahinter steht Paul, mit gebeugtem Rücken, er übersetzt dem Diktator ins Ohr, was der Gast spricht.

MICHAELA

MARLIES RUFT AN, Michaela, heute musst du rüber zur Mutter. Michaela verzieht das Gesicht, seit Klaus' Krankheit und Mutters Reaktion darauf ist ihre Abneigung vor dem, was jetzt folgt, noch mal gewachsen. Sie schweigt am Telefon, was kommt noch? Aber dann sagt Marlies nur, ich muss arbeiten, das genügt als Grund für Michaela, und sie belässt es beim Schweigen. Aufgelegt.

Sie fährt in ihre Kindheit. Mechanisch nimmt sie den Weg, erst mit der S-Bahn, dann rüber zur Straßenbahn, drei Stationen von hier, als hätte sich nichts geändert, obwohl es lauter neue Läden in der alten Straße gibt, auch die Menschen sehen anders aus, während sie immer nach alten Gesichtern sucht, als sollte ganz wie früher eine aus der Klasse einsteigen, mit dem Kindergesicht, mit den Worten über die Klassenarbeit, die sie vor sich haben, mit dem gemeinsamen Stöhnen über den blöden Lehrer, aber Michaela reibt sich über die Stirn, das ist natürlich alles Quatsch, spielt sich nur in ihrem Kopf ab.

Als sie vor Mutters Tür steht, nimmt sie schon den Geruch wahr, hmm, entfährt es ihr. Sie ahnt, was ihr bevorsteht. Sie zieht den Schlüssel aus der Tasche und öffnet. Der Geruch wird stärker, sie muss ihren Weg tasten, weil es drinnen dunkel ist und sie weiß, Mutter duldet kein Licht. Da bist du ja endlich, wollt ihr mich hier ewig liegen lassen, ich kann ja verfaulen, niemand kümmert sich. Das ist ihre Methode, sich Aufmerksamkeit zu holen. Ich mach ja schon, murmelt Michaela. Bei keinem, sei es noch so fremdem Kind fällt es ihr so schwer, sich abzugrenzen wie bei Mutter, als würde die es ihr mit Absicht schwer machen.

Sie hebt ihre Decke und öffnet unter ihrem Nachthemd die Windel. Stell die Knie auf, sagt sie, sie spürt ihren Widerstand. Sie reißt grob beide Klebestellen der Windel auseinander, sodass sich die Windel flach unter ihr ausbreitet. Es muss noch eine Unterlage drunter, das hat sie befürchtet. Also holt sie fluchend die Plastikfolie, fasst ihr unter die Knie und hebt sie ganz an, schiebt die Folie unter ihren Hintern, dann muss sie mit Zellstoff alles reinigen, Mutter meckert und gluckst dazu. Michaela bemüht sich, nicht zu atmen, hält die Luft an, aber lange hält sie es nicht aus, muss husten, muss atmen, japst selber nach Luft, das lässt Mutter noch mehr glucksen, Michaela schleudert die alte Windel von sich, die neue an die Stelle. Geschafft. Sie ist befriedigt, schließt die Augen, und bald kann sie Mutters leises Schnarchen hören, während sie behutsam von draußen die Wohnungstür zuzieht.

Ihre Worte wurden immer verdrehter, am besten war es, wenn sie stumm auf der Parkbank zwischen Marlies und Michaela saß, bei einem seltenen gemeinsamen Spaziergang, dann hatte alles einen schönen Schein.

Nach ihrem erneuten Schlaganfall geht es schnell, der Doktor kommt vorbei, Exitus, nicht mehr Windeln wechseln, nicht mehr ihr Gestammel, ihr Gekreische zum Schlafengehen ertragen, wenn ihr etwas nicht passt, keine Peinlichkeiten mehr, keine Anrufe. Michaela und Marlies lassen sich ihre verwirrenden Gefühle nicht anmerken. Sie reden nicht darüber. Aber zu organisieren ist immer.

Natürlich wird sie neben Vater begraben, sagt Marlies ohne Regung in der Stimme, ich habe die Unterlagen von Vater in der Schublade gefunden. Michaela nickt, so viele Jahre war Bob ihrem gemeinsamen Blickfeld entrückt, jetzt kommt er wieder bedrohlich nah, der Platz neben seinem Grab soll es nun auch für Mutter werden, obwohl sie so viele Jahre durch seinen Tod getrennt waren. In diesen Tagen stehen die Schwestern wieder innerlich zusammen, wie sie lange nicht mehr zusammenstanden. Ich komme mit zur Gemeinde, sagt Michaela entschlossen. Marlies nickt, sie könnte es allein tun, aber so fühlt es sich richtiger an.

Sie schweigen im Auto. Dann gehen sie an den musternden Augen des Wachmanns vorbei ins Büro im ersten Stock. Ich möchte die Beerdigung unserer Mutter beantragen, sagt Marlies, sie ist verstorben. Ani mitzta'er, sagt die Frau automatisch. Hää?, sagt Marlies. Das tut mirr leid, antwortet die Frau mit ihrem russischen Akzent. Sie kramt die ganze Zeit schon in der Registratur. Haben Sie ihren Mitgliedsausweis dabei? Marlies fällt die Schublade mit Mutters Dokumenten ein, wie sie den ganzen Kram ordnen musste. Sogar ihr altes Parteibuch hat sie gefunden.

Wissen Sie, welche Mitgliedsnummer Ihre Mutter hatte, oder haben Sie ihren Ausweis dabei?, fragt die Frau ungeduldig. Ich kann sie in der Ablage niescht finden. Sie war nicht in der Gemeinde, sagt Marlies automatisch und leicht, und Michaela ergänzt, aber ich habe meinen Mitgliedsausweis dabei. Die Frau schaut nun abwechselnd von Marlies zu Michaela und wieder zurück. Ich habe die Unterlagen für das Grab unseres verstorbenen Vaters dabei, wir möchten, dass sie neben ihm begraben wird, sagt Marlies und reicht das Papier hinüber.

Die Frau liest, und es fällt ihr sichtlich schwer, es ist Handschrift, von wem ist das, fragt sie nach einer Weile. Vom damaligen Rabbiner. Sie schaut auf die unleserliche Unterschrift. Ist ja alles gut und schön, beerdigen können wir sie, als Gast, sie war ja kein Mitglied der Gemeinde. Können Sie mir einen Nachweis über ihre Jüdischkeit bringen? Oder war es eine Mischehe? Wieso, stottert Michaela, ich bin doch Mitglied in der Gemeinde, ja, das ist früher so leicht erteilt worden. Den Frauen rauscht der Kopf. Nuu, als Gast könnten wir sie bestatten, aber sie kann sowieso nicht neben ihm begraben sein, die Frau zuckt mit den Schultern, es gibt ein Extra-Feld für Gäste. Danke für die Information, sagt Marlies mit fester Stimme.

Grußlos verlassen die Schwestern das Büro. Sie schlafwandeln schweigend auf der Straße. Wir bringen sie nach Hause. Beide denken automatisch an den Friedhof ein paar Straßen weiter, wo sie gewohnt haben, wo sich Reihenhäuser wie das ihrige abgewechselt haben mit der Friedhofsmauer. Der alte, kleine, evangelische Friedhof, den sie ihre ganze Kindheit im Blick hatten, der ist immer noch da.

Da stehen die Schwestern bald schweigend um Mutters kleines Grab. Mit den Juden ist Michaela fertig. Und das Kapitel Eltern ist nun auch abgeschlossen, dieser Sog in eine schwarze, trübe Brühe von Erinnerungen.

Sie drehen sich um, haben sich untergehakt, gehen Körper an Körper den weichen Sandweg zurück zum Ausgang des Friedhofs, stützen sich, wenn ein Fuß ins Straucheln gerät. Mutters Wohnung wurde aufgelöst, eine Entrümpelungsfirma leistete ganze Arbeit, die Vergangenheit ist abgehakt.

RICHARD

RICHARD GEHT DIE SCHRITTE aus seiner Fraktion bis zum Rednerpult. Diese Kulisse ist sowieso nichts für ihn. Aber heute ist kein Tag wie alle anderen. Zum letzten Mal wird er vor dem Parlament sprechen. Es ist sein Abschied. Das stimmt ihn feierlicher und aufgeregter als sonst. Er schiebt die Blätter sorgsam und genau übereinander. Das große Glas Wasser steht daneben, an dem er noch einmal dreht, das Pult mit seinem Namen daran zeigt nach vorn, alles, wie es sein soll. Der Saal vor ihm ist leider nur halb voll, er schaut wieder auf sein Manuskript.

Wie wollte ich anfangen, leck dir nicht die Lippen, fällt ihm der Satz seiner Freundin ein, von heute früh. Ach ja, er hat den jüdischen Witz als Waffe mitgebracht. Vaters alte Schnurre ist heute sein Trumpf. Er reibt sich noch einmal die juckenden Hände. Auch das wollte sie nicht sehen, besonders nicht im Zusammenhang mit dem jüdischen Witz. Er hört sich selber reden, aber er ist schon viel zu schnell reingekommen mit den Worten, plötzlich hört er wieder den Vater reden, hier oben am Pult, er bekommt ihn nicht aus dem Kopf, ist wieder der kleine Richard, der Vater, der den Witz selber immer und immer erzählt hat, und Vater ist der Rabbi, der Parteiführer, der liebe Gott, so groß, dass er ihm von unten in die Nasenlöcher schauen kann. Vermassele es nicht, sagt Vater zu Richard, sonst kostet es dich den Kopf.

Richard sagt, ein Jude fragt, darf ich beim Rauchen beten? Doch Vater schüttelt mit dem Kopf, du Idiot, mach langsamer! Es ist der Witz seines Lebens, es ist sein Credo, als Sohn, als

Anwalt, als Politiker, doch hier vor dem Parlament, an seinem letzten Tag kommt nur ein dürres Echo. Der Witz hat so einen Bart, ruft es aus dem Saal mit höhnischer Stimme. Deshalb wird Richard noch schneller mit den Worten. Es ist doch schon so leer in der Runde vor ihm, allein drüben, die eigenen Leute, seine Fraktion, sitzen geschlossen, aber auch sie applaudieren nur routinemäßig. Ihre müden Klatscher kann Richard im Moment am wenigsten sehen.

Er ist still, ordnet mit hängenden Schultern noch einmal seine Blätter. Der Präsident sagt von hinten, Sie waren zu lang. Er packt zusammen und läuft gebeugt zurück zu seinem Platz in der Fraktion. Die Blumen, die sie ihm in die Hand drücken, sind schwer und riechen ekelhaft. Richard ist leer, so leer.

Am ersten Tag nach dem Krankenhaus steht Richard wieder vor dem Spiegel in seinem Schlafzimmer. Der Doktor war der Auslöser, er hat ihm eingeredet, ihm bleibt nicht mehr viel Zeit. Vielleicht hat er recht. Mit seinen drei Herzinfarkten und der frischen Narbe an der Schläfe, wo sie ihm ins Gehirn gefahren sind. Das sollte an Warnzeichen reichen. Er sieht wieder in den Spiegel, streicht mechanisch über die rote Stelle, es tut weh dort. Da ist dieses Gesicht, in das er so ungern schaut, lieber in tausend Kameras sehen als in einen Spiegel vor sich.

Aber da ist es vor ihm und darin wieder Vaters Gesicht, wie er ihm immer wieder erscheint, wie auch im Flugzeug hinter der vereisten Scheibe, sogar dort hört er ihn sprechen, Junge, die Sache, es geht nicht um dich, es geht um die Sache unserer Partei! Oh Gott, er kennt diesen Ausspruch schon sein ganzes Leben, er wird es nicht los. Die Sache zählt, was für ein übler Traum. Doch solange die Leute ihm zujubeln, ist er immer auf der sicheren Seite.

Hier in der Stille sind die Zweifel wieder da und die Aussage vom Doktor, Ihnen bleibt nicht mehr viel Zeit. Er muss sich stellen, er muss sich dem Gesicht im Spiegel stellen, und ihm bleibt nicht mehr viel Zeit. Er muss sich irgendwann dem jüdischen Jungen stellen, der er nie sein wollte. Er müsste rausgehen, er könnte laufen, was er gern macht, endlich ohne Wächter, der immer lauerte. Er ist doch jetzt kein Parlamentarier mehr.

Aber da wären die Spaziergänger im Park, die ihn ansprechen, Richard, hallo, Richard. Diese fröhlichen Rentner, die ihm dauernd auf die Schulter klopfen, wie geht es dir, Richard, hast gestern wieder gut ausgesehen, im Fernsehen, hast denen aber tüchtig die Meinung gesagt, unterschreib doch mal hier, ein Autogramm, bitte! Aber nicht mit dem Gesicht, das ihn gerade aus dem Spiegel ansieht, nicht mit diesen Visionen. Wenn ich doch bloß fliehen könnte. Er kann mit niemandem darüber sprechen. Juliane? Das gibt ihm noch einen Stich in der Brust, der Gedanke an sie lässt ihn stöhnen. Er wäre jetzt gern mit ihr zusammen.

Er war in Israel auf Dienstreise, hat sich abgeseilt von der Gruppe, im Hotel extra ein Käppchen aufgesetzt. Sie soll in einem Vorort im Kibbuz sein, er hat sie ewig nicht mehr gesprochen. Das Taxi fährt aus der Stadt raus, dann gibt es eine Schranke, dann lauter Häuschen und in der Mitte ein größeres Gebäude. Als er in den Chadar Ochel kommt, wird er in den Lärm des großen Raums voller Menschen und den Geruch mittäglichen Essens eingehüllt. Welche von den blauen Gestalten ist Juliane, das Wort LPG fällt ihm ein, jahrelang hat er nicht mehr an seine Lehrzeit gedacht. Aber draußen schon der überwältigende Geruch nach Kühen in der Hitze und hier drin all die blauen Arbeitsoveralls.

Papa, sagt die vertraute Stimme plötzlich von der Seite. Er ist unzufrieden, weil er sie zuerst in Ruhe anschauen wollte, nun steht sie vor ihm, und er ist verlegen, weiß nicht mehr, was er sagen soll, sie bittet ihn an ihren Tisch, an dem noch andere Gestalten sitzen, sein Englisch ist erbärmlich, und Hebräisch? Er sieht und hört sie reden, lachen und trinken, wie lebendig sie ist. Komm nach Hause, will er Juliane sagen, leb wieder bei mir, ich fühle mich so einsam, allein. Ich bin krank. Aber Richard sagt es nicht, er kann nicht.

Ich muss wieder, sagt Juliane fröhlich. Pass auf dich auf, lieber Papa, sagt sie, umarmt ihn, bevor er in das Auto steigt. Er duselt gleich ein im Motorenbrummen. Plötzlich beginnt der Mann vorn, der Fahrer des Taxis, zu sprechen, in bestem Deutsch. Na, dumm gelaufen? Richard sagt mechanisch, ja, ja, er wird doch ständig von Leuten angequatscht, bis ihm bewusst wird, halt, ich bin ja gar nicht zu Hause, ich fahre durch Jerusalem. Wieso spricht der Kerl Deutsch?

Er schaut in den Mittelspiegel, versucht, von dem Fahrer etwas zu erhaschen, einen Blick in sein Gesicht zu werfen. Der Kerl sieht ganz gewöhnlich aus, der übliche Bart, die Augen nach vorn, die Zigarette zwischen den Fingern der rechten Hand, das Palästinensertuch um die Schultern, die seitliche Scheibe ist geöffnet, er hat den linken Arm draußen. Der Fahrtwind, der durch das offene Fenster eindringt, trocknet Richard die Tropfen auf der Stirn. Vielleicht habe ich mich verhört. Seit damals, wo das Gesicht des Vaters hinter dem Flugzeugfenster auftauchte, muss er den Kopf über sich selber schütteln. Du hast dich nicht verhört, sagt die Stimme, hättest früher auf deine Tochter achten sollen.

Wer sind Sie? Es ist alles ganz eitel, spricht der Prediger Salomo, es ist alles ganz eitel. Was hat der Mensch für Gewinn von all seiner Mühe, die er hat unter der Sonne? Ein Geschlecht vergeht, das andere kommt, die Erde aber bleibt immer bestehen, die Stimme des Taxifahrers bohrt sich mit ihrer Leichtigkeit in Richards Ohr, das unerhörte Lachen darin, das raubt Richard die letzte Kraft. Ihm wird immer heißer, trotz des Fahrtwinds.

Er will sich verteidigen, es geht nicht um mich, sondern um unsere Sache, aber nur noch ein heiseres, wortloses Gestammel entfährt ihm. Die Kopfschmerzen, die er auch im Krankenhaus damals hatte, brausen hinter seiner Stirn. Richard schließt die Augen, hinter dem Brausen lauert die Stille, es wird schwarz, der letzte Atemzug bringt die Erlösung.

Es muss ein Traum gewesen sein, Richard schüttelt sich, er ist allein zu Hause, schaut immer noch in den Spiegel, trägt dünn die Tagescreme auf, streicht mehrmals über die narbige Stelle, als könnte er sie, so wie die Erinnerungen, die Träume, einfach fortwischen. Mir bleibt vielleicht nicht mehr viel Zeit. Da klingelt das Telefon, ganz benommen nimmt er ab, sagt mit belegter Stimme, hallo. Können Sie in unsere Talkshow kommen, fragt jemand am anderen Ende. Er lächelt, na bitte, sein Gesicht wird wieder ganz das alte, Moment, ich notiere, wann und wo?

JAKOB

JAKOB LERNT SEINEN HIMMEL kennen. Nach einer Weile sprechen sie davon, dass sie einander heiraten wollen. Für den Himmel ist Gott schon immer da. Gott ist für sie da, ob du ihn Gott oder HaSchem nennst, ist egal, sagt der Himmel ihrem Jakob. Die Sonne hat Jakob schon, es kommen nach und nach Mond und bald Stern dazu. Es gibt den Himmel, die Erde, wie Jakob vom Himmel genannt wird, Sonne, Mond und den Stern, noch in dieser Nacht. Das formt sich zur neuen Familie. Jakob hat Glück, HaSchem schenkt ihm, was er so lange vermisst hat.

Gerade sind Sonne und Mond eingeschlafen, als sich das Stoßjammern von Himmel bemerkbar macht. Sie haben alles vorbereitet, die Liste abgearbeitet. Zuletzt liegen sie auf dem raschelnden Bett, die Plastikfolie unter dem Laken macht das Geräusch. Es klingt wie im Puff, sagt der weise Himmel, wobei sie jetzt schon alle zehn Minuten ihr Jammern ertönen lässt, immer anhaltender. Jakob findet die Idee von dem Puff sehr anregend, aber ihr ist jetzt nicht danach. Sieh auf die Uhr, sagt sie, er hat sich für den Abend an ihren kurzen Ton gewöhnt, denn inzwischen sagt sie nur noch das Nötigste und das als kurze Befehle, die Decke weg, das Kissen höher, wie spät ist es, sieh auf die Uhr. Ihr nächstes Uuuaaah klingt am langen Ende schon wütend. Sie vergleichen noch mal die Zeit, ruf an, stößt sie nun heraus, ich mache mir ja auch schon Sorgen, die Nachbarn hören uns sicher, sagt Jakob.

Endlich klingelt es an der Tür. Die Hebamme ist da. Sie leuchtet im Dunkeln, ihre Augen sowieso und darum ihre

Aura. Ihre Bewegungen sind weich, wie die einer Tänzerin, sie tastet nach seiner Frau, die mit angezogenen Beinen auf dem Bett liegt, jetzt hemmungslos schreit, ja, ja, jaaaa, der halbe Kopf seines Sterns schaut unten heraus, das Schlimmste ist geschafft. Ihr Schreien ist Jakob vor der Nachbarschaft peinlich, wenn nur Sonne und Mond nicht aufwachen.

Der Stern liegt auf seiner nackten Frau, die ein glückliches Lächeln im Gesicht hat, umtanzt von ihrer Hebamme. Jakob möchte schauen und weinen, sich ergötzen am Lächeln seiner Frau, an ihrem Körper, wo auf ihrer Brust unter ihrer schützenden Hand sein Stern hervorlugt, während die Nabelschnur noch in ihr verschwindet, als die Hebamme sagt, ich höre eure Kinder im anderen Zimmer. Papa, wir wollen zur Mama, Jakob kann sie nicht mehr halten, sie laufen, sie rennen um das Bett, schreien und rufen und tanzen. Aber nachdem auch sie einen ersten Blick auf den kleinen Stern geworfen haben, müssen sie noch einmal zurück.

Er schneidet mit einem Krack die Nabelschnur durch. Die Hebamme hat die Plazenta ausgebreitet, streicht mit ihren Fingern durch das Gewebe, hebt hier an, vergleicht, endlich hat sie ihr Urteil gefällt, alles, wie es sein soll. Nun noch die ganze Schweinerei beseitigen, dann dürfen die Kinder zu ihnen herein. Jakob ist schrecklich müde, aber nun sind sie einer mehr und alle in einem Bett, und an Schlaf ist lange nicht zu denken.

Neben Gottes Segen für ihre Hochzeit brauchen Jakob und sein Himmel den Stempel des Staates. An einem Morgen gehen sie zusammen ins Rathaus. Sie verirren sich in den vielen Gängen, stehen eng gedrängt in einem Fahrstuhl. Der hat zwei Türhälften, die man von innen schließen muss. Beim Fahren knarrt er und hält dann mit einem Ruck. Vor dem Zimmer warten sie, bis die Beamtin erscheint. Sie öffnet den Raum, und sie riechen den staubigen Geruch von Zeit, Diktatur und schweißiger Aufregung. Die gelblichen Gardinen werden beiseitegeschoben, die Fenster geöffnet. Der kalte, frische Wind und mit ihm der Berliner Straßenlärm dringen ein. Sie nehmen auf den verblichenen Sesseln Platz.

Die alte Beamtin liest die Worte mit derselben müden, von Routine gelangweilten Stimme, mit der sie schon immer gesprochen hat, bis ihr der Zettel aus der Hand rutscht und unter einem Sessel landet. Für einen wunderbaren Moment ist Stille. Alle erheben sich, unterschreiben, ohne Staat geht es nicht.

Jakob denkt an Lea, an ihr Gesicht, wie sie schauen würde, wie sie Jakobs Frau, seine Kinder und ihn so sehen würde. Er denkt an ihr Hochzeitsfoto, auf dem sie nach ihrer Eheschließung distanziert neben Paul sitzt, wie sie sich nicht berühren, die comrades, es ist das frühste von den wenigen gemeinsamen Fotos, die Jakob kennt. Der Fotograf nahm es auf, der auf dem Standesamt in London dabei war. Marriage by licence, wie sie beide verlegen nickten, als der Fotograf nach der Zeremonie zu ihnen sagte, do you want?, auf seinen Apparat deutend. Lea, knirsch nicht mit den Zähnen, wie zuletzt, wenn ich dich im Rollstuhl schob, geh mir und meiner Familie, meiner Zukunft einfach aus der Sonne, denkt Jakob.

Am Sonntag fahren sie zum Ausflug in den goldenen Oktoberhimmel, in das Rot, Gelb, Grün des fallenden Laubs, nicht weit mit dem schlenkernden Bus, bis sie durch den alten Park schlurfen, wo Jakob Kind war. Ist die Bootsvermietung am See noch offen? Sie betreten den Steg, lassen sich einer nach dem anderen in das wackelnde Ruderboot plumpsen, Jakob nimmt die schweren Dollen und taucht sie ein, zieht, so langsam er kann, durch. Der See ist kreisrund. Sie fahren einmal rundherum durch seine Vergangenheit.

Von dem kleinen Berg bin ich gerodelt, bis auf das Eis des Sees, so lange, bis meine eingepinkelte Hose, die zuerst warm war, nass und fast steif, wie meine Finger, wurde, dass ich den Weg nach Hause nehmen musste und mich dort vor die

Heizrippen stellte, bis ich wieder aufgetaut war, denkt Jakob. Dann kommt die Badeanstalt auf großen Holzstegen, wo er auf der warmen Planke lag, unter ihm die dunkle Pfütze, die sein nasser Körper bildete, und durch die Ritzen aufs Wasser nach Leichen spähte, die er nie sah. Die Kabinenbauten an Land gibt es noch, wo er beim Umziehen durch das Astloch nach den fremden Mädchenkörpern nebenan schauen konnte. Dazu hört er den Pfiff der Trillerpfeife von Bademeister Wolff, die der auf dem braun gebrannten, behaarten Brustkorb an einer langen Kette trug. Die jungen Männer waren zu übermütig vom Sprungturm ins Wasser gehüpft, um den Mädchen drüben zu imponieren, oder wenigstens mit einem Spritzer zu erwischen, damit sie kreischend ein Stück wegsprangen.

Etwas weiter ist der Garten von Brechts letztem Wohnhaus, der riesige Granit, ein Findling, der vor Konnopkes Würstchenbude lag, ein Stück weiter, war nach seinem Tod verschwunden, weil Brecht einen Grabstein wollte, den die Hunde immer anpinkelten. Jakob kann vom Boot durch den Zaun am Ufer die Villa seines Kindergartens sehen, hier hat er auf dem Nachttopf gesessen, bis endlich Lea vom Gericht kam und ihn hochzog, sodass der Nachttopf sich langsam, wie von Klebeband gehalten, von seinem Hintern löste, was wehtat, ihm die Hose hochzog und Frau Gerau, die schon den Raum ausfegte, fragte, ob er bei ihr übernachten dürfte, was Frau Gerau bejahte. So lernte Jakob von Nahem den Anblick des amputierten Beinstumpfs kennen, den Herr Gerau aus dem Krieg hatte und lustig hin und her wackeln ließ, sodass ihm die Narbe über dem Stumpf nicht mehr so viel Angst machte, den er in seine Pyjamahose steckte, das leere Bein hochwickelte und mit einer Sicherheitsnadel befestigte. Jakob lag in der Besucherritze zwischen ihm und seiner Frau und fühlte sich von zwei Seiten und von oben, dem schweren Federbett, beschützt.

Ein Stück weiter liegt die Freilichtbühne, wo Lea einmal auftauchte, aber nicht zu ihm hinter die Bühne kam. Sie stand hinter der letzten Besucherreihe und starrte im Dunkeln nach vorn, wo er sich mühte. Nie ist sie zu ihm gekommen. Immer musste er zu ihr, wie heute noch an ihr Grab.

Aber noch drehen sie sich auf dem See, ein paar Schläge, und sie fahren am Gehege von Hirsch Heinrich vorbei, von dem es im Buch heißt, er wäre zu Weihnachten über den hohen Zaun gesprungen, weil ihn niemand besuchte, und einsam den ganzen Weg nach China durch den Schnee gestapft. Wie es sich für einen einsichtigen Hirsch gehört, ist er dann aber freiwillig wieder zurück nach Hause in seinen Käfig getrabt. Davor ist die Lügenbrücke, auf der Jakob das erste Mal gefragt wurde, ob er für den Frieden wäre, wenn er bei der Antwort gelogen hätte, sollte die Brücke einstürzen.

Der Weg um den See ist an diesem wunderbaren Sonntag bevölkert von Spaziergängern. Da sieht er sich laufen, mit nacktem Oberkörper über der Lederhose, die er immer trug. Das Seil über seiner Schulter für das Bäumeklettern, seine Haut dreckig und verschrammt. Die Spaziergänger musterten den Jungen, aber er versteckte seine Scham hinter seinem abweisenden Gesicht.

Nach dem Besuch des Milchhäuschens gehen sie über die Allee zum Friedhof. Sie können nicht mit dem Kinderwagen rein, sagt der Mann an der Pforte. Die Wut unter Jakobs Freundlichkeit schießt ihm in die Sprache. Es ist mein Friedhof, meine Toten, meine Regeln, ich bin hier schon viel länger als alle. Es tut mir leid, Sie müssen den Kinderwagen draußen abstellen. Also müssen die Kinder auf Jakobs oder Himmels Schultern, und sie gehen den langen Weg bis zu Leas Grab. Die Kinder putzen fröhlich die Blätter beiseite, und hier, inmitten seiner Familie, kommt Jakobs weiche Traurigkeit.

Sie lernen für den Schabbat. Sie befolgen die Regeln, so gut sie können. Sie kaufen die Zutaten für die Challot, roten Traubensaft und Kerzen. Den Teig rühren der Himmel, die Erde und die Sterne zusammen an, kneten, warten, bis der Teig aufgeht, formen daraus zwei Challot. Sie klauben mühselig die alten Wachsreste aus den zwei Kerzenhaltern, drehen die frischen Kerzen so lange rein, bis sie fest stehen. Sie gießen den Saft in den Becher. Sie schauen durch die Glasscheibe in den Backofen in der Küche, bis sich die Challot golden färben. Heraus damit, auf das weiße Tuch, die Brote einschlagen, alles auf den Tisch, die Kerzen außen, in der Mitte die Challot, daneben der Kidduschbecher mit dem roten Saft.

Den Ablauf des Schabbats haben sie aus dem Internet. Immer, wenn Jakob unsicher ist, fragt er seinen Himmel. Das beruhigt ihn, wir machen es einfach so, dass die Kinder etwas davon haben, sagt Himmel. Der Himmel zündet die Kerzen an, streicht mit den Händen über die Flammen und spricht, die Kinder machen es nach. Manchmal stehen sie zum Händewaschen noch einmal auf, manchmal machen sie den Trick. Sie schütteln sie nur an der Stelle gen Himmel, wenn sie sein Gebot des Händewaschens sprechen.

Sie singen die Lieder zusammen, jedes Mal ein wenig anders. Jakob spielt die Gitarre und will die ganze Aufmerksamkeit seiner Familie. Er will nicht ihr Maulen, wir wollen gleich essen, ohne Gebete, ohne Händewaschen, ohne Singen. Dieses gemeinsame Abendbrot am Freitag mit Gebet ist sein Höhepunkt der Woche. Sein Himmel hat die größte Verbindung zu Gott, weiß, wie man ohne Angst mit ihm spricht, ohne vor Scham zu stocken, Jakob macht es, schon der Kinder wegen, sie sind sein Schlüssel für den Weg zu HaSchem.

Sie gehen in Jakobs alte Synagoge, basteln. Das ist der Trick, das sagen sie den Kindern. Am Tor stehen die Männer, die fragen, wo wollen Sie hin? Nach der Antwort müssen sie durch die Schleuse, das Piepen kommt von den Münzen in Jakobs Hosentasche, sie gehen über den großen, einsamen, hallenden Hof, öffnen die wuchtige Tür ins Haus. Immer noch kommt Jakob alles zu groß, zu weit, zu ernst vor, wie die Gesichter der meisten Erwachsenen, die hier sind.

In einem kleinen Raum ist etwas Spielzeug. Da sind andere Eltern mit ihren Kindern, die durcheinanderkrabbeln, wie die Sprachen, die sie sprechen, Russisch, Englisch, Hebräisch oder schlechtes Deutsch. Die Eltern nicken sich verlegen zu, ehe man sich auf Schabbat Schalom verständigt, wie Jakob es mit seiner Familie zu Hause auch macht. Aah, rufen die Kinder, denn auch hier in der Küche gibt es Teig, den sie zu Challa kneten dürfen. Sie schreiben unter jedes Brot den Namen des Kindes auf das Backpapier.

Am Basteltisch bekleben sie kleine Plastikfläschchen bunt. Hinein kommen Erbsen, der Deckel wird verschlossen und verklebt. Fertig ist die Purimrassel. Was machen Juden, wenn der Name des Bösen genannt wird? Sie rasseln. Herman, Hitler, Stalin. Chhchchchchch! So einfach ist das.

Sie gehen in den Betraum, laufen bis nach ganz vorn, die Treppe hoch, nahe an die heiligen Rollen. Da stehen sie, und die Kinder zünden die Kerzen an und singen zusammen. Unten warten schon die alten Männer auf den Gottesdienst. Sie sind irritiert von den ungewohnten neuen Menschen. Das hat es seit Ewigkeiten nicht mehr gegeben, so viele Kinder, die laut schreiend und trampelnd in die Synagoge laufen, die plärrend, quiekend, schrill und flüsternd von HaSchem singen, die draußen, im Vorraum, an den Tischen Platz nehmen, das Brot brechen, den roten Saft trinken, Gut Schabbes schreien und HaSchem feiern. Das hat es seit Generationen nicht mehr in unserer Synagoge gegeben, sagen die alten Männer. Das ist Hoffnung, das unaussprechliche Glück.

Auch die Kindeskinder werden wieder hingehen. Sie werden basteln, ihr selbst gebackenes Brot essen. Sie sind auf den Geschmack gekommen. Auch Jakob wird weiterlernen, seine Furcht zu überwinden.

Immer wieder Schabbat, jede Woche neu, wenn Jakob nicht arbeiten muss, wenn er nicht im Nebel versinkt, wenn die Kinder nicht zu großes Chaos anrichten. Es ist eine neue Struktur, sie beginnt am Freitagabend, sie endet am nächsten Abend des Samstags. Sie teilt die Woche neu ein. Am Ende des Schabbats wird alles wieder mit einem Ritual beendet. Dieses Mal ist es eine geflochtene Kerze, duftende Gewürze, der Becher mit Traubensaft. Am Schluss löschen sie die brennende Kerze im Saft. Die neue Woche beginnt am Sonntag.

Wenn Jakob mit seiner Familie ist, ist er Vater, Liebhaber, Mann. Alle sind aufgeregt vor dem Urlaub. Alle sind verschieden, deshalb dauert das Zusammensammeln, das Entscheiden, wer braucht was, so lange. Dabei müssen sie los. Jakob, Papa, Mann, Erde weiß doch, was zu tun ist. Sie müssen pünktlich am Flughafen sein. Diese lange Menschenschlange. Stern muss gewickelt werden, nebenan auf dem Klo. Mond will nicht durch den Scanner, Jakobs Himmel steht und lockt von der anderen Seite, Jakob redet Mond gut zu. Endlich läuft Mond los. Israel ist das Land der Scanner. Sie werden noch oft so geprüft werden.

Es sind, als sie wieder landen, zwei große Rollkoffer, drei Rucksäcke, eine Tasche für den Hunger und Durst und fünf Menschen, alles da. Im Auto drückt Jakob piep, piep, piep, piep, falsch, noch mal piep, piep, piep, endlich springt der Motor an, er stellt den Spiegel in der Mitte ein, klebt das Navi so auf die Scheibe, dass es nicht runterfällt. Sie werden in die Wüste eintauchen, bald wird es hier keine Bäume mehr geben, sagt Jakob. Er muss die Stimmung heben, die Langeweile vertreiben. Wenn der Stern weint, dann müssen sie anhalten, dann müssen sie unterbrechen, aber er ist in seinem Sitz eingeschlafen, sein Kopf ist auf die Seite gesunken, sein Mund ist geöffnet, er hat einen Frieden im Gesicht, um den ihn Jakob beneidet, noch dreihundert Kilometer bis Elat, ganz in den Süden, wo die Sonne immer scheint. Es geht hoch, es geht runter. Mond schaut trübsinnig aus dem Fenster, wir brauchen eine Pause, flüstert Jakob seinem Himmel vom Sozius zu, Mond übergibt sich gleich, aber Stern wacht vielleicht auf.

An der Kurve stoppen sie, stehen mit den anderen, die hier auch ihre Fahrt unterbrechen, und schauen weit ins Land. Seht ihr, da ist das Tote Meer, doziert Jakob, da hinten ist Jordanien. Aber Mond muss mal. Uns soll niemand sehen, Papa, sagt Mond. Hier, hinter dem Auto, sagt Jakob, Monds Beine in die Luft haltend. Monds Strahl rinnt auf den warmen Asphalt. Wieder rein ins Auto, wo Stern noch schläft. Endlich tauchen sie aus der Wüste wieder in Häuser ein, längst sind alle eingeschlafen, und Jakob muss nicht mehr für Stimmung sorgen. Sie quälen sich durch den Verkehr, bis sie vor dem Eingang des Hotels stehen. Als Jakob die Tür des Autos öffnet, umfängt ihn eine drückende, stille Wand aus Hitze, dahinter der Lärm des unablässigen Verkehrs. Die Koffer ein paar Meter hinter die Tür des Hotels, seine Familie reinschaffen, das Auto wegstellen.

Es dauert nicht lange, bis sie in ihrem neuen Alltag angekommen sind. Der Weg vom Zimmer zum Pool, weiter zum Speisesaal, Jakob hat sich seine Kippa mitgenommen, gleich will man ihn in die kleine Synagoge entführen, um vor dem Essen zu beten. Es gibt zehn Tage kein Brot, es ist Pessach, höchste Ferienzeit. Die Kinder kauen gleichgültig die bröckelnde Matze, die sie von zu Hause kennen. Von hier gehen sie zum Pool, zum Meer, in den Spielraum, kurz schlafen, dann alles von vorn, das Paradies kann ewig so weitergehen.

Dann stehen sie in der Stadt, mitten im Menschengewühl, die Sirene erhebt sich, schwingt sich von hinten nach vorn, durchdringt ihre Köpfe und steigt weiter in den Himmel, wie aus jedem, Verkäufer, Busfahrer, Armen oder Reichen, Mann oder Frau, Großen oder Kleinen, Tourist wie sie oder Israeli in der fünften Generation, wie aus allen Menschen durch den Ton der Sirene, wie hier endlich aus Jakob Mensch unter Menschen wird, mitten in einer, unsichtbar, nur durch den Ton gehaltenen, aber doch miteinander verbundenen Masse Menschen, verstärkt durch den Anblick der Autos, die mitten auf der Straße stehen geblieben sind, mit ihren geöffneten Türen, wie der Bus, wie der Eselskarren, wie all diese Menschen erstarrt stehen, gemeinsam sich erinnern der Toten, da sieht Jakob Johanna, seine Großmutter, sie, seine Vorfahrin, sie, seine Gottbringerin, wie sie ihn anschaut, wie sie ihm zugewandt ist, wie sie zu ihm sagt, lebe dein Leben. Es ist gut so.

An dem Tag fahren sie alle zusammen dorthin, wohin jeder Jude strebt. Dieses Mal mit Bus, Bus, Straßenbahn und natürlich zu Fuß. Gleich der erste Bus kommt nicht pünktlich, und schon ist Jakob noch aufgeregter, schwitzt, es soll doch alles klappen, Reise nach Jerusalem, immer ist ein Stuhl zu wenig, sie kommen nie an, seine Kinder werden entführt, er hat schon einen trockenen Mund, hör auf, Jakob, schalt den Kopf ein. Er lässt sich nicht abdrängeln von den vielen Reisenden, er lässt sich nicht abhalten.

Er weiß, wohin er will, er hat den genauen Plan. Seine Familie ist bei ihm. Er ist stark, trotz aller Widrigkeiten. Es gibt eine gekühlte Straßenbahn vom Busbahnhof, aber sitzen sie auch in der richtigen Bahn, in die richtige Richtung, haben sie die passenden Tickets? Sie steigen am Damaskustor aus, wühlen sich in die Menge mit ihrem Kinderwagen, in dem Stern sitzt. Sie tragen den Wagen die Stufen rauf, die Stufen runter, vorbei an den Versuchungen der Dinge, vorbei am bunten Konsum, an Gewürzen, an Katzen, durch die Gassen, immer weiter. Einmal halten sie noch an, jeder von ihnen schreibt, malt seinen geheimen Wunsch auf ein Stück Papier, sorgsam die Hand drüberhaltend, niemand soll es sehen, nur er allein, dem alle Wünsche gelten, soll es erfahren, deshalb müssen sie es auch voreinander verbergen.

Dann geht es weiter. Je näher sie kommen, desto mehr vibriert es, es ist nicht nur der Lärm, es ist ein starkes Beben in Jakobs Herz, seinem Hirn, in seinem ganzen Körper, er kann es nicht mehr genau lokalisieren. Sie müssen durch die Schleuse, der ganze Menschenstrom, alle wollen da durch, müssen dort hindurch. Dahinter geht wieder eine Treppe in die Tiefe, keine

Zeit, nach vorn zu sehen. Endlich stehen sie unten, richten die Blicke auf.

Vor ihnen ist nur ein Haufen Steine, eine Mauer, sieht nicht besonders aus. Es ist eine Synagoge unter freiem Himmel, wie es sie überall auf der Welt gibt, hinten liegen die Bücher, die Kippas für die unbedeckten Männer, es gibt ein paar Stühle für die, die sitzen müssen. Sie gehen zum Brunnen, waschen sich noch einmal gemeinsam die Hände, reichen sich den Becher, wie sie es jeden Freitag machen.

Sein Himmel und Sonne und Mond trennen sich jetzt von Jakob und Stern. Jakob geht mit ihm bis ganz nach vorn, hebt ihn aus dem Wagen, Stern sieht ganz still und konzentriert aus, sie stehen beide dicht vor den großen, grauen Blöcken der Mauer, sie atmen, strecken beide die Arme aus, berühren mit ihren Fingern gleichzeitig einen Stein, halten sich dabei aneinander fest, Jakob schiebt sein Papierröllchen in eine Fuge, in der noch ein bisschen Platz ist.

Bald werden die Röllchen, auch seins, wieder draußen, unten, vor der Mauer liegen, wie vor ihnen schon so viele und nach ihnen weitere, reingesteckt und dann wieder herausgefallen, und werden zusammengefegt mit den unzähligen anderen, werden weggeschoben, so wie die Geschichten der Menschen, die sie dort jeden Tag in die Fugen stecken, so wie die Geschichten von Richard, Michaela, Anton, Eike, Peter und ihm, Jakob. Er schließt die Augen, als er sie wieder öffnet, füllen sie sich mit Tränen, das Vibrieren in ihm lässt nach.

Er ist am Ziel. Er ist einer unter vielen. Er ist Jude unter Juden. Er ist fromm oder nicht. Hinter ihm tanzen sie im Kreis, neben ihm wiegen sie sich, neigen den Körper, sprechen oder sind einfach nur still, wie sein Sohn und er. HaSchem ist egal, ob er fromm ist, ob er bedeckt ist oder nackt, ob Jakob zu ihm unter dem Stern, Kreuz oder eine Etage höher unter dem Halbmond betet, ob er überhaupt betet oder alles als Quatsch abtut, als Opium für das Volk.

Nur ein guter Mensch will Jakob sein, einer, der Verantwortung übernimmt, für das, was er tut, einer, der nicht andern antut, was er sich nicht selbst antut. Nur Mensch unter Menschen. Hinten wartet seine restliche Familie auf ihn, und sie nehmen sich alle in die Arme.

DANKSAGUNG

Ich danke Herrn Dr. Ygal Blumenberg für seine Begleitung meiner Höhen und Tiefen während der Arbeit am Buch.

André Herzberg

Alle Nähe fern

Roman.
Taschenbuch.
Auch als E-Book erhältlich.
www.ullstein-buchverlage.de

Drei Generationen, zwei Weltkriege, zwei Diktaturen – die bewegende Geschichte einer deutsch-jüdischen Familie

»Ich habe den Stein ins Rollen gebracht. Meinetwegen findet das Familientreffen statt. Ich weiß nicht, warum sie nicht richtig miteinander lachen, sprechen, lieben, aber trotzdem, in mir wird etwas geweckt, was mich nie mehr verlassen wird, eine Sehnsucht, eine Behaglichkeit, eine Zufriedenheit, dieses Gewirr von Stimmen, dieses Brummen, die mittleren Töne, die hellen, wie eine Sinfonie, ich werde von ihnen allen gehalten, ich gehe durch ihre Hände. Ich bin Familie.«

Lakonisch und bildgewaltig erzählt André Herzberg von der generationsübergreifenden lebenslangen Sehnsucht nach Bindung und Zugehörigkeit: zu einem Land, zu einer Partei, zu einer Familie. Und von Fremdheit zwischen Vätern und Söhnen.

ullstein